충북의 문화공간

1

충북의
문화공간
1

김 용 남 지음

국학자료원

머리말

　어릴 때부터 혼자 걷는 것을 좋아했다. 그때 자연은 늘 나의 좋은 벗이었다. 대학생이 되고부터는 답사를 좋아했다. 여기저기 놓여있는 수많은 고적(古蹟)은 예스러움 그 자체로도 좋았지만 늘 나의 좋은 탐구 대상이었다. 충북에서 나고 자랐고 문학을 전공한 나는, 조금 더 공부해보고 싶은 마음에 대학원에서 고전문학(한문학)을 전공하였다. 그 후로 멀리 가기보다는 우선 내가 살고 활동하는 충북 지역을 두루 다녔다. '나만의 문학기행'이 시작된 것이다.

　나만의 문학기행이란, 충북에서 나고 자랐거나 일정 기간 살았던 인물 또는 유택이 있고 후손이 세거한 인물의 고향이나 연고지, 그리고 무엇보다 그들이 남긴 작품의 배경이 되는 지역과 장소를 탐방하는 일을 말한다. 문인들의 자취가 서린 장소를 찾아 그들이 느꼈을 정취에 나도 흠뻑 젖어 보는 것이다. 나는 그렇게 문인들이 남긴 시문(詩文)을 읽고 그 시문이 태어난 장소를 찾는 것으로 옛사람을 만났다. 문화는 그것을 누려서 가지는 자의 몫이라 했던가. 그렇게 나는 그들이 남긴 문집 속 작품을 찾아 읽고 이해를 위해 현장에 가서 확인하는 일을 즐거워하였다. 누구든 '나만의 즐거운 일' 한 가지는 갖고 있지 않나.

충북에서 활동한 문인들의 작품 속 지역과 장소를 찾아 나서는 길은 오래된 정인을 만나는 것처럼 늘 설레었다. 생각보다 현장이 잘 보존이 되어 있는 곳에 가면 작품 속 상황을 바로 느낄 수 있어 좋았다. 세월의 흐름과 주변 환경의 변화를 거스르지 못해 특정 공간이 변형되거나 심하게 훼손된 곳도 있었다. 때론 아예 공간 자체가 사라져 그저 어림짐작으로 위안을 얻을 수밖에 없는 곳도 있었다. 그러나 그 모든 상황에도 불구하고 나만의 즐거운 일은 멈출 줄 몰랐다. 한 곳이라도 더 찾고 알고 느끼고 싶었다. 그리고 이제는 그것을 정리하여 나누고 싶다는 생각이 들었다. 그것이 지극히 사적인 '나만의 문학기행'에서 '충북의 문화공간'으로 공간(公刊)의 형식을 취하게 된 이유이다.

우선 그 첫 번째 책에는, 충북의 열다섯 공간과 관련한 이야기를 담았다. 중간중간 한시를 소개하고 분석하여 공간에 대한 이해와 실감을 돕고자 하였다. 영동의 한천정사(寒泉精舍), 옥천의 이지당(二止堂), 청주의 송천(松泉)·독산(獨山)·사우당(四友堂)·주일재(主一齋)·세심정(洗心亭)·단계(丹溪), 괴산의 애한정(愛閑亭)·암서재(巖棲齋), 진천의 식파정(息波亭)·평사(平沙), 충주의 몽암(夢庵), 제천의 임호(林湖), 단양의 다백운루(多白雲樓)·서벽정(棲碧亭)이 그것이다. 이 중에는 우리에게 매우 잘 알려진 익숙한 곳도, 어쩌면 처음 들어보는 듯한 생소한 곳도 있을 것이다. 그러나 익숙한 곳이든 생소한 곳이든 이 책에 담긴 이야기는 그동안 일반 대중들이 쉽게 접할 수 있는 이야기는 아닐 것이다. 그렇기에 글솜씨도 없고 섬세함과도 거리가 먼 변변찮은 글이지만 부끄러움을 무릅쓰고 세상에 내놓기로 하였다.

　진천 식파정(息波亭)의 주인 이득곤(李得坤)이 그런 말을 하였다. 예로부터 현인과 군자는 천하 사물에 있어 좋아하는 바가 없다고. 오직 산수의 뛰어난 경치와 천석의 아름다움을 좋아할 뿐이라고. 좋아하는 것이 지극하면 그것을 구하러 두루 다니는 까닭에 반드시 땅을 얻어 정사(精舍)나 암정(庵亭)을 짓는다고. 주자의 무이(武夷) 율곡의 석담(石潭) 우암의 화양(華陽)이 그렇고, 자신의 두건(斗建) 또한 그러하다고. 한편 사람과 땅이 서로 얻는 것은 우연이 아니라고 하였다. 땅을 보면 가히 그 사람을 알 것이고, 사람을 보면 또한 그가 살았던 땅을 알게 된다는 것이다.

　이 책이 충북의 사람과 땅, 그리고 그와 관련한 특정 공간에 대해 알아가는 기회가 되었으면 한다. 그리고 이왕이면 그 과정을 즐겼으면 한다. 무엇보다 문학이라는 좋은 벗이 있으니 말이다.

2025년 1월

김용남

차례

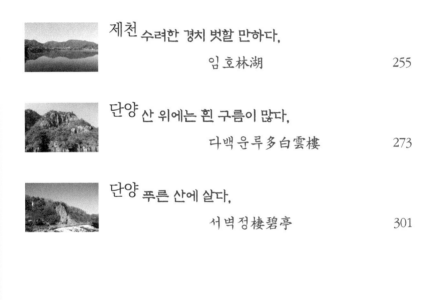

한천정사

靑舍

한천정사

영동 출처의 고민과 강학의 현장, 한천정사寒泉精舍

의리가 맞지 않으면 물러난다

월류봉이 자리한 영동 황간면 원촌리에 있는 한천정사寒泉精舍는 송시열 宋時烈(1607~1689)이 10년 동안 머물며 강학을 했던 곳이다. 1999년 충청 북도 문화재자료로 지정된 한천정사는, 1717년(숙종 43) 영동의 선비들이 송시열의 행적을 기리기 위해 세운 한천서원寒泉書院이 1868년(고종 5)에 훼철되자 1910년에 지역의 선비들이 다시 건립한 것이다.

병자호란이 일어난 다음 해인 1637년 1월, 인조가 청나라와의 강화를 결정 하고 삼전도에서 굴욕적인 항복을 하자 조선의 뜻있는 선비들은 은거하여 스 스로 학덕을 기르고 후학을 양성하여 후일을 도모하고자 하였다. 송시열 또 한 문명의 나라 조선이 청에 굴복하는 치욕을 겪고 이어 세자와 대군이 청으 로 떠나자, 도성에서 나와 속리산으로 들어가 모친 곽 부인郭夫人을 뵙고, 보 은 노곡老谷에 있는 둘째 형이 머무는 곳으로 모시고 돌아갔다.

송시열은 1638년 별제로 승진하였으나 부임하지 않았다. 그리고 그해 11 월, 산 높고 물 깊은 황간黃澗 냉천冷泉의 산골짜기로 내려가 은거하였다. 그의 나이 32세 때이다. 이듬해 9월 용담현령에 제수되었으나 역시 부임하지 않았다. 국가의 치욕을 절통하게 생각하여 오래도록 은거하려는 뜻을 가졌다. 당시의 정치적 상황에서 조정에 나가봐야 청나라의 꼭두각시를 면하기 어려울 것이라는 판단이 섰기 때문이다. 차라리 산수가 아름다운 이곳 냉천에서 학문에 전심하며 후학을 양성하는 것이 선비로서의 본분을 지키는 길이라고 굳게 믿은 것이다. 출처出處에 대한 그의 생각은 이처럼 당당하고 분명하였다.

한천정사에서 강학하다

32세에 냉천에 은거한 송시열은 42세(1648년)에 진잠鎭岑의 성전星田으로 이거하기까지 10년 동안 이곳 황간에 머물렀다. 가끔 곽 부인 문안차 보은과 옥천에 다녀왔을 뿐, 일절 시사時事를 말하지 않고 사방에서 모여드는 사람들과 함께 강학에 진력하였다. 당시 송시열이 처음 강학을 했던 곳은 한천정사의 동쪽으로, 현재 그곳에는 〈우암송선생유허비尤菴宋先生遺墟碑〉가 있다. 일찍이 우암이 이곳 정사에서 강학한 것을 기념하여 후손과 유림들이 1875년(고종 12)에 건립한 것이다.

한천정사의 전신인 냉천정사冷泉精舍를 지은 이는 일석一石 박유동朴惟棟(1604~1688)이다. 안정安定 박사삼朴事三(1564~1644)의 아들이자 중봉重峯 조헌趙憲의 생질이다. 황간의 안정촌安定村에서 살다가 물한산物閑山 아래 옥계玉溪와 석교石矯의 활계活溪 등으로 옮겨 살았다. 김장생金長生의 문인으로 송시열·송준길과 친교가 있었으며 학행으로 천거되어 참봉을 지냈다.

선생이 그날 이곳에 머물며	先生當日此留連
버들 언덕 이끼 낀 돌에 몇 번이나 올랐던가.	柳岸苔磯幾踟躕
산은 광려와 같이 푸르고	山似匡廬長積翠

尤菴宋先生遺墟碑

우암송선생유허비

물은 이락처럼 맑았네.	水如伊洛盡淸漣
절벽처럼 우뚝 솟은 높은 기상 떠올리며	追思氣像巍壁緬
고요하고 깊고 묵직한 뜻 생각한다.	想襟懷俯靜淵黙
이로부터 노부가 가르침 더 청하기 어려웠으니	自此老夫難請益
높은 자취 찾고 싶어 초가를 짓네.	爲尋高躅結茅椽

　　제목은 〈냉천에 초가를 지으며 송우재를 생각하다結第冷泉, 憶宋尤齋〉이다. 박유동의 문집 『일석유고—石遺稿』에 전한다. 송시열이 냉천에 은거할 뜻을 정하자 평소 가까이 교유했던 사우師友 박유동은 서둘러 그가 거처할 서재를 마련하였다. 바로 냉천정사이다. 위 시는 박유동이 정사를 지을 때, 이에 앞서 송시열과 함께 냉천을 답사했던 일을 떠올리며 읊은 것이다. 함련의 '광려匡廬'는 중국의 여산廬山을 가리킨다. 주周나라 때 광유匡裕 형제 일곱이 이곳에 집을 짓고 은거하였다. 또한 '이락伊洛'은 이수伊水와 낙수洛水로, 여기에서는 정자程子와 그 학통을 이어받은 주자朱子 등의 유학자를 가리킨다. '광려와 같이 푸르고 이락처럼 맑았다'고 하였으니, 우암이 잠깐 머물기만 해도 황간의 산수는 이처럼 달라 보였다는 것이다. 그리하여 그날의 만남은 박유동으로 하여금 이곳 황간에 유학의 도를 전수하기를 바라는 마음과, 자신 또한 송시열의 학덕을 가까이하고자 하는 기대감을 갖게 하였다.

활계거사의 두 눈이 푸르니	活溪居士雙眸碧
젊은 나이에 문장으로 드날렸네.	少日詞場擅姓名
늘그막에 산중으로 몸을 감추어	老去收身巖壑裏
경서와 사서 공부 힘쓰고 있네.	却於經史有工程

　　송시열이 지은 것으로, 제목은 〈박시보에게 화답하다和朴時甫〉이다. 첫째 구의 활계거사活溪居士는 당시 활계에 살던 박유동을 말한다. 젊었을 때

부터 문재文才가 뛰어나 글재주로 문명을 떨치던 그가 늘그막에는 산중에 묻혀 경사 공부에 매진한다는 것. 박유동은 시 246수와 〈황계지서黃溪誌序〉 등 문 3편을 남겼다. 특히 시 중에는 송시열에게 보낸 것이 많고, 〈냉천정사에서 비오는 날에冷泉精舍雨中〉·〈냉천에서 우연히 읊다冷泉偶吟〉·〈냉천에서 회포를 쓰다冷泉述懷〉 등 냉천정사와 관련된 시가 여러 편 있다.

『화양연원록華陽淵源錄』에 보이는 황간과 영동의 문인들은 송시열이 이곳에서 강학할 때 참여했던 이들이다. 박유동의 아들 박함장朴含章과 안정처사安定處士 박사삼의 종손從孫 박회장朴晦章도 포함되어 있다. 박회장은 1677년(숙종3) 송시열을 사면할 것을 청원하는 상소를 올려 같은 해 12월에 벽동군碧潼郡으로 유배되기도 하였다. 이밖에 박사삼의 외손 이지李枝와 송시열이 효우지사孝友之士로 일컬었던 청절당淸節堂 박승희朴承禧도 이때 그에게 배웠던 황간의 제자이다.

한편 청주 문의 출신 송봉松峯 오익승吳益升(1620~1679)이 황간의 송시열을 찾아 수업하였다. 사실 오익승은 19세인 1638년 2월부터 모친의 명에 따라 외가 쪽 어른인 송준길게 배웠다. 그때 그는 공주 사한리沙寒里 우락재憂樂齋에 머물렀다. 그러던 중 송준길이 황계黃溪에 있는 큰 스승을 종유從遊할 것을 권하자, 21세인 1640년 봄부터 황간의 송시열을 찾아 사제의 연을 맺었다. 혼인 후 1643년 1월부터 옥천의 노성산 아래 월협月峽으로 가서 살았는데, 1647년 봄 다시 고향 응봉鷹峯으로 돌아가기 전까지 4년을 옥천에서 살면서 황간을 오갔다.

도천과 송계에서 시로 화답하다

1638년 11월, 이제 막 황간에 자리를 잡은 송시열은, "며칠 동안 조용히 시내와 산 사이에 있노라니 형이 몹시 그리워 침음沈吟하다가 저절로 시구를 이루었으나 어찌 시라고 할 수 있겠습니까. 그러나 이미 시를 지었으므로 감히 숨길 수 없어 이렇게 적어 보내니 평론해 주고 또 화답하여 보내 주시는 것이 어떠하겠습니까."라는 말과 함께 세 편의 시를 송준길에게 보냈다. 그중 2수이다.

회천 사람이 도천 사람 되었으니	懷川人作道川人
송계를 바라보며 가까이하지 못하네.	相望松溪不可親
골짜기와 풍운은 정취가 다르지만	洞壑風雲雖異趣
마음을 각성한 그 뜻은 같으리라.	喚醒心處意思均
조용히 붉은 벼랑 대하다 날이 저무니	淨對丹崖到日昏
시원한 물소리 외딴 마을을 감도네.	寒聲淅瀝繞孤村
무단히 송계의 벗 생각이 나니	無端忽憶松溪友
공경 온문을 고요한 가운데 힘쓰리라.	恭敬溫文靜裏敦

제목은 〈시를 지어 송계에 계신 도형 명보 동춘에게 드리다吟呈松溪道兄明甫同春〉이다. 첫 번째 시 첫째 구의 '도천인道川人'은 송시열이 자신을 말한 것이다. 도천道川은 황간의 도대천道臺川을 가리키는데, 당시 우암이 살고 있던 곳으로 냉천의 상류이다. 둘째 구의 '송계松溪'는 송준길을 가리킨다. 당시 송준길이 안의安義에 있는 송계암松溪菴에서 살았기에 그렇게 말한 것이다. 이어 도천(황간)과 송계(안의)의 골짜기도 그리고 그 골짜기에 이는 바람과 구름의 정취도 사뭇 다르지만 서로 마음을 각성한 그 뜻은 같다고 하였다. 여기서 '마음을 각성한 그 뜻'이란 무엇을 말함인가. 『논어』「태백泰伯」에, "천하에 도가 있으면 나가고 도가 없으면 나아가지 않아야 한다天下有道則見, 無道則隱"라고 하였다. 자신들의 뜻을 제대로 펼칠 수 없는 상황에서, 과감하게 자리에서 물러나 수양과 후학 양성을 통해 선비의

본분을 지켜나가려 함이다. 당시 김장생의 고제高弟 송시열·송준길·이유태는 각각 황간 냉천, 안음 원학동, 덕유산 산미촌으로 은거하였다. 두 번째 시에서는, 송시열이 머무는 냉천의 풍광을 그리며 송계의 벗에 대한 그리운 마음을 담았다. 네 번째 구의 '공경온문恭敬溫文'은, 평소 공손히 섬기고 온화하며 문아文雅한 송준길의 모습을 말한 것이다.

송준길 또한 그대에 대한 생각이 간절할 때면 더러 시를 지었다며 세 편의 시를 보내왔다. 그중 1수이다.

세상 명리에 물보다 맑고　　　　　世味淡於水
마음의 근원이 참선하듯 고요하니　心源靜似禪
지팡이 짚고 홀로 문을 나서면　　　扶筇獨出戶
새로 뜬 달 아름다운 그대 비추리.　新月照嬋妍

제목은 〈우연히 읊어 도천에게 보내어 화답을 청하다偶吟寄道川, 道案求和〉이다. 송계에 있는 송준길이 황계에 있는 송시열을 생각하며 지은 것이다. 제목에서 말한 도천道川은 물론 송시열을 가리킨다. 그는 송시열이 누구보다도 세상 명리名利에 맑고 마음의 근원 또한 고요한 사람이라고 하였다. 비록 멀리 떨어져 있지만 그에 대한 그리움은 마치 눈앞에서 그의 모습을 보는 듯하다. 밤에 홀로 문을 나서는 벗과 어우러진 월류봉의 맑은 달빛을 절묘하게 그려내었다.

영동의 선비들 한천서원을 세우다

송시열 사후 문중에서는 옛 거처에서 멀지 않은 냉천 시내 상류에 사현사四賢祠를 지어 그의 위패를 봉안하였다. 이곳 냉천은 송시열이 젊은 시절 거처하던 곳으로 늘 학업에 전념하면서 수많은 세월을 보낸 곳인데도 사당이 없는 것에 대한 안타까움이 컸던 이유이다. 더욱이 사현사는 생전에 송시열이 건립을 주관했던 것으로 알려져 있다. 김창협金昌協(1651~1708)은 〈황간에 있는 우재 사우에 위패를 봉안한 제문黃澗尤齋祠宇奉安祭文〉에서, '세도世道를 자임함이 용감하였고 의리를 지키는 게 확고하였다任道之勇, 秉義之確'고 하였다.

이후 영동의 선비들은 우암의 행적을 기리기 위해 1717년(숙종 43)에 서원을 세웠고, 1725년(영조 1) '한천寒泉'이라는 사액을 받았다. 이후 한천서원은 우암을 제사하고 후학을 교육하는 공간으로 참배객들의 발길 또한 끊이지 않았다.

서원에 사람 없고 문은 굳게 잠겼는데	院宇無人鎖不開
뜰 가득 봄풀만 홀로 배회하네.	滿庭春草獨徘徊
초상을 우러러보지 못함을 어찌 한탄할까	未瞻七分何須嘆
시냇가 푸른 바위가 만 길이나 높구나.	溪上蒼巖萬丈嵬

김상진金相進(1736~1811)이 1766년에 지은 것으로, 제목은 〈늦은 봄 하순에 한천서원에서 노는데 원직이 마침 출타하여 참배를 하지 못하였다. 드디어 절구 한 수를 읊어 동행에게 보이다暮春下浣, 游寒泉書院, 院直適出, 未得瞻拜, 遂吟一絶, 以示同行〉이다. 탁계濯溪 김상진은 보은 출신으로 젊은 시절에는 홍명원洪命元에게 수학하다가 성장하여서는 김원행金元行·송명흠宋明欽을 사사하였다. 서원을 방문했는데 마침 원직이 출타하여 우암의 초상肖像을 보지 못하였다. 그러나 한탄할 일은 아닌 것이, 냇가에 우뚝 서 있는 푸른 바위가 선생을 대신한다는 것이다. 셋째 구의 '칠분七分'은 초상을 말한다. 그림으로는 그 사람을 나타낼 수 있는 것이 7분에 불과하다는 말이다.

한천의 고사를 누구에게 물을까   寒泉古事憑誰問
머리 돌리니 물 흐르고 구름 또한 쓸쓸하네.   回首水流雲又凄
오히려 사우 앞에 만 길 석벽이 있어   猶有祠前萬仞壁
오래도록 사도의 기운이 그와 같네.   千秋道氣與之齊

〈한천서원에 참배하고 삼가 판상의 시에 차운하다謁寒泉書院, 敬次板上韻〉
로 송시열의 9대손 송병순宋秉珣(1839~1912)의 작품이다. 첫째 구의 '한천
寒泉'은 한천정사를 말한다. 주자가 모친의 장사를 치른 뒤에 무덤 가까이
에 정사를 세웠는데, 그 이름이 한천정사였다. 주자는 이곳에 거주하며 학
문에 침잠하였는데, '한천의 고사'는 이를 두고 한 말이다. 송시열 또한 이
곳 냉천(한천)에서 학문에 전념하며 강학을 하였기에, 그 옛날 주자가 한천
에서 했던 일과 송시열의 모습을 함께 떠올린 것이다. 다만 스승들은 가고
없지만 사우 앞에 우뚝한 만 길 석벽만이 오래도록 유가의 법도를 대신한
다고 하였다. 이처럼 수많은 참배객들의 발길이 머물던 그 옛날 한천서원
은 사라지고 없지만, 한천정사가 있어 그나마 이곳을 찾는 이들의 아쉬운
마음을 달래준다.

황간 냉천의 아름다운 산수, 한천팔경

황간 냉천은 산수가 아름답기로 유명하다. 그리하여 일찍이 이 일대의
뛰어난 경치 여덟 곳으로, 월류봉月留峰·냉천정冷泉亭·사군봉使君峰·화헌
악花獻嶽·법존암法尊巖·산양벽山羊壁·청학굴青鶴窟·용연대龍淵臺가 널리 알
려졌다. 그런데 이것이 『신증동국여지승람』 황간현黃澗縣 불우佛宇조에는
'심묘사深妙寺의 팔경八景'으로 기록되어 있다. 이어 제영題詠조에 고려 이
지명李知命(1127~1191)의 시가 있다. "여러 봉우리 구름 받쳐 솟아있고, 맑

은 냇물 돌에 부딪쳐 흐르네列嶂撑雲聳, 淸川激石流"이다. 월류봉을 읊은 것으로 보인다. 이지명은 사부詞賦를 잘 지었고 초서와 예서에도 뛰어났다. 명종 즉위 후 간관에 발탁되었고 정당문학政堂文學에 올랐다.

그렇다면 '심묘사팔경'은 누가 언제 설정한 것일까. 고려 명종 때 중국의 「소상팔경瀟湘八景」 시가 우리나라에 유입된 이래 이인로李仁老·이규보李奎報·진화陳澕 등 당시 문인지식인에 의해 소상팔경을 소재로 시를 짓고 그림을 그리는 팔경문화八景文化가 유행하였다. 이런 가운데 우리나라의 경치를 대상으로 한 한국의 팔경시가 등장한다. 고려후기로 오면 더욱 유행하여 특정 지역에 대한 팔경시가 창작되면서 한국의 팔경시는 점차 확산되기 시작한다. 이러한 한국 팔경시의 전개과정으로 볼 때, 아마도 심묘사팔경은 고려 명종 이후 심묘사와 인연이 있는 시인 묵객 중에 팔경문화에 익숙한 누군가가 설정했을 가능성이 있다.

이후 심묘사팔경은 '냉천'이라는 지역 이름을 딴 '냉천팔경冷泉八景'으로 바뀌었다. 그것은 영남 지식인 중의 한 사람인 목재木齋 홍여하洪汝河 (1620~1674)가 남긴 「냉천팔영冷泉八詠」 시를 통해 알 수 있다. 그렇다면 언제 바뀐 것일까. 일단 『신증동국여지승람』이 편찬된 1530년 이후인 것만은 확실하다. 홍여하는 홍귀달洪貴達의 5대손으로, 병마사 권우權堣의 일로 1660년(현종 1) 1월 황간으로 유배되어 몇 년을 이곳에서 지냈다. 그가 남긴 「냉천팔영冷泉八詠」 8수는 이때 지은 것이다. 그렇다면 1660년 이전에 '심묘사팔경'에서 '냉천팔경'으로 바뀌었다는 것인데, 아마도 냉천에 냉천정사가 생기고 송시열이 그곳에 머물면서 자연스럽게 '냉천팔경'으로 불린 듯하다. 현재 한천정사에 주련柱聯처럼 걸린 팔경을 보면 그럴 가능성은 더욱 크다. 이후 1717년 한천서원이 건립되면서 '냉천팔경'에서 '한천팔경寒泉八景'으로 바뀌어 오늘에 이르고 있다.

월류봉

해 저문 빈 강에 저녁 안개 자욱한데	日落江空暮靄橫
찬 달이 고요한 가운데 떠올라 더욱 어여쁘네.	更憐寒月靜中生
삼천 길의 옥처럼 우뚝 선 동쪽 봉우리	東岑玉立三千仞
맑은 달빛 머물러 밤마다 밝구나.	留得淸輝夜夜明

홍여하가 지은 「냉천팔영冷泉八詠」 8수 중 〈월류봉月留峰〉이다. 월류봉은 '달이 머물다 가는 봉우리'라는 뜻이다. 이곳은 깎아지른 바위산 아래로 초강천이 흐르고, 그 위에 그림처럼 월류정月留亭이 자리하고 있어 그 자체로 한 폭의 그림 같다. 해 저문 초강천에 안개가 자욱한데 그 고요 속을 뚫고 떠오른 달. 그 모습 어여뻐 시인은 감탄을 금치 못한다. 그런데 아름다운 달빛에 매료된 것은 시인뿐만은 아닌가 보다. 푸른 옥처럼 우뚝 솟은 동쪽 봉우리마저 맑은 달빛을 잡아놓아 밤마다 밝다고 한 것을 보니. 이처럼 우뚝 솟은 월류봉 봉우리에 밝고 둥그런 달이 걸려있는 정경은 참으로 아름다워 한천팔경 중에서도 제1경으로 꼽힌다.

금화산에서 양 치던 일 몇 천 년 되었던가	金華羊叱幾千齡
괴석이 부름에 응하여 양으로 변했다지.	醜石應須變幻成
홀연 산 밖을 지나는 목동을 보고서도	忽見牧童山外過
세상에 다시금 초평을 아는 이 없구나.	世人無復識初平

〈산양벽山羊壁〉이다. 산양벽은 월류봉의 첫째 봉우리와 둘째 봉우리이다. 병풍같이 깎아지른 괴이한 모양의 바위벽을 보고 시인은 황초평黃初平을 떠올린다. 아무래도 바위벽의 생김새가 예사롭지 않고, 무엇보다 '산양山羊'이라는 이름 때문이리라. 단계丹溪 사람 황초평은 15세에 양을 치다가 도사를 따라 금화산金華山 석실로 가서 수도하였다. 그 후 40년 만에 형 초기初起가 수소문 끝에 그를 찾아가 만났는데, 양은 보이지 않고 흰 돌들만

있었다. 그런데 초평이 "양들은 일어나라."라고 소리치자 흰 돌들이 모두 수만 마리의 양으로 변하였다는 것이다. 『신선전神仙傳』〈황초평黃初平〉에 있는 이야기다. 산양벽의 괴석을 그 옛날 황초평의 양으로 치환하여, 아직까지도 월류봉 산자락에서 양을 치고 있는 그를 알아보는 사람이 없다는 재미있는 발상이다.

이지당

이지당 바위글씨

옥천 높은 산을 우러러보며 큰길을 걸어간다, 이지당二止堂

조헌이 노닐며 감상하던 곳

금강 상류의 지류인 서화천을 굽어보는 산비탈에 자리한 옥천 이지당二止堂은 조선시대에 건립된 서당이다. 강당과 누각으로 되어 있는 소박하고 단아한 이지당은, 조선후기 정형화한 서당 건축의 형식을 뛰어넘어 역사·예술·학술·건축적 가치가 뛰어나다는 평을 받아 최근 보물로 지정되었다. 사계절 수려한 경관을 자랑하는 이곳은 일찍이 조헌趙憲(1544~1592)이 한가롭게 노닐며 감상하던 곳으로, 지금도 이지당으로 가는 길가의 바위에는 '이지당二止堂' 세 글자와 그 아래에 중봉 선생이 노닐며 감상하던 곳이라는 뜻의 '중봉선생유상지소重峰先生遊賞之所' 여덟 글자가 있다. 이 바위글씨는 송시열宋時烈(1607~1689)이 쓴 것을 1687년에 이곳 바위에 새긴 것이다.

1584년 겨울부터 옥천 안읍安邑 율치산栗峙山에 머물던 조헌은 공주목公州牧 교수로 있던 1586년 가을에 이곳에 들러 다음과 같은 시를 지었다.

산수가 아름다운 이곳은   水麗山明地

바람에 잎이 지는 가을이라.	風高葉落秋
거닐며 노닐던 조 제독이	徜徉提督趙
우연히 주 광문을 만났네.	邂逅廣文周
다행히 선옹들 모여	幸値仙翁集
동자들을 이끌고 노니는 곳.	因携童子遊
느긋하게 한번 취하여	悠然成一醉
달빛 타고 긴 물가를 거니네.	乘月步長洲

　제목은 〈이종철과 냇가를 거닐다 마침 술을 들고 찾아온 김대승과 주현민을 만나 술에 취해 뜻을 말하다與李生宗喆散步川上, 適値金生員大升·周賢仲獻民携酒見訪, 乘醉言志〉이다. 운자는 추秋, 주周, 유遊, 주洲다. 조헌은 이지당이 자리한 이곳의 풍광을 수려산명水麗山明이라 하였다. 그만큼 산 좋고 물 맑은 아름다운 곳이기에 자주 찾게 되었으리라. 당시 이곳에는 각신동覺新洞이라는 마을 이름을 딴 각신서당覺新書堂이 있었다. 물론 규모나 외양이 지금 이지당의 모습과는 많이 달랐을 것이다. 조헌은 때때로 이곳을 찾아 한가로이 경치를 감상하는가 하면 평소 마음에 맞는 사람들과 교유하며 학문을 닦았다.

이지당, 김만균이 건립하고 송시열이 명명하다

　조헌 사후 80여 년에 그 옛날 각신서당이 있던 자리는 쓸쓸하기만 하였다. 그 맑고 또렷하던 아이들의 소리는 더 이상 들리지 않았다. 그러던 중에 당시 승정원 좌부승지였던, 사계沙溪 김장생金長生(1548~1631)의 증손이자 송시열의 문인 김만균金萬均(1631~1675)이 공무의 여가에 옥천에 와서 각신마을 선비 금유琴愉·금성琴惺·조징趙澄과 함께 중봉 선생의 발자취가 서린 곳을 찾아보게 되었다. 그리고는 그냥 방치하여 세월에 묻혀 사라지게 해서는 안 될 것이라는 생각과 이미 지방학교가 있던 곳에 집을 세워 수재들을 모아 가르친다면, 현인을 사모하는 뜻[慕賢之意]과 선비를 양성하는 방법[造士之道] 두 가지 결과를 얻을 수 있다고 생각하여 서당을 지었다. 1674년의 일이다.

범이 떠나고 용이 사라지던 날은	虎逝龍亡日
천지가 뒤집히고 무너지던 때라네.	天翻地覆秋
사문은 노나라가 되기를 기약하며	斯文期變魯
우리 도를 동주에 비하였네.	吾道擬東周
시편이 유묵으로 남아 있어	寶唾存遺墨
명승에서의 좋은 놀이 기록하였구나.	名區記勝遊
학문을 닦던 곳 지금 와보니	藏修今得所
흰 모래 물가만 예전 그대로라네.	依舊白沙洲

김만균의 작품이다. '호서용망虎逝龍亡'은 조헌의 죽음을 뜻한다. '사문은 노나라가 되기를 기약하며 우리 도를 동주東周에 비하였다'는 것은, 조헌 사후에도 도가 이어져 주공周公이 다스린 노나라처럼 풍속이 아름다워지기를 바라는 마음을 드러낸 것이다. 동쪽에서 주나라의 문물제도를 다시 일으키겠다고 한 공자의 '동주東周 만들기'의 뜻을 잊지 않고, 이곳 옥천의 각신마을에 유학의 도를 보존하고 이어가겠다는 것이다.

당명堂名은 송시열에게 부탁하였다. 송시열은 『시경詩經』의 "높은 산을 우러러보며 큰길을 걸어간다.[高山仰止 景行行止]"라는 구에서 '앙지仰止'와 '행지行止', 이 두 가지 '지止'의 뜻을 취하여 '이지당二止堂'이라 명명命名하였다. 높은 산[高山]은 고상한 덕행을 가리키고 큰길[景行]은 정대하고 광명한 행위를 말한다. 인仁을 좋아함은, 인仁의 그릇은, 무겁고 그 길이 멀기 때문에 '고산경행高山景行'과 같다. 그러하기에 오직 우러러볼 뿐만 아니라

각신서당 현판

이지당 현판

행하려고 해서 반드시 여기에 그쳐서 옮기지 않는 뜻이 있어야 한다. 도道를 향해 가서 힘이 소진한 뒤에야 그치니, 늙는 것도 잊고 여생이 얼마인지도 모른 채 매일 부지런히 노력하다가 죽은 뒤에야 그치는 것이다. 이것이 '지止'의 의미이다.

송시열은 조헌의 절의와 도덕이 마치 고산高山·경행景行과도 같아 가히 우러르고 따를 자로 조 선생 같은 이가 누가 있느냐고 하였다. 1592년 임진왜란이 발발하자 문인들과 함께 의병을 일으켜 청주에서 왜적을 격파하고 마침내 금산에서 의병 700여 명과 함께 전사한 그의 절의는 모두가 공경하여 우러러 사모할 만하다는 것이다. 한편 조헌은 김장생과 함께 이이李珥의 문하에서 공부하였으니, 비록 덕에 나아간 데는 차이가 있으나 그 연원과 학문의 방법門路이 바른 것은 영원히 의혹이 없을 것이라고 하였다. 이러한 면이 바로 각신마을 선비들이 우러르고 따르려는 까닭이니, 어진 이를 잊지 않으려는 오늘날의 마음을 대대로 잃지 않아야 한다는 말로 '이지당二止堂'이라는 당명을 지어준 뜻을 말하였다.

조헌의 문집 간행을 주관하기도 했던 송시열은 1674년 이지당이 건립되자 당명을 써주며 〈이지당기二止堂記〉를 짓고 아울러 시도 한 수 지어 김만균에게 보냈다.

새로 지은 집 맑은 물가에 임했으니	新構臨清泚
선생 가신 지 몇 해인지 묻네.	山頹問幾秋
하늘 거리에 기미성이 멀고	天衢箕尾遠
인간 세상에는 세월이 흘렀구나.	人世歲星周
사업은 주자의 글 속에 있고	事業朱書裏
연원은 율곡에게 받았어라.	淵源德水遊
맑은 술잔 올리고자	欲陳明酌薦
마름을 물가에서 캐었노라.	蘋藻採芳洲

위 시의 제목은 〈삼가 중봉 선생의 이지당 시에 차운하여 김 사군 정평에게 보내다敬次重峯先生二止堂韻, 酬金使君正平 萬均〉이다. 끝구가 다른 책에는 "평생에 사모함 간절했으니 오늘도 물가에 섰노라.[平生勤仰止 今日立汀洲]"로 되어 있다. '사업은 주자의 글 속에 있고 연원은 율곡에게 받았다'고 하여 주자를 정신적 스승으로 삼고 율곡 이이 문하에서 성리학을 공부한 조헌의 학문적 연원을 말하였다.

금봉의가 묻고 송시열이 답하다

김만균이 이지당을 짓기 전 답사에 동행했던 금유琴愉(1614~1677)·금성琴惺(1619~1681) 형제의 자제들은 모두 이지당에서 공부했는데, 특히 금유의 아들 금도명琴道鳴(1639~1697)은 송시열의 제자로『화양연원록華陽淵源錄』에도 이름이 올라 있다. 금도명의 아들 수경재水鏡齋 금봉의琴鳳儀(1668~1697) 또한 선조들이 대대로 각신마을에 살면서 이지당 창건에 깊이 관여하며 그곳에서 공부하였기에 그 또한 어릴 때부터 자연스럽게 이지당에서 공부하였다. 그런 그가 송시열을 처음 만난 것은 1680년 종조從祖 금성의 집에서였다. 그때 그의 나이 열세 살이었다.

금봉의가 본격적으로 송시열의 제자가 되어 배움을 청한 것은 18세 때인데, 송시열은 그가 성현의 학문에 뜻이 있음을 알고 더욱 귀하게 여겼다. 1687년 20세의 청년 금봉의는 이지당에서 스승 송시열에게 도에 들어가는[入道] 요체를 물었다. 그러자 송시열은, "사계 선생은 사람을 가르치되 반드시『소학小學』을 우선으로 하셨다."라고 하였다. 이는 이이李珥-김장생金長生-송시열宋時烈로 이어진 자신의 도통道統을 확인하는 한편 금봉의에게 이러한 도통을 전수하는 것이기도 하였다. 이어 처신하는[行己] 요체를 묻자, '경敬' 만한 것이 없다고 하였고, 그 항목을 물으니, "쉽게 알 수 있는 것 세 가지가 있으니, 잡된 말을 하지 말고[無雜言], 잡된 행동을 하지 말고[無雜行], 잡된 생각을 하지 말라[無雜思]"라고 하였다. 도에 들어가려면 몸가짐이 '경敬'을 벗어나서는 안 되니, 구체적으로는 평소 잡언雜言·잡행雜行·잡사雜思가 없어야 한다는 것이다.

1688년 가을, 송시열은 금봉의에게 '명성양진明誠兩進 경의해립敬義偕立' 여덟 글자를 써주었다. '명과 성에 모두 정진하여 경과 의를 함께 세운다'는 것이다. 명明은 사물의 이치를 궁리하여 무엇이 선善인지 아는 것이고, 성誠은 진실하여 거짓이 없는 본성을 말하는 것으로 인성을 수양하는 기본 명제이다. 또한 군자는 경敬으로 마음을 곧게 하고 의義로 일을 바르게 하니, '경'과 '의'가 확립되면 덕이 외롭지 않다고 하였다. 스승이 제자에게 권면하는 뜻이 이와 같았다.

두 분 현인 이미 멀리 가시고　　　　兩賢俱已遠
대 앞의 버들 몇 번이나 봄가을 맞았던가.　臺柳幾春秋
도덕은 자사와 맹자를 근원으로 삼고　道德宗思孟
연원은 공자와 주자를 조종으로 삼았네.　淵源祖孔周
처량하게 산수마저 목 메이고　　　　凄涼山水咽
학과 원숭이 노니는 적막한 곳.　　　寂寞鶴猿遊
슬프다 사람들 어디로 갔는가　　　　惻愴人何去
물가에 흰 갈매기만 변함없구나.　　依然白鷗洲

〈이지당. 삼가 중봉·우암 두 선생의 시에 차운하다二止堂, 敬次重峯尤菴兩先生韻〉로 금봉의가 송시열 사후에 지은 것이다. 두 현인이 떠나고 없는 이지당의 쓸쓸하고 적막한 풍광을 그렸다. 금봉의는 이지당 주변의 산이 밝고 물이 고움을 사랑하여 특별한 일이 있지 않으면 늘 그곳에서 유식遊息

하였다. 더구나 이지당은 스승 송시열이 제자들을 모아 강론한 곳이 아닌가. 이처럼 스승과의 추억이 켜켜이 쌓인 곳이기에 스승이 떠나고 없는 적막한 이지당에서 새삼 스승에 대한 깊은 그리움에 잠긴 것이다.

이지당, 호서사림의 강학처가 되다

조헌과 송시열이 산수를 즐기며 도를 강론했던 이지당은 그 자체로 기호학의 상징과도 같은 곳이다. 기호학맥에서 가장 큰 줄기는 율곡학파이다. 조헌이 이이의 문인이고, 그와 동문이자 율곡의 적통을 이은 제자인 김장생의 증손 김만균이 이지당을 건립하였으며, 김장생의 적전嫡傳인 송시열이 당명을 짓고 이곳에서 강학하였다. 이로써 옥천 이지당은 이이-김장생-송시열로 이어지는 기호유학의 도통을 전수하는 현장과도 같은 곳이 되었다.

송시열 사후에도 이곳에서 공부했던 수많은 제자들은 스승의 유훈을 받들고 유업을 계승하였다. 한편 스승이 강론했던 현장을 방문하는 호서사림湖西士林들의 발걸음 또한 이어졌다.

명승에 일찍이 두 분 대로가 계셔	名區曾二老
정학으로 천추토록 함께 하시네.	正學共千秋
벼랑은 오래되어도 친필은 남았으니	崖古字猶在
텅 빈 산속에서 몇 해나 흘렀는가.	山空歲幾周
안타까워라 이내 몸 뒤늦게 태어나	吾生嗟已後
이곳에서 함께 종유하지 못함이여.	此地未同遊
학문의 참된 근원 거슬러 올라가고자	欲泝眞源去
저물녘 물가에 배회하며 섰노라.	徘徊立晚洲

김원행金元行(1702~1772)의 작품이다. 송시열의 학맥은 크게 권상하를 중심으로 하는 호파湖派 중심의 학맥과 김창협을 중심으로 하는 낙파洛派 중심의 학맥으로 나누어 볼 수 있다. 김창협의 손자이자 이재의 문인인 김원행은 자연 낙론을 지지하는 대표적인 학자로 활동하는데, 1771년 옥천 이지당을 방문하고 이 시를 지었다. 바위에 새겨진 스승의 친필을 찾아보며 자신의 학문적 연원을 확인하고자 하는 마음을 담았다.

선현의 자취 머무는 이곳에	昔賢留躅地
경물은 몇 번의 가을이 지났는가.	雲物幾徂秋
고목은 시냇가에 쓰러져 있고	古木當溪偃
가파른 바위로 좁은 길 이어졌네.	巉巖夾路周
학문에 전념하며 후학을 양성하고	藏修勤後學
한가로이 지내며 놀던 일 생각한다.	薖軸想前遊
화운하며 부질없이 기다리노라니	賡韻空延佇
가벼운 연기 저녁 물가에 이네.	輕烟已夕洲

위 작품은 송준길宋浚吉의 후손으로 성리학과 예학에 조예가 깊었던 송내희宋來熙(1791~1867)가 1840년에 지은 것이다. 선현의 자취가 머무는 이지당을 찾아 소회를 풀어내었다. 경련의 '장수藏修'는 학문에 대한 생각을 품고 익히는 것을 말하며, '과축薖軸'은 『시경』「고반考槃」의 '석인지과碩人之薖'의 '과薖'와 '석인지축碩人之軸'의 '축軸'을 합한 말로 한가로이 지내는 모양이다. 현자가 세상을 피해 은거하면서 자기의 즐거움을 성취하는 것을 말한다. 군자가 학문을 할 때 공부에 힘쓰기도 하고 때로는 유유자적하며 쉬기도 하는데, 이곳 이지당이 선현의 장수처藏修處요, 유식처遊息處였음을 말한 것이다.

오래된 당에 유풍이 남아 있고	堂古遺風在
바위의 꽃은 몇 해나 지났는가.	巖花閱幾秋
윤상은 조정을 유지하였고	倫常扶廟社
도맥은 정자와 주자로 거슬러 오르네.	道脈溯程周
세상에 늦게 나온 나는	宇宙生吾晚
계산에서의 옛일에 감회가 일어라.	溪山感舊遊
두 분의 자취 길이 사모하여	長懷二老躅
달빛 타고 빈 물가를 내려가네.	乘月下空洲

　송시열의 9대손 송병선宋秉璿(1836~1905)의 작품이다. 그는 자주 이지당에서 회강會講하였다. 두 분의 윤리와 도덕이 조정을 유지하였고, 도맥道脈은 정자程子와 주자周子에 닿아있다고 하면서, 자신이 세상에 늦게 나온 까닭에 평소 흠앙欽仰하는 두 분과 종유從遊하지 못함을 안타까워하였다. 한편 송병선은 금봉의의 문집 『수경재유고水鏡齋遺稿』의 서문을 지은 바 있고, 〈이지당계안二止堂契案〉의 서문을 쓰기도 하는 등 그 누구보다도 이지당과 인연이 깊은 인물이다.

　송시열 사후 그의 유업을 계승한 문인과 후손들을 중심으로 오랫동안 호서사림의 강학처講學處로 기능했던 이지당에는 오늘날에도 변함없이 선현의 자취와 숨결을 가까이에서 느껴보고자 하는 사람들의 발걸음이 이어지고 있다. 옥천 이지당에 가볼 일이다. 멀리 이지당을 감싸 안은 산을 바라보며 물가를 따라 한 걸음 한 걸음 걸어가 볼 일이다.

옥천 이지당 좌익랑

송 천

기양사

청주 푸른 소나무 우거지고
맑은 물 흐르다,
송천松泉

송천을 장수처로 삼다

송천松泉은 청주시 현도면 상삼리上三里 대문중마을에 있는 작은 골짜기다. 상삼上三은 '윗 세거리 길[삼기 三岐]'이라는 의미로 본래 문의군文義郡이도면二道面 지역이다. 이 중에 대문중마을은 현도 보성오씨寶城吳氏 삼기문중三岐門中 묘역과 기양사岐陽祠를 중심으로 형성된 마을이다. 이곳에 송천재사松泉齋舍를 지어 선조를 받들고 또 이곳을 장수처藏修處로 삼아 오직 스승의 뜻을 계발하여 학문에 전념하며 후진을 양성하는 일에 힘쓴 이가 있다. 조선후기 학자이자 문인 오재정吳再挺(1641~1709)이다.

오재정은 자가 정오挺吾이고 호는 한천당寒泉堂·송천松泉이며 본관은 보성寶城이다. 9대조는 태종 말엽에 지금의 현도면 양지리 월대月坮에 입향한 진의부위進義副尉 오숙동吳叔소이고, 8대조는 오숙동의 삼남으로 부사과副司果를 지낸 오인후吳仁厚(1426~1506)다. 그의 후손들이 이곳 상삼리에 자리 잡은 삼기문중이다. 증조는 효성과 우애가 지극했던 오계립吳啓立(1560~1624)인데, 어버이를 봉양하는 일에 그의 네 아우, 정립廷立·시립時立·유립裕立·제립悌立이 각기 직분을 다하여 향당에서 '효문사난孝門四難', 곧 '효자 가문의 난형난제 네 아우'라 하였다. 조부 수분당守分堂 오상건吳尙健(1590~1657) 또한 효우와 학식이 뛰어났다. 아버지는 집안의 명성을 이어 예학이 독실하였고 일찍이 우암·동춘당 양 선생이 귀하게 여겼던 수한당睡閒堂 오진택吳振澤(1615~1691)이고 어머니는 밀양손씨密陽孫氏 손섭孫涉의 딸이다.

오재정은 어려서부터 총명하여 부지런히 공부하였고, 조금 자라서는 과거 공부를 익히며 문사文思가 날로 발전하였다. 시례詩禮의 가풍을 이어 행실에 예의가 있었고, 스스로 이른 나이에 이미 탁립卓立의 뜻이 있었다. 우암 송시열의 제자가 되어 가르침을 받고는 더욱 스스로 힘써 부지런히 공부하며 오로지 배운 것을 존중하고 아는 것을 행하는 데 힘썼다. 일찍이 과유科儒의 길을 접고 학문에 전념하였고, 1689년(49세) 스승이 화를 당한 후로는 세사世事를 끊고 후진을 양성하는 일에 전념하였다.

그는 부친의 뜻을 이어 삼기三岐에 재실을 짓고 효성으로 선조를 받들었다. 송천재사松泉齋舍가 있는 곳을 송천동천松泉洞天이라 하였고, 이곳 송천에서 만년을 보내며 '송천松泉'으로 자호하였다. 또한 송천에 무이武夷와 석담石潭의 고사를 추모하여 송천구곡松泉九曲을 설정하였고, 또 따로 송천팔경松泉八景을 정하여 돌에 새기고 시를 지었다. 날이 좋을 때는 관동과 더불어 강학하고 시를 읊조렸고, 한가한 날에는 향음주례鄕飮酒禮를 열어 풍속을 밝게 하였다.

오재정은 효문사난의 가풍을 이어 덕성이 자연 순수하였고, 송시열과 같은 대현大賢에게 귀의하여 지향하는 바가 정대하였기에 학덕이 높은 선비들이 그를 중하게 여겼다. 자연에서 늙으며 벼슬을 멀리하고 후진을 교육하며 오로지 천석의 승지에서 심성을 수양하는 데 힘썼다. 운명과 시대가 어긋나 끝내 시골에서 처사處士로 지냈으나 그가 남긴 시문을 통해 고아한 문사로서의 면모를 엿볼 수 있다.

송천에 담긴 뜻과 송천구곡

오재정의 유고는 현재 전해진 것보다 훨씬 많았다. 그리고 애초『한천당집록寒泉堂集錄』과『송천집록松泉集錄』으로 각각 이름을 달리하였다. 『한천당집록』은 그가 태어나 자란 현도면 달계리 덕지[德溪] 마을에 살 때 지은 글을 모아놓은 것이고, 『송천집록』은 만년에 선영이 있는 삼기로 이거한 후 '송천'으로 자호하면서 송천재사에서 지낼 때 지은 글을 수록한 것이다. 오재정은 1689년 스승 사후 삼기로 은거를 결심했고 그곳에 송천재사를 지었다, 송천재사로의 정식 이거移居를 1700년으로 보아도, 『송천집록』은 1700년부터 1709년까지의 기록이 된다.

오재정은 삼기문중의 묘역이 조성된 삼기의 서남쪽 수석이 있는 곳을 송천동천이라 하였고 이곳에 송천재사를 짓고 살았다. 그렇다면 왜 '송천松泉'이라 한 것인가? 박만유朴萬有의 〈송천재사기松泉齋舍記〉에 어느 정도 답이 있다. 박만유는 오재정의 벗으로 1691년부터 오재정의 집에 왕래하였다. 기문에는, 오재정이 선대의 의관衣冠을 간직한 삼기의 송천에 재사를 짓고 그를 초청하여 보이면서 한 말을 적었는데, 재사의 북쪽 끊어진 기슭은 푸른 소나무가 음울하고 골짜기엔 물이 맑고 격하며 기이한 바위와 꽃 그리고 새소리와 한가하게 흘러가는 구름이 있다는 것이다. 이로써 소나무가 있고 골짜기에 물이 흐르는 재사 주변의 경관에서 소나무와 물을 취해 '송천'이라 하였음을 알 수 있다.

오재정은 송천재사에서 지내며 살아계실 때 모셨던 것과 똑같이 선조들을 모시고자 하였다. 아울러 이곳을 장수처藏修處로 삼아 학문에 전념할 생각을 하였다. 또한 해가 가면서 소나무가 무성해지듯 자신의 뜻이 후생들에게 계속 이어지길 바랐다. 바로 여기에 그가 취한 소나무의 뜻이 있다. 보통 소나무는 가래나무와 함께 산소 주변에 많이 심기에 송추松楸는 보통

송천구곡

선영先塋을 뜻한다. 또한 소나무는 어려움에 처하여도 지조와 절의를 굽히지 않고 자신의 신념을 꿋꿋이 지켜나가는 군자의 모습에 비유된다. 만년을 재사에 거하며 선산을 지키고자 하는 오재정의 모습은 한 그루 소나무에 다름 아니니 효송孝松이라 할 것이요, 또한 그곳에서 세사를 멀리한 채 은군자로 살았으니 세한송歲寒松이라 하겠다. 거기다 끝없이 흐르는 물을 보며 학문에 전심하고 심성을 수양하여 평생 수결지사修潔之士로서의 삶을 살겠다는 것이 아닌가. 결국 이와 같은 자신의 지극한 효와 신념, 그리고 끝없는 학문의 자세가 후손들에게도 영원히 이어지길 바라는 마음을 '송천松泉'이란 말에 담은 것이다. 이렇듯 '송천'은 오재정이 특별히 명명한 것으로, 만년에 그는 '송천松泉'으로 자호하고 구곡과 팔경에도 송천을 넣어 이름 지었다.

송천을 장수처로 삼은 오재정은 무이와 석담의 고사를 추모하고 인지仁智의 도를 즐기기 위해 시내에 송천구곡松泉九曲을 정하고 돌에 새겼다. 이는 화양동에 주자의 무이구곡을 본떠 화양구곡華陽九曲을 구상하였던 스승 송시열의 사업과 정신을 이은 것이다. '주자-이이-송시열-오재정'으로 인식되는 학문적 연원, 곧 도통의식에서 비롯된 것이라고 할 수 있다.

송천구곡은 덕암산의 서쪽으로부터 발원한 시내에 있다. 마을 위쪽에 꽃동네대학교가 들어서면서 골짜기와 시내가 변형되었고 규모 또한 많이 줄었다. 상류에서 하류로 1곡에서 9곡까지, 진학암進學巖·조어암釣魚巖·대월암待月巖·망선암望仙巖·투한암偸閒巖·계술암繼述巖·탁영암濯纓巖·상지암尙志巖·탄서암歎逝巖이다. 아홉 개의 바위에 구곡의 이름을 새겨 넣었는데, 현재 본래의 모습을 유지하고 있는 것은 진학암·투한암·계술암·탁영암뿐이고 나머지는 최근에 다시 새겨 복원한 것이다. 그런데 현재 2곡 조어암이 6곡 계술암과 7곡 탁영암 사이에 놓여 있고, 3곡 대월암 아래에 있어야 할 4곡 망선암이 1곡 진학암 근처에 있는 등 순서가 바뀌어 있다.

구곡의 명칭과 의미를 살펴보면, 계술繼述에서 알 수 있듯 평생 선조와 스승의 뜻을 받들고, 상지尙志와 탁영濯纓에서 보듯 뜻을 고상하게 가지고 맑고 깨끗함을 유지하여 인의仁義를 실천하며, 진학進學과 탄서歎逝에서 알 수 있듯 배움에 뜻을 두고 나아가되 물이 끝없이 흘러가는 것처럼 학문 도 끝이 없어야 함을 말한 것이다. 또한 투한偸閒·망선望仙·대월待月·조어 釣魚에서 보듯, 학문을 하는 틈틈이 한가함을 기르며 심성을 수양하겠다는 뜻을 담고 있다. 이는 오재정이 유자로서 인의를 실천하고 학문을 증진하 며 한가함을 기르고 심성 수양에 전념하고자 하는 자신의 평생 삶의 자세 를 구곡에 투영한 결과이다.

현재 송천구곡 시는 남아 있지 않다. 다만 그가 남긴 〈구암명九巖銘〉을 통해 송천구곡 속에서 학문에 정진하며 한가함을 기르는 오재정의 모습을 엿볼 수 있다. 이처럼 오재정은 부친의 뜻을 이어 단순히 재사를 짓는 것에 그치지 않고 아름다운 자연 속에서 평생 학문에 정진하며 맑고 깨끗한 심 성을 닦고자 하였다. 그 구체적인 실천 하나가 바로 송천구곡을 정하여 인 지仁智의 도를 즐기는 것이었다. 더욱이 이 일은 그가 송시열의 제자로 스 승의 사업과 정신을 이은 것이라는 중요한 의미가 있다.

송천팔경과 송천팔경시

오재정은 송천구곡으로 만족하지 않고 따로 송천팔경松泉八景을 정하고 팔경시를 지어 자신이 머무는 곳의 아름다움과 삶의 지향 및 학문의 자세 를 좀 더 적극적으로 노래하였다. 또한 송천구곡처럼 송천팔경도 일일이 바위에 글자를 새긴 듯하다. 오성수吳聖秀가 1900년에 지은 〈송천팔경시 서松泉八景詩序〉에서, "그러나 새긴 것은 모두 닳아서 인몰되었고 겨우 남

은 것은 오직 '칠원漆園' 두 자일 뿐이다. 혹 말하길, 칠원이 팔경 중 하나이
니 이 하나로 여덟 개를 말할 수 있다지만 너무 어려운 일이다然其所刻者,
皆刓弊而湮沒, 其僅存者惟漆園二字而已. 或曰, 漆園八景之一也, 以一叙八, 殆亦難
矣哉"라고 한 바 있다.

대개 팔경은 구체적인 명칭은 있으나 구곡에 비해 그 위치를 확인하기
가 쉽지 않은 경우도 많다. 그러나 송천팔경은 송천재사 주변에 한정한 것
이기에 무엇보다 지점이 명확하고, 또 설정자가 거주하는 곳이기에 그만큼
애정이 갈 수밖에 없다. 그렇기에 일일이 글자를 새겨 남길 수 있었던 것으
로 보인다.

그렇다면 오재정이 구곡처럼 팔경도 각자刻字까지 한 이유는 무엇일까?
그것은 아마도 송천구곡과 마찬가지로 송천팔경을 통해서도 후손들에게
자신의 뜻이 오래도록 전해지기를 바라는 마음에서일 것이다. 이러한 선조
의 마음을 알아서일까, 오성수는 "동쪽으로 소나무 사이로 달이 처음 나오
는 것을 바라보고, 남쪽으로 버드나무에 바람이 어른대는 것을 본다. 영지
纓池에서 갓끈을 깨끗이 씻음을 노래하고, 심대心臺에서 맑은 마음 형용할
수 없음을 노래한다. 낚시터에서 낚시 드리우고 탄서암에서 물을 본다. 앉
아서 송천이 토하는 노을을 보고 고요히 칠원漆園의 폭포를 본다. 오호라!
수백 년 아래에 이 시를 읽으니 기쁘게 세상 생각을 잊겠고 분연히 배우고
자 하는 생각이 일어난다."라고 하였다.

팔경은 자기가 거처하는 곳에서 보이는 범위 내에 설정하는 것이 보통이
며, 팔경시는 본래 경치를 통해 대상이 되는 지역을 알리는 효과를 거둔다.
특정 지역의 대표적 경관을 선정하여 지역을 과시한다는 점에서 지역성을
지니게 마련이다. 그리고 이 지역성은 작가의 입장에 따라 고향, 임지, 유
배지, 은거지 등으로 달라지며 드러나는데, 송천팔경은 작가 오재정의 고
향이자 만년의 거소居所인 삼기 송천의 모습을 드러내고 있다.

송천팔경은 1경부터 8경까지, 유안미풍柳岸微風;버드나무 언덕의 미풍, 송단초월松壇初月;소나무가 있는 언덕의 초승달, 영지고창纓池高唱;영지의 고아한 노래, 심대낭영心臺朗詠;심대의 낭랑히 읊기, 어기수조魚磯垂釣;어기의 낚시 드리우기, 서암관수逝巖觀水;서암의 물 보기, 송천토하松泉吐霞;송천의 노을, 칠원비폭漆園飛瀑;칠원의 폭포이다. 앞의 두 글자 '유안·송단·영지·심대·어기·서암·송천·칠원'은 송천재사 주변의 지점이나 지명을, 뒤의 두 글자 '미풍·초월·고창·낭영·수조·관수·토하·비폭'은 경치의 상태인 경상景象이나 경치를 향유하는 행위를 드러낸다. 모두 송천재사 주변에서 볼 수 있는 아름다운 모습이자 그것을 향유하는 오재정의 모습을 드러낸 것이다.

언덕의 무성한 버들에 푸른 산 기운 비치고	岸柳依依暎翠微
안개에 흔들리며 물을 스치니 봄빛이 아름답네.	搖烟拂水美春輝
가벼운 바람 때로 황금가지 약하게 하니	輕風時攪金枝弱
대낮에 어지러이 눈 날리는 모습 놀랍네.	白日還驚亂雪飛

1경 〈유안미풍柳岸微風〉이다. 오성수의 〈송천팔경시서松泉八景詩序〉에, 남쪽으로 버드나무에 바람이 어른대는 것을 본다고 하였으니, '유안柳岸'은 아마도 송천재사의 남쪽에 있었던 것으로 보인다. 1구에서는 봄날 냇가 언덕에 무성한 버드나무를 비추는 푸른 산 기운을, 2구에서는 안개 속에 흔들리며 물을 스치는 버들의 모습을 통해 봄빛의 아름다움을 형용하였다. 3구에서는 때로 가볍게 바람이 불 때마다 살짝 노란 물이 든 버드나무 가지가 이리저리 흔들리는 모습을, 그리하여 4구에서는 봄날 대낮에 마치 하얀 눈인 양 날리는 버들 솜을 보며 그 모습에 놀라워하는 시인의 마음을 드러내었다. 마치 한 폭의 그림 같은 봄날의 아름다운 경치의 상태를 묘사한 것이다.

소나무 가지 끝의 초승달이 처음으로 주렴에 드니　松梢新月入簾初
밤은 고요하고 산은 비었는데 나무 그림자 성기네.　夜靜山空樹影疎
별다른 맑고 한가함 그 뜻이 끝이 없는데　　　　別有淸閒無限意
일렁이는 달빛은 거문고와 책을 적시네.　　　　金波瀲灩潤琴書

2경 〈송단초월松壇初月〉이다. 앞서 오성수의 글에서 "동쪽으로 소나무 사이로 달이 처음 나오는 것을 바라본다"고 하였으니, 소나무가 있는 낮은 언덕, 송단松壇은 송천재사 동쪽에 위치했을 것이다. 밤에 서재에 앉아 있노라니 소나무 가지 끝에 머문 달빛이 주렴에 든다. 고요한 밤 산은 텅 비었고 성긴 나무 그림자만 달빛을 따라 머문다. 3구에서는 이러한 상황에 놓인 시인의 마음을 이야기하였다. 바로 '청한淸閒'이다. 한없이 맑고 한가한 이 청한함은 다른 무엇에도 견줄 수 없는 특별한 것이다. 더구나 4구에서 보면, 1구에서 보여주었던 주렴에 들었던 달빛이 차츰 방 안에 있는 거문고와 책으로 옮겨 가는 모습을, 그리하여 소나무 가지가 흔들릴 때마다 거문고와 책에 일렁이는 달빛을 통해 그 청한한 뜻을 배가시킨다. 이를 통해 선비의 맑고 한가한 삶의 모습을 보여준다.

봄비가 막 개이자 못에 푸른 물 넘실대고　　　春雨初收綠漲池
관동이 함께 바람 쐬고 시 읊으니 참으로 좋은 때라네.　冠童風詠政宜時
발을 씻고 또 갓끈을 씻는다는데　　　　　足斯濯又纓斯濯
창랑가 한 곡조를 세상은 알지 못하네.　　　一曲滄浪世莫知

3경 〈영지고창纓池高唱〉이다. '영지纓池'는 오재정이 시냇물을 끌어들여 만든 못으로 탁영지濯纓池, 곧 갓끈을 씻는 못이다. 그리고 고창高唱은 고아한 노래로 창랑가滄浪歌를 말한다. 1,2구에서는 시인이 봄비가 개인 연못가를 관동과 함께 거닐며 바람 쐬고 시 읊는 모습을 그렸다. 오재정은 벼슬한 바 없으니 굴원屈原처럼 쫓겨날 일이 없기에 실의에 잠겨 못가를 거닐며 읊조렸던 굴원의 택반음澤畔吟과는 애초 거리가 멀다고 하겠다. 3구는 굴원의 〈어부사漁父辭〉에서 어부가 굴원에게 들려주었던 노래를 원용하였다. "창랑의 물이 맑으면 나의 갓끈을 씻고, 창랑의 물이 흐리면 나의 발을 씻으리라滄浪之水淸兮, 可以濯吾纓. 滄浪之水濁兮, 可以濯吾足"던, 그야말로 시류에 따라 이럴 수도 저럴 수도 있다는 사람들의 이야기다. 그러나 4구에서 말한바, 오재정이 부르는 '창랑가 한 곡조'는 시류에 편승하지 않고 오로지 자신만의 고결한 지조를 지키며 살겠다는 노래이다. '영지'라는 제목에서 이미 밝혔듯, 탁족濯足은 아예 생각지도 않는 오로지 고아한 탁영가濯纓歌인 것이다. 그러나 이러한 시인의 창랑가 한 곡조를 세상 사람들은 알지 못한다고 하였다. 곧 오재정이 세리世利를 멀리한 채 조용히 향리에서 학문에 정진하는 고고한 삶을 살고 있음을 세상이 알 리 없다는 것으로, 이를 통해 자신의 삶의 지향을 더욱 확고히 하고 있다고 하겠다.

홀로 유편을 잡고 작은 대에 누우니	獨把遺編臥小臺
동문은 다투어 속인이 열람하는 것을 허락하네.	洞門爭許俗人開
마음을 살피니 절로 맑고 시원한 곳이 있어	觀心自有淸凉地
조그만 못가에 맑은 물이 도네.	半畝塘邊活水迴

4경 〈심대낭영心臺朗詠〉이다. 여기서 '심대心臺'는 〈송천재사기〉에서 살펴본바, 오재정이 마련한 유거幽居의 물태 중 하나로, 시냇가에 있는 돌을 대臺로 삼은 바로 그곳인데, 시내 동쪽 언저리에 있었던 듯하다. 1구에서 말한 유편遺編이 누구의 것인지는 확실하지 않지만, 전체 시의 내용상 스승 송시열의 글로 보는 것이 자연스럽다. 오재정이 송천재사에 자리를 잡고 살면서 학동들을 가르치는 틈틈이 심대에 올라 스승의 글을 보는 모습을 엿볼 수 있다. 그곳 심대에서 시인은 스승이 남긴 글을 읽으며 어느덧

그 글 속으로 빠져든다. 이어 3구에서는 한 글자 한 글자 글을 읽으니 어느
새 마음 한구석이 맑고 시원해짐을, 그리하여 4구에서는 조그만 못가에 맑
은 물이 돈다고 하였다. 4구의 '반묘당半畝塘'과 '활수회活水迴'는 주자의 시
〈관서유감觀書有感〉 2수 중 첫 번째 시, "조그만 네모난 연못이 거울처럼
열렸는데, 하늘빛과 구름 그림자가 함께 배회하네. 묻노니 저 어찌 이렇듯
이 맑은가, 근원에 활수가 있기 때문이라네半畝方塘一鑑開, 天光雲影共徘徊,
問渠那得淸如許, 爲有源頭活水來"의 1,4구에서 취한 것이다. 여기서 반묘방
당半畝方塘·반묘당半畝塘은 '마음'이면서 '마음의 실체를 살피는 못'이다.
오재정은 심대에 누워 스승이 남긴 글을 읽자니 마음이 절로 맑아진다고
하였다. 그것은 위 주자의 시에서 보듯 근원에 활수가 있기 때문이다. 그
근원은 바로 성리학자 오재정의 학문적 연원을 말한 것에 다름 아니다.
송시열은 평생 주자를 정신적 스승으로 삼고 주자의 학문을 계승하기 위
해 저술에 힘을 기울였다. 곧 주자성리학을 계승한 스승 송시열과 그 스
승을 따르는 제자이기에 오재정 또한 스승의 글을 보다 보면 이렇듯 자
연스레 주자와도 만나게 된다. 결국 위 시는 자신의 도통의식을 드러낸
것이라고 하겠다.

한편 4경은 3경과도 연관 지어 생각해 볼 수 있는 것이, 위 '반묘당'은 오
재정의 '마음'을 나타내는 것이면서 자신이 직접 만든 3경의 '영지', 곧 '관
심지觀心池'라고 할 수 있다. 심대에서 내려다본 영지는 늘 맑은 물이 돌기
에 갓끈을 씻는 곳이다. 그것은 근원에 활수가 있어 그것이 그치지 않고 흘
러서 맑고 맑게 채우기 때문이다. 결국 스승에게 전수받은 심법心法을 평
생 잊지 않기에 그 못가를 거니는 오재정이 학문에 정진하며 늘 마음을 맑
고 곧게 가꿀 수 있는 것이다.

종일 낚시터에 앉아 낚싯대 드리우니　　　　　　終日垂竿坐釣磯

시내의 안개비가 가늘게 옷을 적시네.　　　　　一溪烟雨細沾衣
오랜 세월 다하지 않는 동강의 흥취　　　　　千秋不盡桐江興
맑은 바람 흠뻑 소매에 넣어 돌아가네.　　　　剩帶淸風滿袖歸

　5경 〈어기수조魚磯垂釣〉이다. 여기서의 어기魚磯는 바로 송천구곡 중 제
2곡인 조어암釣魚巖을 말하는 듯하다. 종일 시냇가 낚시터에 앉아 낚싯대
를 드리우고 있자니 안개비가 옷을 적신다. 그러나 옷이 젖어도 물고기가
잡히지 않아도 괘념치 않는다. 그 이유는 3, 4구에서 말하였듯, 진종일 맑
은 바람을 쐬고도 남아 그것을 소매 속에 가득 넣어 돌아가는, 이 다하지
않는 흥취를 즐기기 때문이다. 3구의 '동강흥桐江興'은 은자로서 소일 삼
아 낚시하는 흥취를 말하는 것으로, 높은 벼슬을 주려는 광무제의 호의를
거절하고 부춘산富春山에 들어가 숨어 살며 동강桐江에서 낚시로 소일했
던 엄광嚴光의 고사를 원용한 것이다. 그리하여 이어지는 4구에서, '물고
기 대신 청풍을 소매 속에 가득 넣어 돌아간다'는 표현을 통해 송천에서
낚시를 즐기며 은자로 사는 오재정의 한가한 흥취를 그리고 있다. 이로써
세리를 멀리한 채 평생 무욕과 자족의 삶을 살았던 자신의 삶의 지향을 드
러내었다.

끝없는 폭포수 푸른 바위 두르고　　　　　混混飛泉繞翠巖
하늘빛 구름 그림자 거울 속에 잠겨 있네.　　天光雲影鏡中涵
웅덩이를 채우고 나아가 강을 통해 바다로 가니　盈科後進通江海
쉬지 않는 공부의 길 감히 이랬다저랬다 하랴.　不息工程敢二三

　6경 〈서암관수逝巖觀水〉이다. 여기서의 서암逝巖은 송천구곡 중 제9곡
인 탄서암歎逝巖을 말한다. 탄서歎逝는 물이 끝없이 흘러가는 것을 감탄한
다는 뜻이다. 1, 2구는 탄서암에 올라 끊임없이 날아 떨어지는 폭포수와 그

조어암

물이 고인 웅덩이를 바라보는 모습을 그렸다. 특히 2구의 '천광운영天光雲影'은, 앞서 거론한 주자의 시 〈관서유감觀書有感〉의 2구, '하늘빛 구름 그림자가 함께 배회한다天光雲影共徘徊'에서 취한 것으로, 거울처럼 맑은 소에 하늘빛과 구름 그림자가 잠겨 있는 모습을 드러내었다. 3구는, 맹자가 "근원이 있는 물은 퐁퐁 솟아 흐르면서 밤이고 낮이고 멈추지 않아 구덩이가 파인 곳을 다 채우고 난 뒤에야 앞으로 나아가서 바야흐로 사방의 바다에 이르게 되는데, 학문에 근본이 있는 자도 바로 이와 같다源泉混混, 不舍晝夜, 盈科而後進, 放乎四海, 有本者如是"라고 한 말을 원용한 것이다. 이어지는 4구에서는, 폭포의 물이 웅덩이를 다 채우고 강을 통해 바다로 흘러가듯 학문의 길도 이랬다저랬다 변덕 부리지 않고 쉼 없이 끝없이 가야한다는 것을 말하였다. 이렇듯 오재정은 자연을 완상하는 중에도 천리天理가 드러나는 것을 깨닫고 학문의 근본을 찾으며 심성을 수양하는 모습을 보여주었다.

뭉게뭉게 피어나는 노을 가늘게 샘에서 나오니	靄靄飛霞細出泉
숨은 용 호흡한 지 몇 년이나 되었나.	蟄龍呼吸幾多年
맑은 빛 물결이 아침 해 맞이하고	淸光激灩迎朝日
만 올의 저녁 햇빛 동천을 비추네.	萬縷斜暉射洞天

7경 〈송천토하松泉吐霞〉이다. 오재정이 구곡과 팔경을 정하고 즐겼을 당시의 송천동천은 지금보다는 훨씬 큰 계곡이었을 것이나 현재는 작은 개울 정도의 모습이다. 그마저도 변형이 되어 그 옛날 모습은 찾아보기 어렵다. 그러나 위 시를 보면, 송천의 아침노을과 저녁노을은 꽤 장관이었던 것 같다. 우선 1, 2구에서 말한바, 송천에서 뭉게뭉게 피어나는 노을은 오랜 세월 그곳 송천에 숨어 있는 용과 함께 신비감을 자아낸다. 물론 여기서의 '칩룡蟄龍'은 시인 자신을 말하는 것이리라. 3구에서는 용이 서려 있는 듯

한 송천에 아침노을이 비친 모습을, 4구에서는 그곳 송천동천에 만 가닥 저녁노을이 비추어 장관을 연출한 모습을 드러내었다. 전체적으로 아름답고 신비로운 경치에 대한 묘사로, 오재정이 송천을 신선들이 사는 동천洞天이라 했던 이유를 알 수 있다.

쌍송정 아래 새 샘이 있는데	雙松亭下有新泉
사람을 만나지 못한 지 몇 년인가 묻네.	不遇人知問幾年
능히 자하를 토하며 좋은 경치 제공하고	能吐紫霞供勝槩
아침마다 한 줄기 반쯤 하늘을 가렸구나.	朝朝 ·抹半遮天

위에는 푸른 소나무요 아래는 샘인데	上有蒼髥下有泉
말하지 않고 아끼고 숨겨둔 지 여러 해라네.	休言慳秘古多年
지금 아침저녁으로 자하를 토해내니	秪今朝暮霞能吐
흥망성쇠가 사람에게 달렸지 하늘이 아니라네.	興廢關人不是天

　첫 번째 시는 연시만延時萬의 〈송천토하松泉吐霞〉이고, 두 번째 시는 홍택상洪宅相의 〈송천토하松泉吐霞〉이다. 앞의 오재정의 시와 두 사람의 시를 함께 보면, '송천'은 송천동천 중에서도 시내 위쪽으로 소나무가 있고 그 옆으로 쌍송정雙松亭이 있으며 아래로는 샘 같은 물웅덩이가 있었던 지점을 특별히 말한 것으로 보인다. 이처럼 오재정의 만년의 거처인 송천재사가 있는 곳은 소나무가 있고 늘 흐르는 물이 있는 곳이다. 오재정에게 소나무는 효와 지조의 상징이요 물은 끝없는 학문에 대한 정진의 의미를 담고 있다. 그리하여 오재정은 이와 같은 '소나무'와 '물'의 덕을 취하여 이곳을 특별히 '송천松泉'이라 이름 짓고 '송천'이라 자호하며 송천동천·송천재사·송천구곡·송천팔경이라 명명하고 의미를 두었음을 알 수 있다. 이처럼 송천은 특별히 오재정과 인연이 있는 곳으로, 오재정에 의해 발굴되어 의미 있는 장소로 거듭났다고 하겠다.

누가 하늘의 띠를 당겨 작은 동산에 걸었나 　　　誰挽天紳掛小園
청산 백일에 온갖 우레 의젓하네. 　　　　　　青山白日萬雷喧
맑게 빈 곳에 그림자 거꾸로 비쳐 인간 세상 아니니 　淨空倒影非人世
곧바로 배를 타고 은하수의 근원을 찾고 싶네. 　　直欲乘槎遡漢源

　8경 〈칠원비폭漆園飛瀑〉이다. 칠원은 칠동漆洞으로 지금의 옻나무골에
있었던 작은 동산을 말하는데 이곳에 폭포가 있었나보다. 1구의 천신天紳
은 하늘로부터 내려오는 띠, 곧 폭포를 말하는 것으로 칠원에 폭포가 떨어
지는 모습을 형상화한 것이다. 2구에서는, 산은 푸르고 태양은 밝게 빛나
는데 고요를 깨우는 우레와 같은 폭포 소리를 들으며 감상에 젖는 모습을
그렸다. 1구의 시각적 묘사와 2구의 청각적 묘사가 어우러져 폭포의 아름
답고 신비로운 모습을 부각하였다. 이어 3구에서는 폭포 아래 웅덩이에 그
림자가 거꾸로 비쳐 있는 모습을 통해 이곳을 마치 인간 세상과 다른 속외
俗外, 곧 천계로 보았다. 그리하여 4구에서 곧바로 배를 타고 은하수의 근
원을 찾고 싶다고 하였다. 한원漢源은 '은하수의 근원'을 말하는 것으로,
'은하수의 근원을 찾고 싶다'는 것은 하늘에 직접 올라보고 싶다는 소망을
담은 것이라 할 수 있다. 한편 중국의 전설에 은하수는 바다와 서로 통해
있다고 하니, '물의 근원' 곧 '학문의 근원'을 찾고 싶다는 의미이기도 하다.
　이상 1경은 버드나무 언덕에 마치 하얀 눈처럼 날리는 버들 솜의 모습을
통해 송천의 아름다운 봄의 경치를, 2경은 주렴에 비친 소나무의 성긴 그
림자와 소나무 가지가 흔들릴 때마다 거문고와 책에 일렁이는 달빛을 통해
선비의 맑고 한가한 삶의 모습을 보여주었다. 3경은 봄비가 개인 영지가를
관동과 함께 거닐며 시를 읊는 모습을 통해 시류에 편승하지 않고 오로지
자신만의 고결한 지조를 지키며 살겠다는 삶의 지향을, 4경은 심대에서 스
승이 남긴 글을 읽고 난 후의 청량清凉한 마음 상태를 노래하여 자신의 학
문적 연원을 드러내었다. 5경은 조어암에서 낚시를 즐기며 평생을 처사로

은자로 무욕과 자족의 삶을 살겠다는 삶의 자세를, 6경은 탄서암에서 물을 바라보며 학문의 길도 물의 흐름처럼 끝이 없어야 함을 말하여 자연을 완상하는 중에도 천리가 드러나는 것을 깨닫고 학문의 근본을 찾는 학자 오재정의 모습을 보여주었다. 7경은 아침저녁으로 피어오르는 송천의 노을을 통해 송천동 천의 아름답고 신비스런 모습과 그곳에 은거한 자신의 모습을, 8경은 천계를 방불케 하는 칠원폭포의 신비스런 모습과 함께 학문의 근원을 찾고 싶어 하는 오재정의 모습을 담았다. 이처럼 「송천팔경」 시는 송천의 아름다운 경치는 물론 송천의 아름다운 자연경관을 누리는 행위를 통해 학자 오재정의 삶의 지향과 학문의 자세 및 학문적 연원에 대한 의식을 엿볼 수 있다.

독
산

獨山

독산의 현재 모습

청주 왕유의 망천과 같다,
독산獨山

독산정사에서 부르는 맑은 노래

독산獨山은 청주시 복대동에 있는 한 점 봉우리처럼 우뚝 선 산을 가리키는 것이자 그 독산이 있는 마을 일대를 말한다. 독산은 돌이 첩첩이 돌아 쌓인 것이 옹성甕城과 같다. 옹성은 큰 성문을 지키기 위해 성문 밖에 쌓은 작은 성으로 모양이 마치 항아리와 같다고 하여 붙은 이름이다. 사람이 서 있는 듯한 그 독산을 시내가 빙 두르고 있어 마치 떠 있는 섬 같기도 하였다. 이것이 그 옛날 독산의 모습으로, 현재 청주시 흥덕구 복대 두진하트리움 아파트와 솔밭초등학교 사이에 있는 야트막한 산이 그것이다. 지금은 그 일대가 공원으로 조성되어 인근 주민들이 쉼터로 이용하고 있는데, 군데군데 포개진 돌과 몇 그루의 고송이 남아 있어 어느 정도 독산의 흔적을 찾아볼 수 있다. 독산은 일명 통미 또는 통미산으로 부르기도 했다. 그 모양이 작고 동그란 통[桶] 같기도 해서 그리 부른 것이다. 이 독산에 기대 하나둘 집이 들어서고 마을 앞으로 들이 펼쳐지고 또 둑 아래로 냇물이 구비 돌아 흐르는 그 옛날의 독산을 상상하면, 이곳을 왜 왕유의 망천과 같다고 했는지 알 것만 같다.

이곳에 박익동朴翼東(1827~1895)이 집을 짓고 강학하며 시를 지었다. 독산정사獨山精舍의 주인 박익동은 자가 원순元順이고 호는 소근재小近齋 이다. 순천박씨 청주 입향조인 박의륜朴宜倫이 그의 12대조이다. 9대조는 형 박춘무朴春茂와 함께 임진왜란 때 의병을 일으켜 공을 세워 호조판서 에 증직된 박춘번朴春蕃이고 5대조는 무신란 때 의병을 규합하여 역적을 토벌한 공으로 창의사倡義使에 임명되고 병조참판에 증직된 박민웅朴敏雄 (1674~1732)이다. 고조는 부친을 모시고 종군한 공으로 양무원종공신揚武 原從功臣에 녹훈되고 호조참판에 증직된 박신우朴新祐(1708~1780)이고 증 조는 직장直長 박흥서朴興緒이며 조부는 통덕랑通德郎 박장현朴璋鉉이다. 부친은 박해홍朴海洪이고 모친은 안동김씨 김형구金亨九의 딸이다. 생부는 박장현의 차남 박해후朴海厚이고 생모는 보성오씨寶城吳氏로 백부댁에 출 계하였다.

박익동은 족형族兄 퇴성당退省堂 박원동朴元東(1794~1850)에게 배웠다. 박원동은 강재剛齋 송치규宋穉圭(1759~1838)의 고족高足으로 여러 해 동안 왕래하며 성리변性理辨의 본질과 성리학에 근본을 둔 예절에 관하여 의문 나는 점을 강론한 바 있다. 박익동은 지금의 청주시 평동坪洞에 있었던 박 원동의 평리 사숙私塾에서 학문을 배운 후로 문학과 덕행으로 지역에서 추 앙을 받았다.

박익동은 젊어 과거 공부를 할 때『소학小學』과『근사록近思錄』을 독실 이 믿고 숭상한 까닭에 소근小近으로 서재 이름을 붙였고, 호 또한 소근재 小近齋라 하였다. 과거 공부를 폐한 후로는 거경궁리居敬窮理 공부에 전력 하고 의리義理를 분석하는데 엄격하였다. 글을 읽다가 고인들이 충효로써 격앙한 대목이 나올 때면 반드시 반복하여 읽으며 자기의 뜻을 굳게 하였 다. 스스로 자신의 문장을 훌륭하다고 인정하는 것을 달갑지 않게 여겼고, 글을 지으면 반드시 세교世敎에 근본을 두었으며 스승으로 자처하지 않았다. 그는 이곳 독산정사에서 아들 셋을 비롯하여 100여 명에 이르는 청주 지역 여러 가문의 자제들을 가르치며 지역민들의 교육에 힘을 기울였다. 그가 가르친 제자는 순천박씨가 가장 많고, 다음으로 전주이씨·청주한씨· 평산신씨·제주고씨 등 다양하다.

저녁 연기 물 북쪽으로 오르고	幕烟飛水北
아침 비는 산 남쪽을 지난다.	朝雨過山南
이러한 때에 일없이 한가하니	此際閒無事
생애를 내 스스로 안다네.	生涯我自諳

문을 나가면 무엇이 보이나	出門何所見
지는 해 평평한 언덕에 내리네.	落日下平邱
샘물은 비파처럼 울고	泉脈鳴如瑟
피리 소리는 노래에 화답한다.	笛聲和以謳
나무 하는 아이는 오솔길로 들어가고	樵童三逕入
고기 잡는 어부는 낚싯대를 거두네.	漁客一竿收
애오라지 산골 집의 정취는	聊識山家趣
과원 나무에 감도는 가을빛이라네.	果園樹樹秋

박익동의 〈한거閒居〉와 〈유거잡흥幽居雜興〉이다. 박익동은 제자들을 가르 치는 틈틈이 시를 지었다. 그의 시는 독산에 있을 때 지은 「독산고獨山稿」과 신성(莘城)에 있을 때 지은 「성서고城西稿」로 나누어진다. 총 274수의 시 중 「독산고」에 있는 128수는 비교적 젊은 시절에 지은 것이다.

〈한거〉는 독산에서의 한가로운 생활을 드러내었다. 별다를 것 없는 시골 의 풍경과 그 속에서 특별한 일없이 한가하게 지내는 시인의 모습이 전부 이다. 아무런 일이 없기가 쉽지 않은 인생에서 아무 탈이 없는 무사無事야 말로 유인幽人의 최고 지향이 아니겠는가. 〈유거잡흥〉은 유거의 여러 가지

홍취를 노래하였다. 문을 열고 나가보지만 특별한 것이 있는 것은 아니다. 그저 평평한 언덕에 지는 해와 비파 소리처럼 졸졸 흐르는 샘물, 노랫소리에 맞춰 부르는 피리 소리와 나무하러 오솔길로 들어가는 초동, 물가에서 낚싯대를 거두는 어부 등이 전부이다. 거기다 산골 집의 정취라고 하면 뭐니 뭐니해도 과원 나무에 감도는 가을빛이라고 할 수 있다. 지극히 평범한 이 모든 일상의 풍경들이야말로 시인에게는 매우 소중한 것이리라.

천지가 왕성하여 온갖 조화로운 기운 넘치는데	天地氤氳漲萬和
마침 삼월 그믐이 꿈속에 지나가네.	正當三晦夢中過
어찌하여 송옥은 비추부를 지었나	何如宋玉悲秋賦
형경의 역수가를 방불케 하네.	彷彿荊卿易水歌
밤에 꽃을 감상하니 쇠잔한 등불 가물가물하고	當夜賞花殘燭苦
산에 올라 술 마시니 석양빛이 많네.	登山酌酒落暉多
남풍이 잠깐 불어 봄 신령이 탄 수레 멀어지는데	南風午動蒼輪遠
부질없이 강가 다리로 향하니 비가 도롱이에 가득하네.	謾向江橋雨滿蓑

박익동의 〈전춘餞春〉으로 봄을 보내는 심사를 읊은 것이다. 3구의 송옥宋玉은 초나라 사람으로 굴원의 제자이다. 굴원의 추방을 가엽게 여겨 〈구변九辯〉을 지었는데, 그 첫머리에 "슬프다, 가을 기운이여悲哉! 秋之爲氣也"라고 하여, 이것을 〈비추부悲秋賦〉라고도 일컫는다. 여기서 "송옥은 어찌하여 비추부를 지었나?"라는 표현은 '슬픈 가을'이 아니라 '슬픈 봄'임을 강조하는, 그래서 '비추부悲秋賦'를 지을 것이 아니라 '비춘부悲春賦'를 남겼어야 하지 않느냐고 반문하는 것이다. 봄을 보내는 시인의 슬픈 심정이 이보다 더 절실하게 그려진 것은 없을 듯하다. 4구의 역수易水는 하북성에 있는 강인데, 이곳에서 형가荊軻가 연燕 나라의 태자 단丹과 헤어졌으니, '역수가易水歌'는 곧 이별가를 뜻한다. 그리하여 "형경의 역수가를 방불케 한다"는 것은, 시인이 봄과 이별하는 것을 형가가 연나라 태자 단과 이별하는

것에 빗대어, 그만큼 봄을 보내는 것이 아쉬움을 강조한 것이다.

만 가닥 수양버들 십리 시내에 늘어섰고	萬縷垂楊十里溪
물빛과 달빛이 서로 가지런하네.	波光月色也相齊
고기잡이 불 앞뒤를 다투어 어디서 오는가	何來漁火爭先後
밤에도 헤매지 않고 맑은 노래 부르며 다 밟아보네.	踏盡清歌夜不迷

박익동의 〈여름밤에 시냇물을 따라 걸으며夏夜溪行〉이다. 여름밤에 시냇물을 따라 한적하게 거닐며 밤 산보를 즐기는 모습을 드러내었다. 특히 4구에서 청가清歌라는 시어 하나로 전원에서 맑고 한가롭게 사는 시인의 전원한거田園閑居의 세계를 드러내고 있다.

밤이 오래되니 강산이 고요하고	夜久江山靜
밝은 달빛은 차츰 집으로 들어와	明光漸入軒
천 길 버드나무 그늘 걸어놓고	柳陰千丈掛
두세 가지 매화 그림자 만드누나.	梅影數枝存

박익동의 〈달빛 아래에서月下〉이다. 독산정사에서 봄밤 달빛 아래의 풍경을 노래한 것이다. 밤이 깊을수록 강산은 고요하고 밝은 달빛은 집으로 들어온다. 달빛은 이내 천 길이나 되는 버드나무 그늘을 걸어놓고 두세 가지 매화 그림자를 만들어놓았다. 시상의 흐름이 완만하면서 전체적으로 맑고 곱다.

어느 곳에서 날아온 목가산인가	何處飛來木假山
한 점 금성이 구름 사이에 나타난 듯하네.	金星一点出雲間
사람처럼 서 있는 돌과 띠처럼 두른 시내	石如人立川圍帶
옛날 내가 태어났을 때의 집터라네.	昔我初生宅址間

박노중朴魯重(1863~1945)의 〈독산獨山〉으로 『창암집滄菴集』에 전한다. 박노중은 박익동의 삼남으로 자가 성위聖威이고 호는 창암滄菴이다. 1863년(철종 14) 이곳 독산 집에서 태어났다. 창암滄菴이라는 호는 대개 주희朱熹가 정사를 짓고 강학한 창주滄洲의 '창滄'자와 주자朱子·송자宋子 두 부자의 호인 회암晦菴·우암尤菴의 '암菴'자를 각각 취한 것이다. 또한 간재艮齋 전우田愚(1841~1922)가 '신은경실莘隱經室' 네 글자를 주었는데, 이는 그가 살던 곳의 지명인 신리莘里에 이윤伊尹의 유신有莘의 뜻을 붙인 것이다. 탕 임금의 어진 재상 이윤은 일찍이 유신국有莘國의 들에서 농사를 지으며 은거하였다. 그리하여 벼슬을 하지 않고 포의 신분으로 전원에 은거하여 농사짓는 것을 경신耕莘이라 한다. 박노중에게 배우는 이들이 그를 신은선생莘隱先生이라 하였다.

1구의 목가산木假山은 나무뿌리가 기묘하게 서로 얽히고 중첩해서 산의 형상을 이룬 것을 말한다. 송나라 문인 소순蘇洵은 일찍이 강가의 모래밭에서 세 봉우리의 산 모양으로 생긴 고목의 뿌리를 찾아내어 집으로 가져다가 관상용으로 두고 보면서 〈목가산기木假山記〉를 지었다. 기문에서 말한 세 봉우리가 소순·소식蘇軾·소철蘇轍 삼부자를 비유한 것이라는 후대의 평이 있었다. 이처럼 목가산은 고목의 뿌리가 산봉우리를 닮은 것을 말하는데, 아마도 그가 태어난 독산 집에 있었던 것 같다. 시인은 어디서 날아왔는지 모를 기묘한 석가산을 한 점 금성이 구름 사이에 나타난 것 같다고 하였다. 한편 위 시에 의하면, 독산은 마치 사람처럼 우뚝 서 있는 돌산인데 그 주위를 시내가 띠처럼 두르고 있음을 알 수 있다. 지금은 아파트가 들어서 예전의 정취를 느낄 수는 없지만, 여전히 독산 앞으로 흐르는 석남천이 있다.

왕유의 망천과 흡사한 독산

봄을 보내려 다리 끝으로 걸어가니 　　　送春試步小橋頭
두견새와 꾀꼬리 소리 시름만 일으키네. 　　鵑哭鶯啼總管愁
시름은 날리는 꽃을 쫓아 어느 곳에 흩어지려나 　愁逐飛花何處散
봄바람 불고 물은 부질없이 흐르네. 　　　東風拂拂水空流

　박익동의 〈망천에서 봄을 보내다輞川餞春〉로 『소근재집』에 전한다. 망천輞川은 독산이 있는 마을이자 마을 앞에 흐르는 물로 석남천石南川을 말한다. 석남천은 남이 팔봉산에서 발원하여 홍덕구의 복대·비하·지동·평리·서촌을 지나 옥산면 가락리에서 미호천과 합류하는데, 이곳 복대리福臺里 앞을 흐르는 물을 특별히 망천이라 한 것이다.

　제목에서 보듯 전춘餞春을 소재로 하였다. 전춘은 '봄을 보낸다'는 뜻이니 곧 꽃과 이별하는 것이다. 음력 3월 29일은 봄의 마지막 날이다. 이날 시인과 묵객들은 주식酒食을 준비하여 산기슭이나 냇가에서 시를 짓고 음미하면서 가는 봄을 아쉬워하며 하루를 즐겼는데, 이를 전춘이라 하였다. 시인 또한 마지막 봄을 보내기 위해 망천에 놓인 작은 다리 끝으로 걸어 나간다. 두견새와 소쩍새의 울음소리는 시인에게 시름을 돋울 뿐이다. 그렇다고 뭔가 큰 걱정거리가 있다는 것은 아니다. 그저 봄이 다 간 것만 같아 아쉬운데, 새 울음소리마저 그 산란한 마음을 부채질한다는 것. 시인이 살았던 독산 앞을 흐르는 시냇가 다리에서 아쉬움 속에 마지막 봄을 보내는 심정을 읊은 것이다.

유랑 화강 또 죽관 　　　　　　　柳浪華岡又竹館
흡사 마힐의 망천과 같네. 　　　　　恰同摩詰舊輞川
선천의 별업이 이 사이에 있었으니 　　先人別業斯間在
산과 달 숲과 바람 또한 절로 그러하다네. 　山月林風亦自然

청주 왕유의 망천과 같다, 독산獨山　｜　71

세 원
느티마을
102

독산 앞의 석남천

박노중의 〈망천輞川〉이다. 제목의 망천輞川은 독산이 있는 마을 앞에 흐르는 내를 일컫는 말이자 독산이 있는 마을의 다른 이름인데, 여기서는 독산이 있는 마을의 이칭異稱으로 쓴 것이다. 1, 2구에서 유랑·화강·죽관 등 마을이 흡사 마힐의 망천과 같다고 하였다. 마힐은 당나라 시인 왕유王維의 자이다. 망천은 섬서성陝西省 남전현藍田縣 남쪽에 있는 계곡 이름으로 왕유의 별장이 있었던 곳이다. 경치가 뛰어나기로 유명한데, 화자강華子岡·의호欹湖·죽리관竹裏館·유랑柳浪·수유반茱萸沜·신이오辛夷塢 등이 있어 배적裵迪 등과 함께 거문고를 타고 시를 주고받으며 즐겼다고 한다. 왕유가 일찍이 이곳에 별장을 짓고 그곳의 십이승경十二勝景을 화폭에 담아 망천도輞川圖를 제작하였다.

3, 4구에서는 선친의 별업이 이 사이에 있어 이곳 독산의 산과 달 그리고 숲과 바람 또한 자연 망천의 그것과 같다고 하였다. 여기서 말하는 선친의 별업은 박익동의 독산정사로 그가 살면서 강학하던 곳이다. 위 시에서는 독산이 있는 마을이 망천에 비견할 만큼 풍광이 뛰어나다는 것을 드러내었다.

버들은 가지가지 푸르고 새는 끝없이 지저귀는데	柳絲絲綠鳥綿綿
한 곡조 긴 노래 부르며 망천으로 내려가네.	一曲長歌下輞川
둥둥 복사꽃 어느 곳의 물에서 떠오르는가	泛泛桃花何處水
상류에 무릉의 신선 있음을 알겠네.	源頭知有武陵仙

박노중의 〈망천 도중輞川途中〉이다. 망천 주변을 신선이 사는 무릉도원으로 여기고 있다. 복잡한 세상일을 잊고 자연에 묻혀 한가로이 사는 시인은 신선이 된다. 한편 그는 스스로 은사라 하였다. 그의 은사로서의 모습은 〈은사隱士〉라는 시에 잘 드러나 있다. "한편으로 물고기와 새를 잡고 한편으론 따비밭을 일구며, 나를 숨겨 구하지 않으니 골짝 속 신선이라. 천문의 도리 꽃이 지름길에 드리운 곳에서, 십 년을 거문고와 책으로 한천을 즐긴

다네一磯漁鳥一罟烟, 遞我非求洞裏仙, 桃李千門羞捷徑, 琴書十載樂寒泉"로, 4구의 한천寒泉은 주자가 머물렀던 한천정사寒泉精舍로 주자를 가리킨다. 이처럼 은사로 주자성리학자로 자연과 벗하며 욕심 없이 사는 박노중의 모습은 여러 편의 시에서 찾아볼 수 있다.

죽관과 죽관팔경

죽관竹關 또는 죽관竹舘은 순천박씨들이 대대로 살던 복대리福臺里의 또다른 이름이다. 복대리를 죽관竹舘이라 부른 것은, 마을 앞에 망천輞川 한 구비가 있는데 신이오莘荑塢와 유랑柳浪이 그 동쪽에 있고, 화자강華子岡이 그 뒤에 있고, 마을 안에는 죽천竹川이 통합되어 한 구획이 됨으로 인하여 통틀어 죽촌竹村이라 이르는데, 우연히 옛날 왕마힐王摩詰이 살았던 곳과 같으므로, 그가 거문고와 비파를 타며 한적히 살았던 취미를 취한 것이라고 하였다. 박노중의 〈복대리명기福臺里名記〉에 전하는 이야기다.

박익동은 이곳에 죽관팔경竹關八景을 설정하고 「죽관팔영竹關八詠」을 남겼다. 산수가 좋은 곳에는 으레 구곡이나 팔경을 설정한다. 이 중 팔경은 보통 자신이 거처하는 곳에서 보이는 범위 내의 것을 설정한다. 또한 구체적인 지역이나 자연물을 이르는 것으로 끝나는 것이 아니라, 그곳에서 행하는 인위적 행위에 표현을 부가하거나 그곳과 관련 있는 자연현상을 설정한다. 박익동이 자신이 사는 죽관 주변의 팔경을 설정한 것도 이와 다르지 않다.

「죽관팔영竹關八詠」은 두보가 지은 율시 〈추흥秋興〉 8수에 차운하여 죽관 곧 복대 주변의 여덟 경치를 읊은 것이다. 1경부터 8경까지, 상당제월上黨霽月·목암효종牧菴曉鐘·팔봉귀운八峰歸雲·동림청풍東林淸風·양산낙조穰

山落照·독산고송獨山孤松·노평모우蘆坪暮雨·망천어화輞川漁火이다. 상당산
성에 비 개인 후 떠오르는 달, 목암사牧菴寺의 새벽 종소리, 팔봉산에 떠가
는 구름, 양산孃山의 저녁 햇빛, 동림산의 맑은 바람, 독산의 외로운 소나
무, 갈대 우거진 평리坪里에 내리는 저녁 비, 망천의 고기잡이 불 등 그가
살던 독산과 독산 주변 청주의 모습을 노래한 것이다. 이 중 목암사는 목암
산牧菴山에 있는 절이다. 목암산의 목암은 와우臥牛의 이름이니 와우산臥
牛山 곧 우암산을 가리킨다. 양산은 야양산爺孃山 곧 부모산父母山을 말한
다. 부모산은 독산에서 건너다보일 만큼 매우 가깝다.

그대 일찍이 대부의 공을 받지 못했는데	爾曾不受大夫功
어찌 진시황이 봉한 오대부의 반열에 들 수 있겠나.	寧列秦家五樹中
계곡물에 드리운 잎 눈발을 무릅쓰고	垂葉磵邊凶冒雪
바위에 의탁한 뿌리 바람을 싫어한다네.	托根巖上却嫌風
누워있는 용은 푸른 아침 구름 머금었다 토하고	臥龍含吐朝雲碧
둥지의 학은 붉은 저녁 햇빛에 빠르게 나네.	巢鶴翩翔夕照紅
어느 날에 심은 것이 이렇게나 커졌나	何日種來如許大
열 아름 나무 내력 이웃 노인에게 물어보리.	十圍前說問隣翁

박익동의 죽관팔영 중 여섯 번째 〈독산고송獨山孤松〉으로 독산의 외로
운 소나무를 읊었다. 수련의 진가오수秦家五樹는 진 시황이 대부송大夫松
에 봉한 다섯 그루 소나무를 말한다. 진 시황이 태산泰山에 올라가 봉선封
禪을 행하려고 하는데 폭풍우가 몰아친 일이 있었다. 그래서 할 수 없이 봉
선을 중지하고 다섯 그루의 소나무 밑에서 비를 피하였는데, 후에 그 소나
무를 기려서 오대부五大夫에 봉했던 고사가 있다. 독산의 소나무는 공이 없
어 오대부의 반열에는 오르지 못한다는 것이다. 오히려 세찬 눈발과 바람
을 무릅쓰고 견뎌야 하는 척박한 환경에 놓여 있는 나무이다. 그러나 이 오

래된 독산의 소나무는 푸른 아침 구름을 머금었다 토하고 붉은 낙조에 학이 나는 상서로운 소나무다. 이러한 독산고송은 시인 자신을 말하는 것이기도 하다. 지금도 독산에는 오래된 소나무가 몇 그루 있다.

고기 잡는 일은 한판 바둑을 다투는 것과 같은데	漁事爭同一局棋
처음엔 도깨비불인가 의심하여 정히 슬펐다네.	初疑鬼火正堪悲
밝은 빛 홀연히 푸른 물결 너머에 빛나고	明光忽射蒼波外
산만한 그림자 어지러이 내달리니 달이 지는 때라.	散影紛馳落月時
잡은 고기 세어보는 먼 뱃노래에	細數魚鱗歌棹遠
자던 갈매기 놀라 깨어 천천히 여울에 비춰보네.	頻驚鷗夢暎灘遲
주인 노인의 허름한 집 등불 어디 있는가	主翁蟹舍燈何在
강가의 소나무로 머리 돌리니 생각이 많아지네.	回首松江倍有思

박익동의 죽관팔영 중 여덟 번째 〈망천어화輞川漁火〉로 망천의 고기잡이 불을 읊은 것이다. 수련에서 고기 잡는 일은 한판 바둑을 다투는 것과 같은데, 처음 어화漁火를 보고 귀화鬼火로 의심하여 슬펐다고 하였다. 귀화는 도깨비불을 말한다. 사람이 죽은 뒤에 시신에 남은 피가 변화하여 광채를 발하는 것을 인화燐火 또는 귀화鬼火라 하는바, 이것을 속칭 도깨비불이라고도 하는 데서 온 말이다. 이어 함련에서는 그것이 도깨비불이 아니라 고기잡이 배에 환히 밝힌 횃불이라는 것을 안다고 하였다. 경련에서는 잡은 고기가 얼마인가 세어보는 흥겨운 뱃노래에 꿈을 꾸며 자던 갈매기가 놀라 천천히 여울에 자기 모습을 비추어본다고 하였고, 미련에서는 이내 시인의 집이 어디쯤인지 둘러본다고 하였다. 송강松江, 강가에 소나무가 있는 곳이 독산이고, 그곳에 바로 시인의 허름한 독산정사가 있으니 말이다.

한편 부친을 이어 박노중 또한 성서팔경城西八景을 설정하고 시를 남겼다. 그는 8세 때인 1870년 부친을 따라 독산을 떠나 이곳에서 조금 떨어진 신성新城으로 이사하였다. 이곳이 청주의 서쪽이므로 성서城西라 하여 성서

독산의 소나무

팔경城西八景이라 한 것이다. 1경부터 8경까지, 매봉제월梅峯霽月·은령청풍隱嶺淸風·상당귀운上黨歸雲·용사효종龍寺曉鐘·동림모우東林暮雨·양산낙조孃山落照·작강어화鵲江漁火·부평목적浮坪牧笛이다.

독산에서의 모임과 독산시회

박노중은 신성으로 이사하여 살면서도 자신이 태어난 독산을 잊지 않고 자주 찾았다. 그는 천 편이 넘는 많은 시를 남겼는데, 그중에는 유독 벗들과 작은 모임을 하거나 시회詩會를 여는 모습을 읊은 것이 많다. 이처럼 평소 많은 사람과 모임을 즐기고 또 그것을 시로 읊은 그였기에 벗들에게 지어 준 수연운壽宴韻이나 만시輓詩도 많은 편이다.

〈이문회우설以文會友說〉을 통해서도 알 수 있지만, 박노중은 글을 통한 벗과의 만남을 매우 중요하게 생각하고 그것을 평생 즐겼다고 할 수 있다. 이 글의 서두에서 맹호연孟浩然의 벗과의 사귐에 대해 말하였는데, 맹호연이 벗을 사귀되 오래도록 공경한 후에 가히 나와 사귈 수 있는 자는 '글로써 사귐'이라는 말을 인용하였다. 사람과 더불어 사귄다고 함은 글로써 사귐이라, 글로 사귀어 글로 벗을 얻으면 매양 꽃 피는 아침과 달뜨는 저녁에 서로 읊고 노래하며 감탄하는데, 만물이 심중에 와 닿아 성품과 정이 바르게 되어 어두운 날도 밝게 된다고 하면서, 군자의 글벗의 모임, 곧 문우회文友會의 중요성을 역설하였다. 평소 생각이 이러하기에 유독 그의 시에는 벗과의 시회詩會가 많은데, 신성으로 이사한 후에도 단연 독산에서의 모임이 많았다.

백 이랑 맑은 못이 산 아래 차가운데　　　　百頃澄潭山下寒

독산

새 벗과 옛 벗이 서로 마주하네.　　　　　　　今雨舊雨映相看

익숙하게 갈매기와 해오라기는 모래 언덕 고르고　慣知鷗鷺耕沙岸

일 없이 잠자리는 낚싯대에 서 있네.　　　　　　無事蜻蜓立釣竿

냇가에 두어 집 시골 주막인가　　　　　　　　　數屋臨溪疑野店

주먹 만한 버팀돌 쌓여 봉우리가 되었구나.　　　一拳撐石自峯巒

아이에게 양양곡을 부르게 하지 말라　　　　　　兒童莫唱襄陽曲

푸른 연꽃에 해 떨어지는데 취하여 갓을 벗네.　落日青蓮醉倒冠

　박노중의 〈독산 연못 가의 작은 모임獨山池上小會〉이다. 독산의 연못 가에서 소모임을 한다. 그날 모인 사람 중에는 새 벗도 옛 벗도 있다. 수련의 금우今雨는 새 벗을 구우舊雨는 옛 벗을 말한다. 당나라 두보杜甫의 〈추술秋述〉에 "내가 병으로 장안長安의 여관에 누워있을 때 장마가 져서 물고기가 생길 정도였고 푸른 이끼가 침상까지 올라왔다. 평상시에 오가던 벗들이 예전에는 비가 와도 왔는데[舊雨來] 요즘은 비가 오면 오지 않는다[今雨不來]" 하였다. 이후로 구우舊雨는 옛 벗을, 금우今雨는 새 벗을 가리키는 말로 쓰였다. 경련에서는 마을의 모습을 드러내었다. 냇가에 두어 집 주막이 있고, 주먹만한 돌이 겹치고 쌓여 절로 하나의 봉우리가 된 독산이 있는 곳을 말이다. 그리고 미련에서 아이에게 양양곡을 부르게 하지 말라고 하였다. 당나라 이백李白의 시 〈양양곡襄陽曲〉 4수 중 첫째 수에 "강변 성에는 맑은 물결이 휘돌고, 꽃과 달은 사람을 홀리게 한다江城回淥水, 花月使人迷"라는 구절이 있는데 이를 원용한 것이다. 저물녘이 되도록 헤어질 줄 모르고 벗들과의 취흥에 갓이 벗어질 정도인데, 여기에 양양곡까지 더한다면 꽃과 달에 홀리고 말 것이라는 이야기일 터.

한 점 봉우리가 하늘 위로 솟았고　　　　　　　一点峯巒聳太清

땅속을 흐르는 기이한 수로 다시 보네.　　　　更看奇脉地中行

잔잔한 시내가 둘러싸니 떠 있는 섬인가 싶고　平川環抱疑浮島

돌이 첩첩이 돌아 쌓여 옹성 같구나.	疊石撐回似甕城
끝없는 향기로운 풀은 객에게 자리를 내어줘	芳草無邊容客坐
흰 구름 아래에 있는 나의 생을 고맙게 여긴다.	白雲在下感余生
양산에서의 지난 약속 헛되이 저버림이 많았으나	孃山前約多虛負
이곳의 꾀꼬리 소리와 비로소 함께 하네.	此處黃鸝始共聲

박노중의 〈독산시회獨山詩會〉이다. 수련에서는 한 점 봉우리처럼 우뚝 선 독산의 모습과 땅속을 흐르는 기이한 물길을 이야기하였고, 이어 함련에서도 마치 옹성 같은 독산과 그 독산을 시내가 빙 두르고 있어 마치 떠 있는 섬 같은 독산의 모습을 드러내었다. 경련은 끝없이 펼쳐진 풀밭이 있어 시회에 참석한 시인에게 좋은 자리를 내어주니, 새삼 이같이 좋은 모임에 함께 할 수 있는 자신의 삶에 대한 고마움을 표현하였다. 마지막 미련에서는 양산(부모산)에서 시회를 열자는 지난 약속들을 헛되이 저버린 적이 많았다는 것을 고백하며 꾀꼬리 소리와 함께 하는 화창한 봄날의 독산시회에 대한 소감을 드러내었다.

사 우 당

堂

머리울마을 표석

청주 송죽의 정조와 매국의 청향을 벗 삼다, 사우당四友堂

사우당의 주인 이동형

사우당四友堂은 이동형李東亨(1637~1717)이 머물던 곳으로 조선후기 청주 수촌首村에 있었다. 수촌은 현재 청주시 가덕면 수곡2리 머리울[首谷]로 본래 회인군懷仁郡 북면 지역이다. 가덕면 수곡리 수곡삼거리에서 '수곡2리 머리울' 표석이 있는 길을 따라 곧장 가다가 또 하나의 작은 표석이 보이는 곳에서 왼쪽으로 꺾어 조금 더 가면 마을 입구가 나온다. 마을 입구에는 돌로 만든 수살막이 2개가 있고 그 옆에 '수곡리마을자랑비'가 있다. 비문에 의하면, 원래 이 마을의 이름은 머리울로 원수곡 또는 수곡리로 불렸다. 큰머리가 되는 대수산大首山 아래 골짜기에 형성된 곳으로 대대로 농사를 지으며 사는 조용하고 인심 좋은 마을이다.

이동형은 자가 태경泰卿이고 호는 사우당四友堂이며 본관은 여주驪州이다. 조부는 송강 정철의 문하에서 놀았던 사의司議 이덕언李德言으로 효우와 학행이 있었다. 부친은 성균진사 이훤李烜으로 장육藏六이라 자호하고 수원의 광교光敎에 은둔하여 벼슬하지 않고 생을 마쳤다. 모친은 순천김씨順天金氏로 현감 김일신金日新의 딸이다. 부인은 은진송씨恩津宋氏로 찰방 송국헌宋國憲(1615~1689)의 딸이자 부사 지여해池汝海의 외손녀이다.

이동형은 1637년(인조 15) 3월 19일 보은에서 태어났다. 그의 집안은 대대로 경기도 수원에서 살았는데, 당시 병자호란으로 인하여 보은에 머물렀기 때문이다. 어려서부터 의젓하리만큼 우뚝 선 것이 매우 특이하였다. 은진송씨와 혼인 후 20세인 1656년 부친상을 당하였다. 3년을 시묘하였는데, 이때 효종이 크게 분발하고 송국헌·송시열 두 스승이 복수에 뜻을 두니 강개한 심정으로 종군할 기회를 노리고 있었다.

이동형은 송시열 문하에서 공부하며 1673년 37세의 나이로 사마시에 합격하였으나 갑인년(1674) 이래 스승이 무함을 받자 이를 슬퍼하며 상소를 올리려 하였다. 이때 함께 공부한 이들이 화를 격하게 한다는 말로 저지한 것이 두 번이나 되었다. 이동형은 마음이 트여 평소 담론과 술 마시기를 좋아하였다. 일찍이 자제들에게 얼굴을 찌푸린 적이 없었고 가련한 자를 보면 안타까워하였다. 평소 입으로 시비를 말하지 않았으나 혹 스승을 범하는 말을 하는 자에게는 노하여 꾸짖었다.

이동형은 1678년(숙종 4) 6월 29일 송시열의 예론을 옹호하는 소를 올린 일로 7월 2일 함경도 경원부慶源府로 귀양을 갔다. 귀양살이 2년에 어머니의 부고를 받고 애통해하며 열흘 동안 물 한 모금도 마시지 않자 사람들이 모두 '이효자'라며 칭송하였다. 1680년 경신환국으로 귀양에서 풀려나 집으로 돌아갔는데, 너무도 슬퍼하여 건강을 상한 나머지 하마터면 몸을 보전하지 못할뻔하였다. 이때 송시열이 편지로, 효로써 효를 상하게 하는 것을 예로부터 불효라 하였으니, 어찌 사대부의 평소 바르고 반듯한 가르침의 뜻이겠냐며 평소 아끼는 제자에게 이효상효以孝傷孝를 경계하였다.

1682년 제릉참봉齊陵參奉에 제수되어 봉사奉事·직장直長으로 옮긴 후 사헌부 감찰로 승차하였다. 1688년 신녕현新寧縣의 현감으로 나가 고을의 정사를 공평하고 윤택하게 하였다. 그러나 1년이 못 되어 기사사화己巳士禍

로 인해 관직을 버리고 집으로 돌아가니 읍민들이 눈물로 전송하였고 후에 송덕비를 세워 그 공덕을 기렸다. 집으로 돌아온 이동형은 집의執義 이기홍李箕洪과 함께 다시 글을 올렸으나 스승의 원통함을 밝히지 못하였다. 스승 송시열이 끝내 사약을 받고 돌아가시자 청주로 돌아와 우거하였다. 그리고 1692년 부인 은진송씨를 잃었다.

1694년 환국으로 호조좌랑에 제수되었고 1695년 배천군수白川郡守 1697년 형조정랑·한성판관을 거쳐 1700년 간성군수杆城郡守로 나아갔다. 1711년 좌수운 판관左水運判官을 지냈고 1716년 80을 넘겨 통정대부에 오르고 오위장五衛將에 제수되었으나 나가지 않았다. 1717년 숙종의 온천행에 노인을 우대하는 은전을 베풀어 가선대부嘉善大夫의 품계에 올랐고, 그해 11월 81세로 생을 마쳤다.

이동형은 사후 검암서원儉巖書院에 배향되었다. 검암서원은 현재 청주시 가덕면 병암2리 강당말에 있다. 1694년(숙종 20) 지방 유림의 공의로 조헌趙憲을 주향으로 한일휴韓日休·지여해池汝海·신지익申之益·변상증卞尙曾·송국헌宋國憲·신영식申永植·이동형李東亨·박문고朴文古·연최적延最績의 충절과 효행을 널리 알리기 위해 건립한 것이다. 대원군의 서원 철폐령으로 훼철되었다가 1958년 다시 지었다. 그 후 1973년 신응태申應泰를 추향追享하여 총 11명의 위패를 모시고 있다.

낙토로 달려가듯이 귀양지로 떠나다

이동형이 함경도 경원부로 귀양을 떠난 것은 1678년(숙종 4) 7월 2일이다. 이때 이동형이 자기의 일로 귀양을 갔다는 소식을 들은 송시열은, 그해 8월 24일 송국헌에게 보낸 편지의 별지에, "태경泰卿은 마치 낙토樂土로 달

검암서원

려가듯이 귀양지로 떠났으니, 친구들 또한 굳이 통탄하고 분개할 필요가 없을 것입니다. 다만 모친을 멀리 떠난 것은 서글퍼 눈물이 날 만한 일이지만 그 모친께서 또한 매우 태연하셨다는 소식을 들었으니, 아! 이러한 아들이 있음은 당연하다고 하겠고, 그와 친구들 또한 안심하여도 될 것입니다. 옛사람의 일을 오늘날에 다시 보게 될 줄을 누가 알았겠습니까. 기이하고 기이한 일입니다."라고 하였다. 〈송군식에게 답함答宋君式〉으로 『송자대전宋子大全』에 전한다.

이동형의 장인 송국헌은 김장생의 문인으로 자는 군식君式이며 호는 안소당安素堂이다. 안소당은 당시 청주 병암屛巖; 가덕면 병암3리에 있던 집에 붙인 당호堂號이기도 하다. 송국헌은 송시열의 종숙宗叔인데, 송시열은 종종 병암의 안소당에 들러 시를 짓기도 하며 가까이 지냈다. 두 사람은 종종 편지로 안부를 전하기도 하였는데, 1680년 7월 17일에 보낸 〈송군식에게 답함答宋君式〉에서는, 병암에서 이별한 지 어느덧 수십 일이 되었으나 못의 연꽃과 언덕의 소나무는 언제나 꿈속에서도 떠오른다고 하였다.

안심하라는 송시열의 당부에도 불구하고 이동형의 유배 소식은 그와 가까이 지내던 사람들에게는 맑게 갠 하늘에서 치는 날벼락과 같은 것이었다.

먼 곳으로 떠남에 시를 지으라는 말씀을 듣고	聞道臨行遠索詩
그 깊은 뜻을 알기에 슬픔을 견딥니다.	知渠深意有堪悲
선유동 속 소나무 아래 자리에 모여	仙遊洞裡松簞會
술잔 기울이며 고기 잡던 때를 어찌 견딜까요.	何忍傾杯把炙時

농계礱溪 이수언李秀彦(1636~1697)의 〈태경을 슬퍼하며 만주께 드리다 哀泰卿呈晚洲〉로 『농계선생유고礱溪先生遺稿』에 전한다. 이수언은 송시열의 문인으로 자는 미숙美叔이고 호는 농계礱溪·취몽헌醉夢軒이며 본관은 한산韓山이다. 이색李穡의 12대손으로 대대로 서울에 살다가 그의 고조 이

도李濤(1539~1592)가 1576년 청주 주성酒城; 수름재에 정착한 이후 그의 선조들이 모두 그곳에서 가까운 묵방墨坊에서 살았다.

이수언은 1674년 곽세건郭世楗이 스승 송시열을 모함하자 소疏를 올려 그를 논척한 일로 체직되어 고향에 내려와 옛집을 수리하고 지냈다. 이듬해 체환되었으나 늙도록 고향에서 부친을 모시고 살 계획이었다. 그 또한 당쟁과 환국의 정치적 소용돌이를 온몸으로 겪었기에 전원으로 돌아가리라는 생각이 마음 한편에 자리하고 있었다. 1678년 경상도사에 제수되었으나 세사에 뜻을 끊고 나아가지 않았다. 생도들을 가르치며 5년 동안 고향 집에 머물렀다. 이때 고향 청주 미원 단계丹溪; 미원면 계원리 후운정마을 일대에서 말년을 보내던 만주晚洲 홍석기洪錫箕(1606~1680)를 시 스승[詞伯]으로 모시고 자주 그의 집에 드나들며 시를 짓고 교유하였다.

이동형이 귀양을 떠나게 되자 홍석기가 시를 지으라고 하였나 보다. 이수언과 이동형은 한 스승을 모신 동문이자 매우 가까운 벗으로 그들에게 스승과도 같은 홍석기와도 자주 만나 교유하였다. 홍석기가 사는 미원의 단계丹溪나 이수언의 집이 있는 묵계墨溪에서 시회가 있을 때면 늘 함께 자리했다. 그리고 시를 통해서도 드러나지만, 세 사람은 화양동에서 가까운 괴산 선유동에서도 가끔 어울리며 그 누구보다도 사이가 각별했음을 알 수 있다. 한편 위 시에서 이수언은 스승 송시열이 편지에서 당부한 깊은 뜻을 알기에 애써 슬픔을 견디지만, 선유동에서 놀던 때를 떠올리면 매우 견디기 어려울 것이라 하였다.

의리는 무겁고 몸은 가벼우니 감히 재앙을 꺼릴까　　義重身輕敢憚殃
아침에 상소문 하나 올렸다가 저녁에 견책되었네.　　一封朝奏夕潮陽
채원정이 주자를 스승으로 삼았음을 알았고　　季通早識師元晦
소무가 범방을 허여했음도 일찍이 들었네.　　蘇武曾聞許范滂
철령 산골짜기에 북방 들판 이어지고　　鐵峽山谿連朔野

귀문의 비바람 북쪽 변방에 접했네.	鬼門風雨接龍荒
가장 슬픈 것은 함께 돌아갈 계획을 저버린 것이니	最憐孤負同歸計
어찌 차마 거듭 사우당을 찾으랴.	何忍重尋四友堂

이수언의 〈나중에 태경에게 부치다追寄泰卿〉이다. 평소 스승에 대한 제자의 의리를 무겁게 여긴 이동형이 상소하였다가 유배객의 신세가 된 것을 말하였다. 그러나 그는 채원정蔡元定이 주자를 스승으로 삼고 또 소무蘇武가 범방范滂을 허여했음을 아는 사람이기에 자신의 의리에 맞게 행동하는 사람이라는 것이다. 한편 이수언에게 가장 슬픈 것은 이동형과 함께 그의 사우당을 찾겠다는 계획을 저버린 것이라 하였다. 이를 통해 두 사람이 수촌의 사우당과 묵계의 취몽헌을 서로 오가며 친밀히 교류하였음을 알 수 있다.

학봉의 가을 달 관외에서 보겠구나	鶴峯秋月關外看
길은 용흥 지나 다시 아득할 테지.	路過龍興更漫漫
스승이 중하여 어미와 자식 이별하니	別母別子師爲重
마운령 마천령이 어려운 것이 아니라네.	磨雲磨天嶺不難
발해가 성이 났나 내내 웬 바람인가	長時何風渤海怒
팔월에 눈이 오니 강산이 차갑구나.	八月已雪湖山寒
육진이 꼭 현사가 죽는 곳은 아니니	六鎭未必殺賢士
밝으신 성상께서 그대 또한 너그럽게 살펴주실 걸세.	聖明照臨君且寬

홍석기의 〈이태경을 생각하다憶李泰卿〉로 『만주집晩洲集』에 전한다. 1678년 8월, 청주 미원에 있는 홍석기가 앞서 7월에 함경도 경흥으로 유배를 떠난 이동형의 고단했을 유배길을 생각하며 지은 것이다. 함경도 영흥永興의 용흥龍興을 지나면 다시금 아득한 길이 이어질 것이라는 생각에 마음이 쓰리다. 그러나 스승에 대한 의리가 중하여 홀로 스승을 변호하는 소

를 올려 그 일로 어미와 자식이 이별하는 일을 겪은 것은 스스로 그가 선택한 것이다. 그렇기에 마운령·마천령 등 험한 고개를 넘는 것은 그에게는 그리 어려운 것이 아니라는 것이다. 기꺼이 자초한 일이니까 말이다. 더구나 어머니를 이별한 고통에 비기랴. 한편 내내 바람이 불고 8월인데도 눈이 내려 강산이 차갑다고 하여 귀양살이의 신산함을 말하였다. 그렇지만 육진이 꼭 현사가 죽는 곳은 아니라고도 하였다. 밝은 임금께서 너그럽게 살펴줄 것이라는 기대와 희망을 품어보는 것이다. 육진은 경원·경흥·부령·온성·종성·회령이다. 이동형이 마침 경흥으로 귀양을 갔기에 그렇게 말한 것이다.

발해가 아득하니 길이 이천리	渤海茫茫路二千
추성이 어드멘가 고개가 하늘에 닿네.	楸城何處嶺磨天
글을 보고 그대 생각에 눈물 뿌리진 않으나	看書不灑思君淚
문득 봉산을 향해 한줄기 눈물 흘리네.	更向蓬山一泫然

이 역시 홍석기의 작품이다. 〈이태경의 글이 이르러 절구 한 수로 답하다 李泰卿書至答以一絶〉로 『만주집』에 전한다. 추성楸城은 이동형의 유배지인 함경도 경원慶源의 별칭이다. 홍석기는 이동형의 편지를 받고 몹시 반가웠을 것이다. 절로 그가 있는 경원을 떠올려본다. 아득히 멀고도 험한 곳이지만 잘 지낸다는 소식에 안심이 된다. 그러나 문득 봉산蓬山을 향해 한줄기 눈물을 흘린다고 하였다. 봉산은 당시 송시열의 유배지인 경상도 장기長鬐; 현 경북 포항시 남구 장기면의 별칭이다. 송시열은 1674년 2차 예송(갑인예송)에서 남인에게 패배하여 실각하였다. 이 일로 1675년 1월 25일 함경도 덕원으로 유배되었다. 이곳에서 만 5개월을 보내고 6월 10일 장기로 이배되었다. 4년을 장기에서 보낸 후 1679년 4월 10일 거제로 이배되었다. 위 시 또한 앞의 시와 마찬가지로 우암이 장기에 있을 때 지은 것임을 알 수 있다.

이에 앞서 홍석기는 송시열이 덕원에서 장기로 이배된다는 소식을 듣고 다음과 같은 시를 지었다.

유월의 찌는 듯한 더위에 천리의 여정	六月蒸炎千里程
어찌 꿈속에선들 귀문에 가리.	何曾夢裏鬼門行
동으로 푸른 바다 임하니 하늘 땅 구분 없고	東臨碧海無天地
북으로 붉은 하늘 바라보니 밝은 임금 계시는구나.	北望丹霄有聖明
잠깐 대궐 앞에서 복부를 지었지만	宣室午前因鵩賦
멀리 쫓겨난 신하에게는 다만 앵무새 소리뿐.	逐臣已遠但鶯聲
우리 임금 어찌 세 임금을 섬긴 노신을 버리리	吾王豈棄三朝老
상담을 향해 굴원을 조상하지는 마시게.	莫向湘潭弔屈平

홍석기의 〈우재가 북에서 남으로 옮겼다는 말을 듣고聞尤齋自北南遷〉이다. 홍석기는 송시열과는 매우 가까운 벗으로, 우암이 유배가 있는 동안 수많은 시를 지어 보냈는데, 위 시는 우암이 함경도 덕원에서 경상도 장기로 옮긴다는 말을 듣고 지은 것이다. 우암은 1675년 윤5월을 지나 덕원을 출발하여 6월 10일 장기에 도착하였다. 수련에서는 6월 찌는 듯한 더위에 다시금 천리 여정에 오른 벗을 걱정하는 심사가 드러난다. 꿈속에서도 두 번 다시 가기 어려운 귀문행이 아니었던가. 경련의 선실宣室은 대궐을 가리킨다. 그리고 '복부鵩賦'는 한나라 때 가의賈誼가 권신의 배척을 받아 장사왕長沙王 태부太傅로 좌천되어 귀양 갔을 적에, 불길한 새로 여겨지는 올빼미[鵩鳥] 한 마리가 집으로 날아든 것을 보고는 자신의 수명이 길지 않을 것이라는 예감에 스스로 불우함을 탄식하며 〈복조부鵩鳥賦〉를 지은 고사에서 나온 말로, 여기서는 우암이 귀양을 간 것을 의미한다. 미련에서는 숙종이 어찌 세 임금을 섬긴 늙은 신하를 버리겠느냐며, 그 옛날 상수湘水에 빠져 죽었다는 초나라의 대부 굴원屈原을 조문하지는 말하고 하였다. 곧 해배의

희망을 놓지 말라는 당부이다.

두어 달 장마로 물이 도랑에 가득하니　　　　淫潦連月潦盈溝
백로와 원앙이 좋은 시절 만났구나.　　　　　蜀玉鴛鴦得意秋
세상의 잡소리 끊임없이 들려오고　　　　　　世上喧啾來不盡
하늘가 가는 세월 멈추기 어려워라.　　　　　天涯歲月去難留
울 너머 초빈엔 아침마다 곡성이고　　　　　隔籬新殯朝朝哭
섬돌 옆에 생강 싹은 날마다 돋아나네.　　　傍砌生薑日日抽
북녘에 귀양 간 채씨와 이씨를 생각하니　　遙憶北荒囚蔡李
모진 바람 눈보라에 옷이라도 받았는지.　　獰飇吹雪授衣不

　　송시열의 작품으로 〈북쪽 변방에 귀양 간 두 사람을 생각하다憶塞北二謫〉
이다. 제목의 북쪽 변방에 귀양 간 두 사람은 채하징蔡河徵(1619~1687)과
이동형을 말한다. 1678년 영남 유생 이재헌李在憲이 송시열을 모함하는 상
소를 올린 것에 대항하여 두 사람이 상소를 올렸다가 함경도의 경흥으로
유배되었다. 당시 우암은 제자들이 유배갔다는 이야기를 듣고 절구 2수를
지었고, 뒤에 또 위 시를 지었다. 추운 변방에서 옷이라도 제대로 받아 입
고 지내는지, 두 제자에 대한 걱정으로 노심초사하는 스승의 모습을 엿볼
수 있다.

송죽의 정조와 매국의 청향을 벗 삼다

　　이동형이 청주 수촌에 자리를 잡고 살게 된 것은 아마도 혼인으로 인한
인연 때문으로 보인다. 당시 청주 병암에 살았던 안소당 송국헌의 딸과 혼
인한 것이 그가 처가가 있는 병암에서 가까운 수촌[首谷]에 자리 잡은 이유
일 것이다. 지금도 가덕면 수곡2리 머리울마을과 병암3리 병암마을은 매

우 가깝다. 그리고 무엇보다 이동형이 은진송씨와 혼인 후 송시열과 송국헌 두 분을 스승으로 모신 것도 그가 수촌에 집을 짓고 살게 된 이유일 것이다. 이곳이야말로 처가와 매우 가깝고, 또 화양동도 그리 멀지 않아 스승 송시열을 찾아 가르침을 받기에 적합했기 때문이다.

1674년 갑인예송으로 남인에게 밀려났던 서인은 1680년 경신환국으로 다시 정권을 잡았다. 따라서 이동형도 유배에서 풀려났다. 청주 수촌으로 돌아온 그는 스승인 송시열에게 기문을 청하였다.

> 여강 이태경이 청주 수촌(首村)의 산수 사이에 집을 지어 소나무·대나무·매화·국화로 두르고는 사우당(四友堂)이라 이름하였다. 무릇 벗한다는 것은 그 덕을 벗하는 것이다. 송죽의 정조와 매국의 청향은 어찌 그 덕이 가히 벗할 만한 것이 아니겠는가? 그러나 어찌 사람의 유덕함만 같겠는가마는 태경이 반드시 여기에서 취한 것은 어찌함인가? 태경은 일찍이 친구들과 함께 임금께 상소하여 사화를 구제하였는데 친구들 중에 어진 자는 모두 깊은 산이나 먼 바다로 귀양 갔고, 그렇지 않으면 깊은 산 속으로 흩어져 새와 짐승들과 어울리며 돌아오지 못하였다. 당시 사람들은 그 사람이 벗하고자 하지 않는다고 하였으나 이 또한 더불어 벗하고자 하지 않았기 때문이니, 마땅히 친구가 없이 홀로 서서 벗할 것은 오직 이것뿐이다. 비록 그러하나 좋은 친구가 하나 있으니 사람들은 아마도 알 수 없을 것이다. 멀리 생각하건대 태경은, 마당을 쓸고 하나의 먼지도 날리지 않으면 밝은 창가에서 깨끗한 책상에 앉아 고요히 시서(詩書)를 대하니, 그 사람을 우러러보며 그 마음을 논함에 떨리어 마음속에 합치되는 바가 있고, 자취도 없이 생각에 모이는 바가 있어 유유히 늙음이 장차 이름을 알지 못하였다. 이때에 맹자가 '위로 옛 사람을 친구 삼는다'는 가르침이 진실로 나를 속이지 않았음을 알게 되었다. 비록 그러하나 태경이 남에게 말하고자 하지 않으니 송죽매국(松竹梅菊) 이 네 가지에 기대어 그 집의 이름으로 삼는다.
>
> 驪江李泰卿, 爲堂於淸州首村之山水間, 環以松竹梅菊, 而名之以四友. 夫友者友其德也. 松竹之貞操, 梅菊之淸香, 豈非其德之可友者耶, 然豈如

人之有德者? 而泰卿必取乎此何也. 泰卿嘗與儕流, 上書北闕, 以救士禍, 而
儕流之賢者, 皆投畀嶺海, 不然則散落巖谷, 鳥獸同群而不返也. 時之人則
渠不肯友焉, 而此亦不欲與之友, 宜其獨立無儔, 而所友者惟此而已. 雖然,
有一好友焉, 而人或不能知也. 緬想泰卿掃溉庭除, 一塵不起, 而明窓淨几,
靜對詩書, 景仰其人, 討論其心, 犂然有契於襟懷, 泯然有會於思慮, 悠然不
知老之將至. 於斯時也, 子孟子尙友之訓, 眞知其不我欺矣. 雖然, 泰卿不欲
以語人, 故托於四者而名其堂云爾

　　송시열의 〈사우당기四友堂記〉로 그가 갑인예송으로 유배되었다가 풀려
난 1680년 6월 이후에 지은 것이다. 우암은, 무릇 벗한다는 것은 그 덕을 벗
하는 것이라고 하면서, 이태경이 벗으로 삼은 송죽松竹의 정조貞操와 매국
梅菊의 청향淸香은 그 덕이 가히 벗할 만하다고 하였다. 그러나 사람의 유
덕함만 같지 못하다고 하였다. 그리고 바로 이어 "그런데도 태경이 반드시
여기에서 취한 것은 어찌함인가?"라고 스스로 질문을 던져 놓고 나중에 답
을 한다. 그 답을 내는 과정에서 우암은 이태경의 사람됨에 대해 이야기한
다. 당시 사람들은 이태경이 벗하고자 하지 않는다고 하였으나 우암이 보
기에는 이태경 또한 일반 사람들을 벗하고자 하지 않았기 때문이라고 하였
다. 보통 평범한 현실의 사람을 벗하는 대신 태경에게는 좋은 친구가 하나
있었는데 사람들은 그것을 모른다는 것이다.

　　그렇다면 태경의 '좋은 친구'란 무엇을 두고 한 말인가? 그것은 바로 '시
서詩書'였다. 우암이 본 제자 이태경은, 시서를 대하여 글을 통해 옛사람을
만나 그 사람을 앙모仰慕하고 함께 이야기를 나누며 마음에 맞아하니, 그런
가운데 자신이 늙어가고 있다는 것조차 알지 못하는 사람이라는 것이다.
그런 이태경의 모습을 보면서 우암은 맹자가 말한 '상우尙友'의 가르침이
헛된 말이 아니었다는 것을 알았다고 하였다. '상우'란 위로 '옛사람을 벗
한다'는 뜻이다. 『맹자孟子』「만장萬章 下」에 "이 세상의 훌륭한 선비와 벗

하는 것으로 충분하지 못하면 다시 옛 시대로 올라가서 옛사람을 논한다. 그의 시를 외고 그의 글을 읽으면서 그 사람을 모른다면 되겠는가? 이것으로 그 세대를 논하는 것이니 이것이 바로 상우다以友天下之善士爲未足, 又尙論古之人. 誦其詩讀其書, 不知其人可乎? 是以論其世也, 是尙友也"라고 하였으니, 상우는 서책을 친구 삼고 옛사람과 벗한다는 말이다.

　그러니 우암이 목도한 태경의 평소 모습으로 보아서는 의당 그의 거처를 '상우당尙友堂'이라 해도 될 것이나, 태경이 남에게 말하고자 하지 않으니 '송죽매국松竹梅菊' 이 네 가지에 기대어 그 집의 이름으로 삼는다는 것이다. 이태경의 성품이 워낙 질직質直하여 남에게 드러내기를 꺼리기에, 송죽매국 이 '네 가지를 벗하는 집'이란 의미로 '사우당四友堂'이라 하였다는 것이 우암의 생각이다.

신영식과 함께 거제로 스승을 찾아뵙다

　이동형은 1680년 4월 24일 유배에서 풀려났다. 그리고 청주로 돌아온 후 병암에 사는 신영식申永植(1625~1694)과 함께 거제에 유배 중인 스승 송시열을 찾아간다. 우암이 장기로부터 거제로 이배된 것이 1679년 4월 10일이고, 1680년 5월에 거제를 떠나 청풍으로 옮기라는 명이 있었으니, 청풍으로 떠나기 전에 거제를 찾은 것이다.

　이때 이동형과 동행한 신영식은 신숙주申叔舟의 후손으로 감역監役을 지낸 신억申檍(1586~1641)의 아들이다. 호는 병암屛巖·병암처사屛巖處士로 효로써 이름이 났고 현종 조에 사미賜米되었다. 그 또한 우암에게 수학하였고 사후 검암서원에 배향되었다.

수락당 앞의 나무를　　　　　　壽樂堂前樹

백석탄으로 옮겨 왔네.　　　　　移來白石灘

산속에서 빙설의 자태 일찍 피니　山中氷雪早

맑은 그림자 한없이 차가워라.　　淸影不勝寒

　송시열의 〈신백고 영식이 매화 한 그루를 보내왔기에 시로 사례하다申伯固永植, 送梅一樹, 詩以謝之〉로 『송자대전』에 전한다. 수락당壽樂堂은 신영식의 부친 신억의 호이자 그가 거처하던 곳인데 아들 신영식이 물려받았다. 그리고 백석탄은 화양동을 말한다. 화양계곡엔 화양천이 흐르는 사이로 유달리 희고 넓은 바위가 여기저기 놓여 있어 그 풍광 또한 일품이다. 자신이 아끼던 매화를 스승께 보내는 제자의 마음과 이에 대한 고마움을 시로 화답하는 스승의 정의가 참으로 깊다. 두 사람은 이후로도 화양동에서 만나거나 편지를 나누며 사제 간의 정을 나누었다. 그리고 1675년 우암은 수락당이라 명명한 뜻을 발휘해 줄 것을 청하는 신영식에게 〈수락당기壽樂堂記〉를 지어주었다.

　성해응成海應(1760~1839)의 『연경재전집研經齋全集』에는 이 시가 〈영매詠梅〉라는 제목 아래 있는데, 시 끝에 붙인 자주自註에, 신백고申伯固가 우암에게 매화 한 그루를 보내왔기에 이를 계당溪堂 앞에 심고 시로 사의를 표한 것이라고 하였다. 계당은 우암이 1666년 8월에 화양동에 들어와 지금의 화양 제2곡인 운영담 위에 지은 5칸짜리 초당을 말한다. 우암은 이때 화양계당華陽溪堂이라 불렀던 초당에서 조용히 독서에 전념하며 이따금 찾아오는 제자들과 강학하였다.

　성해응은 〈화양동기華陽洞記〉에서, 이곳 초당[계당]에 있던 홍매에 대해, "초당 아래의 홍매 한 그루는 선생께서 완상하시던 것이다. 매년 봄이 오면 꽃이 매우 성대하게 피더니 기사년에 말라 죽으니 선생께서 정읍에서 사약을 받은 때이다. 갑술년에 선생이 신원이 되자 매화는 다시 살아나 꽃과 잎이 활짝 피었다草堂下紅梅一樹, 先生所玩也. 每春至花甚盛, 己巳枯死, 而先生受後命於楚山. 甲戌先生伸而梅復生, 花葉爛然."라고 하였는데, 아마도 이 홍매가 신백고가 보냈다는 그 매화일 것이다.

한편 신영식은 청주지역에 거주하는 11명의 을축년생 선비들과 함께 을축갑계乙丑甲禊를 조직하였는데, 이들이 61세가 되는 1685년에 그 문서의 발문을 우암이 지었다. 우암은 두 번째 〈을축갑계발乙丑甲禊跋〉에서, 을축년(1625) 봄에 이유당怡愉堂 이덕수李德洙(1577~1645)의 아우 금오공金吾公의 집에서 혼인할 때 태어난 사람들이 지금은 모두 머리가 허옇게 센 노인들이 되었다고 회고하면서, 청주의 을축년생 11명의 모임을 송宋의 낙양기영회洛陽耆英會에 견주었고, 낙양기영회의 규약을 본받아 실추하지 말 것을 당부한 바 있다. 금오공은 의금부 도사를 지낸 송시열의 장인 이덕사李德泗를 말한다.

남쪽 하늘 쓸쓸하니 기러기 시름 길고   南天寥落鴈愁長
청주로 가는 길 참으로 아득하구나.   上黨歸程正杳茫
바람 부는 처마에서 옛 도를 내 오히려 즐기니   風簷古道吾猶樂
강남에서 송옥의 슬픔을 짓지 말게나.   莫作江南宋玉傷

송시열의 〈이태경 동형이 신백고와 함께 멀리서 찾아왔으니 뜻이 매우 정성스러웠다. 며칠을 머물다가 엿보는 자가 있을까 두려워 작별하고 돌아갔다. 떠날 때 태경이 시 두 편을 남겼기에 그 시에 차운하다李泰卿東亨與申伯固, 遠來相訪, 意甚勤厚. 相留數日, 恐有物色者, 解携而歸. 臨行, 泰卿留詩二首, 聊步其韻.〉로 그 두 번째 시다. 1680년 5월 어느 날, 귀양에서 풀려난 이동형이 신영식과 함께 자신의 거제 적소를 찾아 며칠 머물다 떠나면서 남긴 시에 차운한 것이다. 1, 2구에서는 유배객의 쓸쓸함과 이제 다시 먼 길을 왔던 청주의 제자들이 돌아갈 아득한 여정을 걱정하는 스승의 심사를 드러내었다. 3구의 '풍첨고도風簷古道'는, 송宋의 충신 문천상文天祥이 원元에 잡혀가 옥중에서 지은 〈정기가正氣歌〉에, "바람 부는 처마에서 책을 펼치고 읽노라니, 옛날 어른들 행한 도가 나의 얼굴을 비춰주네風簷展書讀 古道照顔色."라고 한 것을 말한 것이다. 4구의 '송옥의 슬픔[宋玉傷]'은 초나라 굴원의 제자인 송옥이 자신의 불우함을 비관하여 지은 〈비추부悲秋賦〉이다. 그러므로 '송옥의 슬픔을 짓지 말라'는 것은, 유배객이라는 불안하고 어려운 처지에서도 오히려 도를 즐기며 잘 지내고 있는 모습을 보았으니, 혹여라도 송옥처럼 자신의 불우함을 비관하지는 말라는 제자에 대한 스승의 당부이다. 참으로 사제 간의 정이 듬뿍 배인 작품이다.

우암은 74세인 1680년(숙종 6) 5월 거제에서 청풍淸風으로 옮기라는 명을 받고 길을 떠나 6월 2일 합천陝川에 이르렀을 때 완전 석방의 명을 받고 6월 6일 회덕 집으로 돌아왔다. 그리고 바로 화양동을 찾아 손님을 맞이하는 자리에 당부의 말을 쓰니 〈화양동 객위자목華陽洞客位咨目 庚申〉이 그것이다. 우암은 이 글에서, 세상의 이해득실이나 온갖 시비로부터 귀를 닫고 화양의 아름다운 천석과 함께 경사를 담론하고 때로 사물의 이치를 찾으며 자신뿐만 아니라 남도 스스로 경계하도록 하였다. 세상의 시비를 뒤로 한 채 조용히 물러나 쉬며 화양의 아름다운 천석과 함께 독서와 강학에 전념하고자 하였는데, 화양동은 그러한 만년의 우암이 머물기에 매우 적합한 장소였다.

화양동

主一齋 ·

주일재 · 세심정

洗心亭

옥화서원

청주 경과 심이 서로 의지함은 수레의 두 바퀴와 같다, 주일재主一齋 · 세심정洗心亭

이득윤과 김장생을 스승으로 모시다

청주 미원면 옥화리 옥화대玉華臺에 주일재主一齋와 세심정洗心亭이 있다. 윤승임尹承任(1603~1688)이 세운 것이다. 윤승임은 자가 중보重甫이고 본관은 파평坡平이다. 연산군 때 이곳 옥화대에 만경정萬景亭을 짓고 은거한 만둔암晚遯庵 윤사석尹師晳의 6세손이고, 옥계玉溪 박곤원朴坤元 (1547~1607)의 외손이다. 사후 이곳 옥화서원玉華書院에 배향되었다.

윤승임이 서계西溪 이득윤李得胤(1553~1630)의 문하에 든 것은 그의 나이 7세 때인 1609년(광해군 1)이다. 당시 어지러운 시사를 피하여 이득윤이 옥화동으로 들어가 춘풍당春風堂과 추월헌秋月軒을 짓고 학문에 전념하였는데, 그의 집이 이곳에서 가까운 방촌芳村에 있어 새벽부터 밤까지 모시며 공부에 전념하였다. 방촌은 현재 미원면 구방리九芳里이다. 이때 윤승임은 이유당怡愉堂 이덕수李德洙(1577~1645), 벽오碧梧 이시발李時發(1569 ~1626). 이지당二知堂 변시익卞時益(1598~?) 등과 함께 이득윤의 문하에서 수학하였다.

한편 윤승임이 사계沙溪 김장생金長生(1548~1631)을 스승으로 모신 것은 15세 때인 1617년이다. 이때 김장생이 이득윤의 완역재翫易齋를 찾아 그와 함께 『맹자孟子』의 「호연장浩然章」을 논하였는데, 윤승임이 옆에서 난해한 부분을 해석하였다. 김장생은 당시 윤승임을 보고, 권면하여 진취시켜 게을리하지 않는다면 앞날을 헤아릴 수 없을 것이라고 하였다. 그 후로 김장생은 편지로 학문의 성취 여하를 물었는데, 이 무렵 윤승임은 과거를 포기하고 오로지 성리학에만 전심하였다.

주일재와 세심정을 세우다

윤승임은 옥화대의 이득윤을 찾아 성리학에 전념하여 움직이고 멈춤에 오로지 경敬을 으뜸으로 하였다. 이득윤에게 여러 제자가 있었지만 특히 윤승임은 스승을 늘 가까이서 모셨다. 스승이 돌아가시자 그를 기리기 위해 추월정秋月亭 옆에 사현사思賢榭를 세우고 기숙하였다. 이것은 대개 자공子貢이 반축反築한 뜻을 취한 것이다. 공자가 돌아가시자 문인들이 삼년상을 치르고 모두 돌아갔는데, 자공은 다시 무덤가에 집을 짓고서 홀로 3년을 더 거한 후에 돌아갔다는 말이 있다. 사현사 건립을 통해 스승 이득윤을 향한 윤승임의 마음이 어떠했는지 십분 알 수 있다.

그 후 윤승임은 만경정萬景亭 위에 초가를 짓고 '주일재主一齋'라 하였다. 이는 정이程頤가 『주역周易』의 '경이내직敬以內直; 경敬으로 내심內心을 바르게 한다'의 '경敬'을 '주일主一'이라 해석한 것을 차용한 것으로, 윤승임이 경敬을 요점으로 삼았기 때문이다. 현재 주일재는 옥화서원 앞에 있는데, 그 안에 주일재 현판과 송환기宋煥箕(1728~1807)의 〈주일재중건기主一齋重建記〉 현판 등이 있다.

주일재

세심정

유성위柳星緯(1636~?)의 〈주일재기主一齋記〉에 의하면, 윤승임은 "일찍이 스스로 경계하여 말하기를, '경敬을 주로 하지 않으면 양심을 보존할 수 없으니 내가 어찌 감히 경敬을 버리겠는가?' 또 늘 말하길, '스승의 가르침이 귀에 있는데 내가 어찌 감히 잊겠는가?'"라고 하였다. 그러니 윤승임이 주일재를 지은 뜻은, 스스로 학문에 힘쓰는 방도를 세우고 아울러 스승을 높이며 가르침을 잊지 않으려는 것임을 알 수 있다. 유성위는 윤승임에게는 성이 다른 친척[表親]이 되는데, 기문의 끝에, "아, 내가 듣기에 현자의 재호齋號는 많지만 이같이 요점을 제시하는 것은 있지 않았다. 내가 보기에 산수 중 좋은 곳은 많지만 이같이 특이한 곳은 있지 않았다. 소위 강산이 호걸한 자를 기른 것이요, 하나의 경敬으로 만 가지 거짓을 사라지게 한 것이다."라고 하였다.

한편 유성위는 주일재에 머물던 윤승임의 모습을 두고, 몸을 편히 하고 어린애 얼굴에 흰머리로 종일 바르게 앉아 있으니 바라보면 지상의 신선인 듯하였다고 회고하였다. 주일재는 윤승임 사후 100여 년 사이에 무너졌다. 편액하여 단 글씨 또한 불에 탔다. 그 후 윤승임의 5세손 윤현기尹顯基와 6세손 윤상은尹相殷 등이 상의하여 1800년에 중건하였다. 그 내용이 송환기의 〈주일재중건기主一齋重建記〉에 자세하다.

주일재를 보고 오른쪽으로 꺾어 들어가면 만경정이 있다. 만경정을 지나 오른쪽으로 가면 아래로 물이 내려다보이는 곳에 세심정洗心亭이 있다. 윤승임이 1646년 이곳 옥화대에 지은 이후 세심정 또한 주일재를 중건한 1800년에 중건한 바 있다. 이때 정호亭號는 송시열의 5대손 송환기가 썼다. 그 후 1865년 또다시 중건하였다.

김술현金述鉉(1790~?)은 1868년에 지은 〈세심정중건기洗心亭重建記〉에서, 서실과 정자에 이름을 건 것이 비록 다르지만 그 뜻은 동일하다고 하였다. 이어 "무엇을 주일主一이라 하고 무엇을 세심洗心이라 하는가? 경敬

은 한결같음을 주로 하고 심心은 경敬을 주로 하니, 경敬과 심心이 서로 의
지함은 수레의 두 바퀴와 같고 새의 두 날개와 같아 하나를 없앨 수 없음이
분명하다."라고 하였다. 이처럼 김술현은 서실 주일재와 정자 세심정이 하
나라고 하였다. 서실과 정자는 하나이면서 둘이요 둘이면서 하나인데, 하
나는 중건하고 다른 하나는 버려둔다면 후인들이 높은 산을 우러르며 제사
지내고 숭모하는 정성에 부족하지 않을까 염려된다고도 하였다. 그래서일
까, 주일재와 세심정은 오랜 세월을 거치며 함께 중건되었고, 현재 새롭게
복원한 모습을 볼 수 있다.

시냇가에 날아갈 듯 서서 마음 씻을 것을 기약하니	翼然川上洗心期
마음이 막힌 때에 이 사람의 마음을 일깨우네.	警起斯人茅塞時
산 모습 문에 드니 기상이 엄연하고	入戶山容氣像儼
처마를 두른 물의 형세 그 연원이 오래네.	繞簷水勢淵源遲
경전을 익히는 고상한 모임 이루었고	講磨經傳成高會
시문을 간행하는 아름다운 모범 보였네.	剞劂詞創章美規
천년을 가을 달 아래에서 삼가 생각하며	千載恭惟秋月下
모름지기 후학으로 먼저 안 것에 감사하네.	須令後學感先知

1868년 윤사월에 김동집金東集이 지은 〈세심정중건운洗心亭重建韻〉으로
『주일재집主一齋集』에 전한다. 세심정을 중건하는 날 윤승임이 세심정을
지은 뜻을 생각하며 지은 것이다. 윤승임의 학문과 덕을 사모하는 이들이
세심정에 모여 경전을 익히고 시문을 지어온 지 오래다. 그리고 이곳에서
다시 한번 경敬과 심心을 하나로 하며 살아갈 것을 다짐하며, 후학에게 이
러한 깨우침을 준 인생과 학문의 스승인 이곳의 주인에게 그 고마움을 전
하는 것이다.

송시열, <옥화대명>과 <주일재잠>을 짓다

　윤승임과 송시열은 비슷한 시기에 사계 김장생을 스승으로 모신 특별한 인연이다. 윤승임은 송시열이 화양동에 머물자 끝없이 그를 따르며 두 아들로 하여금 그의 문하에서 학문에 정진케 하였다. 만년에 윤승임은 만사를 물리치고 홀로 주일재에 거하며 오직 송시열과 서신을 왕래하며 심心과 도道를 논하였다. 미원 옥화대에서 그리 멀지 않은 청천 화양동에 우암이 머물렀기에 두 사람은 더욱 자주 소식을 전할 수 있었다. 이러한 인연으로 윤승임은 『화양연원록華陽淵源錄』「사우師友」편에, 그리고 그의 두 아들은 「문인門人」편에 이름이 올라 있다.

　그렇다면 윤승임과 송시열의 이런 특별한 인연은 언제 어떻게 시작되었을까? 그것은 아마도 우암의 혼인과 관련이 있는 듯하다. 우암은 그의 나이 19세인 1625년, 당시 청주 주성酒城 수름재에 살고 있던 도사都事 이덕사李德泗(1581~1636)의 딸 한산이씨와 혼인하면서 청주와 더욱 깊은 인연을 맺었다. 우암은 이덕사의 딸을 배필로 맞았지만 장인 이덕사보다 그의 형인 이덕수李德洙(1577~1645)를 더 따랐다. 이렇듯 혼인으로 맺은 이유당 이덕수와 송시열의 특별한 관계는 자연스럽게 그를 이유당의 스승인 이득윤의 곁으로 이끌었을 것이다. 이유당이 미원 옥화대를 왕래할 때 조카사위 우암도 가끔 동행하였으리라 생각하는 것은 그리 어렵지 않기 때문이다. 그 때는 이미 이득윤의 말년이라 우암이 19세 혼인 후 실제 이득윤을 만났다 해도 6년 정도 짧은 기간에 한두 번 정도일 것이다. 그러니 우암과 이득윤의 직접적인 교류는 거의 불가능하다고 할 수 있다. 그 대신 이득윤의 제자인 주일재 윤승임과의 교유가 시작된 것이다. 그가 우암보다 4살 위이니 이때 윤승임은 23세였다.

　우암은 60세가 되던 1666년 8월 화양동으로 이주하여 80세가 되도록 이곳에서 살았다. 우암은 화양동을 드나드는 길에 자주 옥화대에 들러 윤승임과 만나 교유하였다. 19세와 23세 젊은 나이에 만나 60대가 된 이들의 대화는 깊었고 끝이 없다. 우암은 어려서부터 한결같이 이득윤을 모시며 따랐고, 또 스승 사후에도 옥화대를 떠나지 않고 주일재를 지어 스승의 가르침을 평생 실천하는 윤승임을 위해 1674년 2월 〈옥화대명玉華臺銘〉과 〈주일재잠主一齋箴〉을 지었다.

오직 윤군이	惟兹尹君
어릴 때부터 뫼시며	卯角趨侍
덕을 보고 받들어 섬김에	覲德承事
시종 한결같았네.	一其終始
개연히 옛일을 생각하니	慨念疇昔
성향을 따르기 어렵고	聲響難追
텅 빈 이 대에	空有斯臺
부러진 개암나무만 흩어졌네.	榛崩級夷
다듬고 정리하고	爰剔爰整
풀 베고 비질하니	鉏之帚之
시원하게 트인 넓은 대	爽塏淸曠
엄연히 옛 모습이로다.	儼然舊觀
그 옆에 집을 짓고	築室其傍
조석으로 임하니	朝夕臨玩
아름다운 나무 무성하고	嘉木蒨蔚
흐르는 물 잔잔하네.	流水潺湲

　　송시열이 지은 〈옥화대명玉華臺銘〉의 후반부이다. 전반부에서는 오래전에 서계 이득윤이 옥화대에서 역학을 강학하였는데 아직도 그 여풍이 남아있음을, 후반부에서는 오직 윤승임이 스승을 따르고 있음을 이야기하였다. 〈옥화대명〉은 현재 옥화서원 앞에 있는 주일재에 걸려 있다.

송시열의 〈옥화대명〉과 〈주일재잠〉

그러면 그 주일(主一)이란 무엇인가?	其一維何
셋으로도 둘로도 하지 않아	不參不貳
정할 때 마음을 존양(存養)하고	靜而存心
동할 때 사물을 접하되	動而應事
아무리 바쁘고 위급한 사이에도	造次顚沛
일체 여기에 주력함으로써	一主於此
인욕이 날로 사라져	人欲日消
모두가 천리(天理)로 돌아오는 것이네.	罔非天理
회옹에게 이르러서는	逮至晦翁
발휘가 더욱 극진하여	發揮愈至
전후의 심법이	前後心法
물에 비친 가을 달과 같았네.	秋月寒水
윤군은	維玆尹君
일찍이 스승을 종유하여	曾遊丈席
주일(主一)로 서재를 명명한바	以此名齋
그 뜻이 본받을 만하니	其志可則
이미 늙었다 해서	毋曰已老
게을리하지 말고	怠於用力
한 푼과 한 치를 오르는 데에도	分寸躋攀
백천 번의 노력을 기울여	維求百千
마치 칠 년 된 깊은 병에	七年日深
삼 년 묵은 약쑥을 구하듯 하소.	有蓄三年
이로써 권면하는 한편	以此相勖
스스로를 경계하는 바일세.	因自警焉

송시열의 〈주일재잠主一齋箴〉이다. 이 또한 주일재에 걸려 있다. '잠箴'
은 질병을 고치고 예방하는 침석針石에 비유한다. 곧 잠은 '병을 고친다'는
의미이다. 〈주일재잠〉은 바로 우암 자신이 타인을 경계시키면서 자신도
경계하고 성찰하는 모습을 보여준다. 정자가 주일主一을 경敬으로 논정하
고, 정靜할 때는 존심存心하고 동動할 때는 응사應事하여 아무리 바쁘고 위

급한 사이에도 일체 여기에 주력하여 모든 인욕人慾이 날로 사라져서 결국 천리天理로 돌아온다는 뜻을 재차 확인하며 주일재의 주인인 윤승임에게 권하고 있다. 이어 "이미 늦었다 해서 게을리하지 말고 한 치 한 푼을 오르는 데도 백천 번의 노력을 경주하여 마치 칠 년 된 병에 삼 년 묵은 약쑥을 구하듯" 하라고 하였다. 이처럼 '성경誠敬으로 살아가라'는 권면은 우암 스스로를 경계하는 자경自警의 의미이기도 하다.

'주일재'는 윤승임의 호이자 재호이다. 위 글을 보면 '주일主一'에 담긴 뜻을 충분히 짐작할 수 있다. 평소 경敬에 거하며[居敬] 그것으로 양심을 보존하고 본성을 기르는 윤승임의 삶의 자세를 한 마디로 규정한 것이다. 경敬은 주일主一의 상태가 되어야 가능하다. 처음에 하나의 일만 있다가 여기에 다시 하나의 일이 보태지면 곧 둘이 되어서 마음이 두 개로 나뉘게 되고, 원래 하나만 있다가 여기에 다시 두 개가 보태지면 곧 셋이 되어서 마음이 세 개로 나뉘게 된다. 마음은 항상 주일主一의 상태를 유지해야 하니, '물이이 물삼이삼勿貳以二 勿參以三'은 마음을 두 개 세 개로 나뉘게 해서는 안 된다는 것이요, '부동이서 불남이북不東以西 不南以北'은 마음이 다른 곳으로 달아나게 해서는 안 된다는 것이다.

우암이 거제도에서 유배 중이던 1679년(숙종 5), 윤승임은 장자 윤흠尹欽을 보내 그의 안부를 물었다. 그때 편지를 보내면서 그 속에 시를 두 수 넣어 보냈다.

엄숙한 태도로 외로이 앉아 의관을 바로하고　　　肅容孤坐正冠襟
삼가 명잠을 외며 깊이 숨긴 내 마음 일으키네.　　敬誦銘箴起我心
마음은 하늘 끝에 보냈으나 몸은 이곳에 있으니　　心送天涯身在此
얼음 담은 옥항아리와 가을 달빛 아득히 찾기 어려워라.　冰壺秋月杳難尋

윤승임의 〈우암 송 선생에게 올리다上尤庵宋先生〉로 『주일재집主一齋集』

에 전한다. 윤승임의 마음은 항상 멀리 떨어져 있는 우암에게 가 있는데, 몸은 이곳 미원 옥화대에 있어 안타깝기 그지없다. 그래서 그는 몇 해 전에 우암이 지어 준 〈옥화대명〉과 〈주일재잠〉을 외며 그리움을 달래곤 한다. 명銘과 잠箴을 욀수록 마치 빙호추월氷壺秋月 같아 한 점 티 없이 맑은 우암의 높은 인품이 사무치게 그립다. 이제 어느 곳에서 우암의 맑고 높은 인품을 찾아볼까? 홍광일洪光一은 윤승임의 〈행장行狀〉에서 위 시를 두고, 앙모仰慕하는 정성과 번민으로 답답해하는 뜻이 시를 읊조리는 사이에 넘친다고 하였다.

두 사람의 사이가 이렇듯 각별하였기에 1688년 윤승임이 생을 마감하자 우암은 〈윤승임에 대한 만시尹生承任輓〉을 지어 그의 죽음을 슬퍼하였다.

옥화대에 집을 짓고 일생을 보내시니	築室于場度一生
남달리 행한 높은 의리에 세상이 다투어 놀랐습니다.	孤行高義世爭驚
이제 죽어 시냇가에 누우셨지만	如今仍臥溪邊土
죽음에 이르러도 초심은 물에 비친 달처럼 맑습니다.	至死初心水月明

물외에 노닐고 임천에 누워 백락시를 짓다

윤승임은 물외物外에 노닐고 임천林泉에 한가하게 누워 스스로 즐겼다. 늘 소부巢父와 허유許由의 귀를 씻은 고사와 도연명이 자연으로 물러나 은거하였던 일을 사모하며 은일처사 곧 은학隱學으로서의 삶을 살았다.

윤승임은 "옛날 백수시百愁詩가 있다고 하였는데, 이것이 세간에 있는지 알 수 없다. 진락眞樂이라는 것은 진실로 능히 안신수분安身守分하여 세상에 구함이 없고 돈학정심篤學定心하여 외물에서 이루려고 하지 않는 것인즉, 필경 흉중에 어찌 한 점 우수가 있겠는가? 뜻과 생각이 크니 천지의 즐

만경정

거움은 이루 말할 수 없다." 하고, 드디어 〈백락시百樂詩〉를 지어 이로써 스스로 우수를 풀어 보냈다. 대개 그 지취가 높고 머니 바깥 걱정에 매이지 않음이 이와 같았다.

윤승임의 문집 『주일재집主一齋集』에 〈백락시百樂詩〉가 있다. 그가 평소 누린 백 가지 즐거움을 시로 표현한 것이다. 그의 삶의 자세가 〈백락시〉를 지을 만했다. '진락眞樂'이라는 것은 안에서 구하는 것이지 세상 밖에서 혹은 외물에서 얻어지는 것이 아닌 것이기 때문이다. 수구首句는 '인생천지선취락人生天地善最樂'이다. 인생 천지에 '선善'을 가장 큰 즐거움으로 여겼다. 또한 '동정불위주일락動靜不違主一樂' 이라 하여 동정動靜이 경敬에 어긋나지 않음은 '주일主一'의 즐거움이라 하였다. 주일재의 주인다운 시구라고 하겠다.

한편 "물가에 정자를 세움은 은일을 달게 여기는 즐거움이요, 숨어 자신을 수양함은 세상을 잊은 즐거움臨流結茅甘隱樂, 嘉遯藏修忘世樂."이라 하였다. 은일을 달게 여기며 자신을 수양하면서 그 속에서 즐거움을 찾는 감은락甘隱樂·망세락忘世樂을 통해, 평생 은일 자체를 즐긴 은일처사 윤승임의 모습을 유감없이 보여준다.

윤승임은 풍호대風呼臺 위에 관가정觀稼亭을 짓고 취적대吹笛臺 아래에는 세심재洗心齋를 지어 독서하고 강학하는 틈에 복건幅巾을 쓰고 소탈한 들옷 차림으로 꽃 피고 달 뜨는 저녁에 노닐다가 뜻에 맞는 곳을 만나면 종종 읊조리다 담담히 돌아왔다. 늙음이 장차 이르는 것을 알지 못하며, 이렇듯 은일하여 만생말학晩生末學이나 혼자만의 즐거움이 있어 주일재 안에서 마음이 항상 밝게 깨어 있는 즐거움을 누렸다.

만경정을 배회하며 봄바람을 쐬는 즐거움	徘徊景亭春風樂
옥화대를 산보하며 가을 달을 감상하는 즐거움	散步華臺秋月樂

호산정사에서 어진 이를 기르는 즐거움	壺山精舍養賢樂
널리 영재를 얻어 가르치는 즐거움	廣得英才敎育樂
욕호담 아래서 목욕하고 읊조리며 돌아오는 즐거움	浴呼潭下詠歸樂
풍호대 위에서 관동이 바람 쐬는 즐거움	風呼臺上冠童樂

〈백락시〉의 일부이다. 당시 윤승임의 모습을 고스란히 시에 담았다. 윤사석이 지은 만경정, 이득윤이 옥화 제5곡으로 설정한 옥화대, 역시 옥화 제4곡으로 설정한 호산壺山, 이밖에 욕호담浴呼潭과 풍호대風呼臺를 오가며 은일을 통해 진락眞樂을 추구했던 윤승임의 모습이 눈에 선하다.

단
계

丹溪

후운정마을 전경

청주 검단산 아래 신선이 사는 곳, 단계丹溪

왜 단계인가?

단계丹溪는 현재 청주시 상당구 미원면 계원리 후운정마을과 그 일대를 가리킨다. 이곳을 '단계丹溪'라 하고 또 스스로 '단계옹丹溪翁'이라 한 이는 조선후기 관료이자 시인인 홍석기洪錫箕(1606~1680)다.

고운대에서 옛 고운을 생각하나	孤雲臺古憶孤雲
고운 떠난 빈 대라 그대 보지 못하네.	雲去臺空不見君
홀로 검단산 위 달이 있어	獨有黔丹山上月
맑은 달빛을 옛사람과 나에게 나눠주네.	淸光吾與古人分

홍석기의 〈단계丹溪〉로 『만주유집晩洲遺集』에 전한다. 1구의 '고운孤雲'은 최치원崔致遠을 말한다. 그 옛날 최치원이 머물렀다는 고운대에서 최고운을 생각하나 그는 이미 떠난 지 오래다. 오직 검단산 위의 달은 그 옛날 최치원이 있을 때나 홍석기가 있는 지금이나 변함없이 떠 있다는 것. 그리하여 그 밝은 달빛을 고루 나눠준다는 것이다. 단계는 일차적으로 검단산 아래 후운정마을을 감싸고 흐르는 시내를 뜻하지만, 위 시를 통해 좀 더 의

미를 확장하면 당시 홍석기가 자신이 살던 곳을 통칭하는 말로 썼다는 것을 알 수 있다.

홍석기는 자가 원구元九이며 호는 만주晚洲·후운後雲이고 본관은 남양南陽이다. 할아버지는 섬계剡溪 이잠李潛(1528~1575)의 제자이자 사위로 청주 신항서원의 원장을 지낸 홍순각洪純愨이고, 아버지는 홍이중洪頤中이며 어머니는 고성남씨固城南氏 남충원南忠元의 딸이다. 어려서 낙주洛洲 구봉서具鳳瑞(1597~1644)의 문하에서 수학하였다. 청주의 대표적인 낭성팔현 중 한 사람으로 미원면 수산리에 묘소와 묘비가 있다. 또한 미원면 소재지에 1799년(정조 23)에 아버지 홍이중洪頤中과 함께 충효로 정려된 것을 기념하는 홍이중·홍석기 부자의 충효각이 있다.

홍석기가 계원리 후운정마을을 특별히 '단계'라 명명한 것에는 몇 가지 의미가 있다. 우선 검단산儉丹山 아래 자리 잡은 마을로, 마을 앞에 흐르는 물이 검단산을 빙 둘러 흐르는 물이기에 단계라 한 것이다. 『신증동국여지승람』에, 검단산은 고을에서 동쪽으로 64리 떨어진 청천현에 있으며, 백제의 중 검단儉丹이 살던 곳이므로 그렇게 이름 지었다고 하였다. 현재는 금단산金丹山이라 하는데, 괴산군 청천면과 보은군 산외면, 그리고 청주시 상당구 미원면에 걸쳐 있는 산이다.

바둑 두는 스님과 도의로 맺은	棋僧結道契
신선의 이름은 고운이라네.	仙客字孤雲
돌조각 지금도 남아 있으나	石扁今猶在
쩡쩡 바둑돌 놓는 소리 다시는 듣지 못하네.	丁丁不復聞

윤승임尹承任(1603~1688)의 〈검단산儉端山〉으로 『주일재집主一齋集』에 전한다. 한자는 다르나 위에서 말한 검단산을 두고 지은 것이다. 스님과 고운 최치원이 그곳에서 바둑을 두었다는 전설을 차용하였다. 주일재 윤승임

은 이득윤의 제자로 스승이 돌아가시자 그를 기리기 위해 옥화대 추월정秋月亭 옆에 사현사思賢榭를 세우고 기숙하였다. 이는 자공이 스승 공자를 위해 무덤가에 다시 집을 짓고 3년을 더 시묘한 것과 다름이 없다. 이 사현사가 현재 옥화서원玉華書院의 전신이다. 윤승임은 또한 1646년 주일재主一齋와 세심정洗心亭을 지어 그곳에서 지내며 평생 스승의 가르침을 잊지 않고 학문에 전념하였다.

한편 홍석기는 〈후운정기後雲亭記〉에서, "정자 동쪽의 산을 검단이라 하는데 신라 때의 승려 검단이 이곳에서 살았으며 문창공文昌公과 더불어 같은 때에 이 산에서 노닐었기에 산은 검단의 이름을 딴 것이다. 바위에 바둑판과 돌 단지 등 옛 자취가 남아 있다."라고 한 바 있다. 위 윤승임의 시에 보이는, 도의道義로 맺은 바둑 두는 스님[棋僧]과 신선[仙客], 곧 검단 스님과 최고운의 이야기가 기본적으로 깔려 있다.

위와 같은 사실로 미루어 홍석기가 그곳을 '단계'라 하고 스스로 '단계옹'이라 한 이유가 따로 있음을 알 수 있다. 그 옛날 검단산에서 스님과 바둑을 두던 최치원은 신선이 되어 떠나고 없다. 이제 그를 대신하여 자신이 '후운後雲', 곧 '훗날의 최치원'이 되기로 한다. 그리하여 자신 또한 날아다니는 신선[飛仙]을 꿈꾼다. 더구나 한漢나라 때의 신선 황초평黃初平 또한 단계丹溪 사람이 아니던가. 그리하여 홍석기가 살았던 후운정마을은 곧 신선이 사는 곳, 단계인 것이다.

사실 이곳 단계는 홍석기가 후운정後雲亭과 송은당松隱堂을 짓고 들어와 살기 전 주인이 따로 있었다. 홍석기가 지은 〈후운정기〉 뒤에 그의 현손玄孫 홍천서洪天瑞(1734~1805)가 붙인 기록에 의하면, 이곳의 본래 주인은 신만申曼(1620~1669)이었다. 자가 만천曼倩이고 호는 주촌舟村이며 본관은 평산平山이다. 상촌象村 신흠申欽의 종손從孫이고 익위사 시직翊衛司侍直 신익륭申翊隆의 아들이다. 어머니는 청주한씨淸州韓氏이고 부인은 남양홍씨로 첨정 홍이일洪履一의 딸이다.

　신만은 17세인 1636년 향시에 급제하였으나 호란으로 이듬해 1월에 어머니가 부인 홍씨와 함께 순절하자 길에서 방랑하였다. 1638년에 임천林川의 바닷가에 이르러 유계兪棨와 서로 의지하였고, 1639년에는 충주의 목계木溪로 옮겼다. 권상하의 〈주촌처사신공만묘지명병서舟村處士申公曼墓誌銘并序〉에, 신만은 기상이 드높고 지취가 우뚝하며 어려서부터 진세塵世를 벗어나려는 생각이 있었다고 하였다. 한편 일찍이 청주의 청천靑川에 살았는데, 몸소 밭을 갈고 어버이를 봉양하였다고 하였다. 아마도 호란으로 어머니와 부인을 잃고 난 후 괴로운 마음에 부친을 모시고 임천과 목계를 거쳐 결국 처가가 있는 청주 청천으로 떠돌며 살았던 것 같다. 이후 신만은 회덕懷德의 송촌宋村으로 옮겨 송시열에게 수학하였고, 사이사이에 논산 김집金集의 문하에 출입하였다. 1657년 부친상을 당하였고, 그 후 진잠의 주촌舟村에 집터를 정하여 장수藏修할 장소로 삼았다.

　신만이 살던 곳에 홍석기가 와서 살게 된 것은 그들의 특별한 인연이 작용했다고 본다. 무엇보다 홍석기가 신만이 사별한 부인과 같은 집안사람이라는 점이다. 그리고 홍석기가 송시열의 사우師友로 둘이 매우 각별한 사이였다는 것이다. 어찌 되었든 홍석기가 이곳에 살게 된 것은 신만이 떠난 후가 될 것이다. 그래서일까, 홍석기가 이곳에 살게 된 것이 '조물주의 선물'이라는 김득신金得臣(1604~1684)의 말은 이러한 전후 사정을 어느 정도 알고 한 것이리라.

옥 같은 시내가 땅을 동서로 나누니　　　　　　玉溪分得地西東
두 곳의 경치가 다 이 늙은이 차지일세.　　　　兩處烟霞屬此翁
산빛과 물소리 어우러진 삼십 리 길　　　　　　山色水聲三十里
가고 옴이 늘 그림 병풍 속에 있는 듯하네.　　　去來常在畵屏中

후운정마을을 휘감아 도는 단계

홍석기의 〈단협의 말 위에서丹峽馬上〉이다. 단협丹峽은 검단산 아래 계원리 후운정마을이 있는 골짜기를 말한다. 홍석기는 이곳에 들어가 살기 전부터 그리고 본격적으로 터를 잡고 산 이후로 무수히 이 골짜기를 오갔다. 단협에 드나들 때마다 함께 하는 30리에 펼쳐진 옥계玉溪의 산빛과 물소리는 너무나 아름다워 마치 그림 병풍 속에 있는 듯하다고 하였다.

옥계는 달천을 말한다. 검단산 신선봉을 끼고 도는 달천은 수량이 풍부하며, 물굽이와 바위 절벽의 비경이 많다. 홍석기보다 앞서 후운정마을 서쪽에 있는 계원리 계당桂塘마을에 자리 잡고 호를 옥계玉溪라 한 이가 있다. 바로 박곤원朴坤元(1547~1607)이다. 이잠李潛의 문인으로 자가 지재至哉이며 본관은 함양咸陽이다. 옥화리에서 출생하여 7세에 소학을 배웠다. 과거를 포기하고 글방을 열어 후학을 가르쳤고 사후 옥화서원에 배향되었다. 박곤원의 외손이자 이득윤의 문인 주일재主一齋 윤승임尹承任은 와룡강臥龍崗·자하봉紫霞峯·풍운굴風雲窟·명금탄鳴琴灘·진일헌眞逸軒 등 〈옥계잡영玉溪雜詠〉 36수을 남긴 바 있다.

한편 단계는 홍석기가 옥계 중 한 구간, 그가 사는 후운정마을 앞의 시내를 특별히 부른 말로 그림 속의 그림이다. 여전히 빼어난 풍광을 자랑한다. 현재 후운정마을 앞을 휘감아 도는 내를 달천이라 부른다. 그 옛날 홍석기가 명명했던 '단계'라는 이름을 찾아주면 어떨까. 이상 단계는 홍석기가 살았던 후운정마을이자 그 마을 앞에 흐르는 냇물이자 최치원 후에 또 다른 신선 홍석기가 살았던 곳을 일컫는 복합적인 의미를 담고 있다.

단계에 후운정을 짓다

검단산 서쪽으로 끊어진 기슭이 고운대孤雲臺이다. 그곳을 고운대로 부른 것은 유래가 오래되었다. 옛날 최고운崔孤雲이 산수를 사랑하여 이곳에서 노닐어 그 이름을 얻게 된 것이다. 김득신은 〈후운정기後雲亭記〉에서, 당시에 최치원이 스스로 이름을 지은 것인지, 후대 사람들이 그를 흠모하여 이름을 지은 것인지는 알 수 없다고 하였다.

단산 아래에 터를 잡으니	卜築丹山下
켜켜이 쌓인 대가 큰 내를 누르는구나.	層臺壓大川
높은 봉우리 땅에서 솟은 듯하고	危峯疑拔地
작은 누각 하늘에 떠 있는 듯하네.	小閣欲浮天
나무는 늙어 천 년이 되었으니	樹老來千歲
고운이 떠난 지 몇 해이던가.	雲孤去幾年
이내 인생 이 흰머리로	此生今白首
어찌해야 신선을 배울 수 있을까.	那得學飛仙

홍석기의 〈고운대에 쓰다題孤雲臺〉이다. 그 옛날 최치원이 호산湖山의 아름다움을 찾아 왔다가 머물렀다는 검단산 아래 고운대. 마치 높은 봉우리가 땅에서 솟은 듯 층층이 쌓인 대가 큰 내를 누를 듯한 기세다. 그곳에 마치 하늘에 떠 있는 듯한 작은 정자가 있다. 늙은 나무는 천 년을 이어오는데, 그 옛날 그곳에서 노닐던 최고운은 떠난 지 오래다. 시인 또한 어느덧 머리가 하얗게 세었다. 어찌해야 나는 신선을 배울 수 있을까.

겨울 초입에 찾은 후운정마을은 어느 정도 옛 정취가 남아 있었다. 10가구 정도가 사는 조용한 마을은 사방이 산으로 둘러있어 아늑하다. 마을 뒤로 검단산 신선봉이 우뚝하고 마을 앞에는 달천이 흐른다. 그 물이 마을을 지나 굽어 흐르는 곳에 홍석기가 위 시에서 말한 고운대다 싶은 곳이 있다. 세월이 흐르고 주변 환경이 많이 바뀌었지만 물가에 선 우뚝한 대의 모습이 일부 남아 있다. 현재 그곳에는 라킨타 펜션이 자리하고 있다. 물가에서

소나무가 우거진 지금의 고운대 모습

가까운 펜션 어딘 가에 그 옛날 후운정이 있었을 거라는 짐작과 상상만으로도 충분히 의미 있고 즐거운 시간이었다.

> 아! 내가 문창보다 뒤에 태어나 정자에 뜻을 부처 후운(後雲)이라 이름한 것은 감히 스스로 문창에 비교하는 것이 아니라 옛사람과 벗을 하는 상우(尙友)로, 고운(孤雲)의 구름으로써 말한 것이다. 그런즉 문창의 구름이 비록 천하에 단비는 아니더라도 서쪽으로 갔다 동쪽으로 돌아와 천하를 두루 노닐었으니 문창의 구름은 천하의 구름이다. 나는 곧 문창보다 뒤에 있고 또 구름이 용을 따르는 변화가 없어 한 골짜기로 돌아가 지키니 그런즉 한 골짜기의 구름일 뿐이다. 이 정자를 후운이라 한 것은 잘못된 것인가?
> 噫! 余後於文昌, 寓意於亭名曰後雲, 非敢自比於文昌, 是尙友也, 以雲之雲而言也. 則文昌之雲, 雖未霖雨於天下, 西去東歸, 遍遊天下, 則文昌之雲, 天下之雲也. 余則後於文昌, 而又未變化於從龍之雲, 歸守一壑, 然則一壑之雲也. 名斯亭曰後雲也者非耶.

홍석기의 〈후운정기後雲亭記〉이다. 홍석기가 고운대 위에 지은 정자의 이름은 후운정後雲亭이다. 그렇다면 왜 '후운後雲'이라 하였을까? '후운'이란 '후대의 최치원'으로, 위 기문에서 홍석기가 말했듯 여기에는 옛사람과 벗을 하는 '상우尙友'의 의미가 담겨 있다. 『맹자』「만장 하萬章下」에 "천하의 선사善士와 벗하는 것을 부족하게 여겨서, 다시 위로 올라가 옛사람을 논하나니, 그의 시를 낭송하고 그의 글을 읽으면서도 그의 사람됨을 알지 못한다면 말이 되겠는가. 그래서 그의 당세當世의 삶을 논하는 것이니, 이 것이 바로 상우인 것이다以友天下之善士爲未足, 又尙論古之人, 頌其詩, 讀其書, 不知其人可乎. 是以論其世也, 是尙友也."라는 말이 나온다. 이처럼 정자 이름에 상우尙友의 뜻을 붙인 것만 보아도 홍석기가 현철賢哲 최치원을 얼마나 높였는지를 알 수 있다.

한편 애초 자신을 최치원과 비교할 생각이 없음을 그 다음에서 구체적으로 기술하였다. 우선 문창의 구름은 비록 천하에 단비는 아니더라도 천하를 두루 노닐었다고 하였다. 임우霖雨는 사흘 동안 내리는 단비로 훌륭한 재상을 뜻한다. 은殷나라 고종高宗이 신하 부열傅說에게 "만약 큰 가뭄이 들면 너를 임우로 삼겠다." 한 데서 유래한다. 자신에 대해서는, 문창보다 뒤에 있고 또 구름이 용을 따르는 변화가 없어 한 골짜기로 돌아가 지킨다고 하였다. '운종용雲從龍'은 구름이 용을 따른다는 것으로 명군明君과 양신良臣이 만나 서로 의기투합하는 것을 말한다. 『주역』건괘乾卦 문언文言의 "구름은 용을 따르고 바람은 범을 좇는다雲從龍, 風從虎."라는 말에서 나온 것이다. 걸출한 군주가 나오면 비범한 현신이 나타나 서로 돕는다는 것을 의미하는데, 자신은 구름이 용을 따르는 변화가 없다고 하였다. 그리하여 최치원이 '천하의 구름[天下之雲]'이라면 홍석기는 '한 골짜기의 구름[一壑之雲]'에 지나지 않는다는 것. 이에 그의 친구 김득신은 〈후운정기後雲亭記〉에서, "최고운을 선망하여 '후운정'이라 칭한 것은 그저 최고운을 선망했기 때문은 아닐 것이라고 하였다. 또한 구름이란 동서남북으로 이르지 않는 곳이 없으니, 구름과 같은 신세인즉 스스로를 구름에 비유하여 정자를 짓고서 굳이 '운雲'으로 이름 지은 것인가?"라고 하였다.

그렇다면 홍석기가 단계에 후운정을 지은 것은 언제일까? 정황상 그의 나이 43세인 1648년으로 생각된다. 그는 40세인 1645년(인조 23) 정언으로 만언소萬言疏를 올려 해운판관海運判官으로 좌천되었다. 이후 3년 만인 1648년 대간의 탄핵으로 해운판관에서 파직되어 집으로 돌아왔다. 이후 6~7년 동안 벼슬길에 나가지 못하였다. 그의 인생에서 가장 왕성하게 활동했어야 할 시기에 불우한 환경에 빠진 것이다. 이로써 홍석기가 윗글에서 자신을 '한 골짜기의 구름[一壑之雲]'에 비유한 이유를 알 수 있다. 좌천된 자리마저 지키지 못해 끝내 해운판관에서 탄핵이 되어 단계의 골짜기로 돌아온 자신의 현실을 돌아본 것이다.

후운정 서쪽으로는 두 봉우리가 있는데 옥수봉玉秀峰이라 하고 가장 높은 것은 채지봉採芝峰이라 한다. 조금 낮은 가야봉伽倻峰은 정자의 북쪽에 있고 문금봉文錦峰은 정자의 동쪽에 있으며 반월봉半月峰은 정자의 남쪽에 있다. 높고 가파른 것, 우뚝 솟아 있는 것, 이어진 것, 수려하게 깎인 것, 병풍 같기도 하고 화살 같기도 한 것 등이 모두 정자에 있다고 하였으니, 그 옛날 후운정 주변의 뛰어난 풍광을 미루어 짐작할 만하다. 지금도 이곳은 사방이 산이라 그 아름다움은 여전하다.

여기에 정자를 둘러심은 꽃 또한 예사 꽃이 아니었다. 홍석기는, '매화는 찬 향기로 대나무는 맑은 풍모로 소나무는 굳은 정절로 국화는 만년의 절개로써 나의 네 벗'이라 하였다. 그리고 이 네 벗이 이 정자에 있어 산수의 즐거움을 즐기고 있다고 하면서, 거문고 한 가락과 술 한 잔에 한 시렁의 고서를 겸하였으니 역시 여생을 보내기에 족하여 달리 사모할 게 없다고도 하였다. 현재 마을 입구 물가에 조그만 정자를 지어 계원정桂院亭이란 현판을 걸고 주민들의 쉼터로 활용하고 있다. 이 마을의 역사와 인물을 고려하면 마땅히 '후운정'이라 해야 할 것이다.

만주와 백곡의 우정과 시

홍석기는 후운정을 건립한 후 주변 사람들에게 자신의 공간을 보여주고 싶었다. 그래서 누구보다도 제일 먼저 가까운 친구인 백곡 김득신을 찾았다.

밤빛이 어슴푸레하여 필마가 더딘데	夜色蒼唐匹馬遲(柏谷)
첩첩 산길에 돌마저 삐죽삐죽.	路蟠重嶺石參差(晩洲)
채찍을 날림은 단계에 멋진 약속 있어서니	催鞭爲有丹溪約(晩洲)
단풍 국화 옆에서 함께 술잔을 잡으려 함이라.	赤葉黃花共酒卮(柏谷)

김득신의 〈홍원구와 함께 말 위에서 연구를 짓다與洪元九馬上聯句〉이다. 김득신은 1646년 2월에 숙녕전肅寧殿 참봉에 제수되었고 1650년부터는 그 직에서 물러나 호서湖西에 그리고 청주 도정협桃汀峽 도정당桃汀堂에서 지내고 있었다. 어느 가을날 자신을 찾아온 홍원구의 손에 이끌려 그와 함께 단계에 들어가는 중에 지은 것이다. 마음 맞는 친구와 함께 가는 길이다. 돌마저 삐죽빼죽한 첩첩 산길을 간다. 가다 보니 어느덧 밤이 되었다. 더딘 말을 재촉하는 것은 단계에서의 멋진 약속이 있기 때문이다. 가을날 곱게 물든 단풍과 노란 국화 옆에서 평소 사랑하는 벗과 술잔을 기울이며 시를 나누는 일 말이다.

정자에 도착하니 날이 이미 저물어	行到玆亭日已曛
난간에 기대 쌓인 근심 물리치네.	憑欄排遣積憂紛
맑은 하늘에 뭇 산은 칼처럼 뾰족하고	天晴衆岳尖廉劍
서리 맞은 숲은 패전한 군사와 같네.	霜落千林戰敗軍
나그네 꿈속에서도 골짜기를 나서라 재촉하니	客子夢魂催出峽
주인 옹 글의 기운이 구름을 능가하려 하기 때문이지.	主翁詞氣欲凌雲
다른 때 만남은 어느 곳에서 기약할까	他時會合期何處
만약 검단에서 할 수 없다면 한강에서 만나세.	倘未黔丹必漢濆

김득신의 〈고운대에 이르러 원구에게 보이다到孤雲臺示元九〉이다. 경련의 "나그네 꿈속에서도 골짜기를 나서라 재촉하니, 주인 옹 글의 기운이 구름을 능가하려 하기 때문이지."를 통해, 두 사람이 둘도 없는 벗이지만 때론 시와 문장으로 서로 선의의 경쟁을 하며 가끔은 그로 인해 시샘도 하였음을 알 수 있다. 좋은 벗은 이런 것일게다. 서로에게 긴장을 늦추지 않게 끔 하니 말이다.

내 친구 명문가 남양홍씨	吾友南陽大姓洪

가슴 속에 수후의 구슬과 화씨의 구슬이 있네.	隋珠趙璧藏胸中
때때로 토해내면 빛나기가 달과 같아	時時吐出光如月
온갖 귀신 모두 놀라 한꺼번에 달아난다.	百鬼皆驚走避同
자네는 당대 문단의 우두머리	今代吾君騷苑伯
아름다운 간과 입에서 연하를 품어낸다.	錦肝繡口煙霞生
그 연하가 막히면 천하가 어두워져	煙霞閉塞乾坤晦
밝은 해와 달빛도 제구실 못한다네.	日月清光不得明

　김득신의 〈홍원구에게 주다贈洪元九〉 2수이다. 첫 번째 시의 '수주隋珠'
는 옛날 수후隋侯가 얻었다는 보배로운 구슬이다. 수후는 주周 나라 때 한
수漢水의 동쪽에 자리 잡은 제후諸侯다. '조벽趙璧'은 조나라의 구슬로 천하
의 보배로 이름난 화씨벽和氏璧을 말한다. 모두 뛰어난 문장을 말한다. 벗
홍석기의 시와 문장에 극찬을 하는 김득신이다. 이어 두 번째 시에서는 아
예 만주를 '문단의 우두머리[騷苑伯]'라 칭하며 금간수구錦肝繡口, 곧 그의
아름다운 간과 입에서 연하를 품어낸다고 하였다. 시 끝의 협주에, "엄주의
시에, '그대는 왕세정을 보지 못했는가? 그 사람의 입술에서 연하가 피어오
르네弇州詩曰, 君不見王世貞, 其人口吻煙霞生.'"라고 하였다. 엄주는 왕엄주
王弇州로 명나라의 문장가 왕세정王世貞이다. 호가 엄주산인弇州山人으로,
당시 이반룡李攀龍과 함께 고문古文을 제창하여 이왕李王으로 일컬어졌다.
홍석기를 왕세정에 견준 것이다.

친구 중에 누가 나를 사랑할까	故人誰愛我
오직 홀로 만주옹이로다.	唯獨晩洲翁
병이 나아 정신이 왕성한데	病愈神仍旺
시광의 시어가 공교롭지 못하네.	詩狂語不工
차가운 강에 가을달 있고	寒江秋有月

궁벽한 골짜기에 밤바람 많구나.	窮峽夜多風
내일 헤어진 후엔	明日分離后
넋은 청주의 동쪽을 찾겠지.	魂尋上黨東

김득신의 〈원구의 시에 차운하다次元九韻〉이다. 홍석기의 손에 이끌려
그가 사는 단계를 찾았다. 후운정에 올랐다가 바로 그의 시에 차운하여 시
를 짓는다. 놀라운 것은 수련이다. 친구 중에 자기를 가장 사랑하는 이가
만주옹 홍석기라고 자신 있게 말한 것. 함련에서는 자신의 시어가 공교롭
지 못하다고 하였다. 시광詩狂은 방달하여 얽매임이 없는 시인으로 김득
신 자신을 말한 것이다. 그렇기에 만주 또한 후운정을 짓고 제일 먼저 백곡
에게 달려간 것이고, 기회가 있을 때마다 단계로 그를 청한 것이리라. 이런
뛰어난 친구와 시를 함께 나누고 싶어서다. 미련에서는 만나자마자 헤어질
것을 걱정하는 속내를 비쳤다. 내일 헤어지면 자기의 넋은 늘 청주의 동쪽,
단계를 찾을 것이라고 말이다.

우리 문단에 문명이 회자되니	文名膾炙擅東方
청신한 시편은 성당의 시에 가까워라.	詩律淸新近盛唐
만약 두 공에게 한 세상을 몰게 한다면	向使二公驅一世
누가 승부를 결정하여 능히 감당할까?	誰爲勝負孰能當

이홍유李弘有(1588~1671)의 〈아울러 김자공과 홍원구 두 사람에게 보이
다兼示金子公洪元九兩人〉로『둔헌집遯軒集』에 전한다. 이홍유는 이득윤의
장자로 김집金集의 문인이며 신지익申之益·홍석기와 교유하였다. 당시 김
득신과 홍석기가 얼마나 뛰어난 시인으로 평가받았는지는 그들을 가까이
서 지켜본 이홍유의 위 시를 통해 충분히 알 수 있다. 두 사람의 문명이 우
리 문단에 널리 퍼지니 이 둘의 청신한 시편은 당시唐詩가 가장 성했던 시

기인 성당盛唐의 시에 가깝다고 하였다. 그리하여 두 사람에게 한 세상을 몰게 한다면 과연 누가 승부를 내어 능히 감당하겠냐는 것이다. 그만큼 서로 우열을 가리기 힘든 백중지세라는 것이다.

송은당을 짓고 살다

처자 데리고 가	去欲携妻子
단산에 초가를 엮어야지.	丹山結草廬
가난하지만 한두 섬의 곡식이 있고	貧猶有甔石
늙었지만 시서가 싫지 않다네.	老不厭詩書
땅이 척박하니 유독 조가 좋겠고	地瘠偏宜粟
동산이 거칠지만 채소는 심을 만하지.	園荒可種蔬
강산에서 한 동이 술을 마시고	江山一樽酒
취하면 푸른 나귀 타면 된다네.	醉或跨青驢

홍석기의 〈단산을 생각하며憶丹山〉이다. 단계에 후운정을 지은 홍석기는 이참에 아예 그곳으로 처자를 데리고 가 살 결심을 하였다. 가난하지만 한두 섬의 곡식이 있고 늙었어도 시서詩書가 싫지 않으니 이만하면 족하지 않겠냐는 것이다. 그리하여 후운정을 지은 지 얼마 되지 않아 그 아래에 초가를 엮고 이름을 송은당松隱堂이라 하였다.

소나무가 세 그루 있는데 난 것이 어느 것이 먼저고 어느 것이 나중인지 알지 못하겠다. 그 크고 작고 높고 낮음으로써 난 것의 선후를 정하는 것이 옳은가? 옛적 최문창이 그 자(字)를 고운(孤雲)이라 하고 이 대에 자취를 머물고 고운의 이름을 얻었으니 세 그루 소나무가 난 것이 만약 고운보다 앞선다면 반드시 손으로 문지른 손길을 거쳤을 것이다. 그 뿌리는 절벽에 걸터 있어 위험하나 뽑히지 않고, 그 줄기는 하늘에 높이 솟아 있어 굽히기가 어려우니 비유하자면 세 분의 군자와 같다. 나는 그 아래에 집을 짓고 거처하면서 그 집을 송은(松隱)이라 이름하였다. 은(隱) 또한 유래가 많다. 소허(巢許)가 요임금을 피해 숨은 것과, 황기(黃綺)가 한나라를 피해 숨은 것, 총공(龐公)이 봉황으로 숨음과 엄자릉이 별이 되어 숨음과 호공(壺公)이 병에 숨은 것과 동방삭이 시장에 숨은 것은 모두 취할 만한 은자이다. 나는 곧 이와는 다르다. 세상에 쓰이지 못하여 산으로 들어가 숨었는데 오히려 산이 깊지 않음을 두려워하여 소나무에 숨은 것이다. 여러 나무에 숨거나 또는 숨지 않아도 되나 반드시 소나무에 숨은 것은 후조(後凋) 때문이 아니다. 우로(雨露)가 소나무를 적시어주는 것으로 번성하지 않고, 풍상(風霜)이 더하여도 시들지 않아서이니 군자가 한결같이 형통하고 막히는 데에 있어서 그 곧음을 고치지 않은 것이 이유이다. 그 가지는 규룡과 같이 서려 있고, 그 잎에는 난새와 봉황이 서식하는 곳이다. 달이 떠 술잔을 들면 술단지에 그 그림자가 비치고, 바람이 불면 소슬하게 소리가 난다. 후운정과 고운대는 소나무로 인해 상쾌하고, 책상은 소나무로 인해 맑으니 이것이 바로 송은의 즐거움이다. 그러나 모진 바람이 불어 땅을 진동시키고, 북쪽의 찬 기운이 사물을 모조리 죽이어 계수나무 떨기가 시들어 상하고, 향기가 꽃답고 무성했던 난초가 시들어 꺾이고, 뭇 꽃다운 것들이 따라서 바람에 쓰러지니 이는 곧 송은의 걱정이다. 숨어있으면서 근심하니 그 근심이 부당한 것인가? 아닌가? 근심은 나의 근심이 아니지만 즐거움은 곧 나의 즐거움이다. 말하자면 나는 나와 소나무에 숨은 것이다. 나는 세 그루 소나무를 어루만지며 말하기를, "네가 고운보다 앞서 났으니 고운과 더불어 만났을 것이다. 그런즉 나를 만나 전후로 다시 만난 것에 감격하여 글을 지어 송은당의 기문으로 삼는다."

有松三株不知生也誰先誰後. 而以其大小高下, 而爲其生之先後可乎. 昔崔文昌其字曰孤雲, 留跡於斯臺, 得孤雲之名. 三松之生, 若在孤雲之先, 則必經其摩挲手也. 其根也盤踞乎絶壁, 危而不拔, 其幹也偃蹇乎層霄, 兀而難屈, 譬則三君子也. 余於其下, 築堂而居之, 名其堂曰松隱. 隱亦多門, 巢許避堯而隱, 黃綺避漢而隱, 龐公鳳而隱, 嚴子星而隱, 壺公隱於壺, 方朔隱於市, 皆可取而隱者也. 余則異於是, 無用於世, 入山而隱, 猶恐山之不深, 隱於松者也. 隱且不隱於衆木, 而必隱於松也者, 非以後凋乎. 雨露濡之而不以爲榮, 風霜加之而不以爲瘁, 君子之一於亨否, 而不改其貞是也. 其枝也虬龍其形,其葉也鸞鳳所棲. 月來而罇罍得其影, 風至而琴瑟得其聲. 亭臺爲之爽, 几案爲之清, 是松隱之樂也. 然而獰飆震地, 北氣鑿物, 叢桂凋傷, 崇蘭萎折, 衆芳隨而飄蕩, 則松隱之憂也. 隱而憂, 憂其不當憂而憂者耶. 憂非余憂, 樂則余樂也. 謂余隱乎余與松也. 余撫三松而語曰, 汝生於孤雲之先, 與孤雲遇也. 則遇於余前後再遇也, 感而書之, 爲松隱堂記.

홍석기의 〈송은당기松隱堂記〉이다. 우선 세 그루 소나무를 군자에 비유하며 그 아래 집을 짓고 송은당이라 이름하였다고 하였다. 이어 역사 속의 은자들을 열거한다. 소허巢許는 요 임금 때의 소부巢父와 허유許由이다. 두 사람 모두 요임금이 천하를 양위하려 하였으나 거절하고 숨어 살았다. 황기黃綺는 상산사호常山四皓 중 하황공夏黃公과 기리계綺里季를 말한다. 두 사람 다 상산에 은거하였다. 총공龐公은 삼국시대의 촉한蜀漢 사람 총통龐統을 말한다. 유비에게 출사하였는데 제갈량을 복룡伏龍이라 하고 총통을 봉추鳳雛라 하여 복룡봉추伏龍鳳雛라 일컬었다. 호공壺公은 시호공施壺公을 말한다. 장신張申을 만나 운대치관雲臺治官이 되었는데 늘 다섯 되 크기의 병을 매달아 놓았다. 그것이 변하여 천지가 되고 그 속에 일월이 있었으며 밤에는 그 안에서 잤기에 스스로 호천壺天이라 불렀고 사람들은 그를 호공壺公이라 불렀다.

그런데 홍석기는 이들과는 다르다고 하였다. 세상에 쓰이지 못하여 산으로 들어가 숨었는데 오히려 산이 깊지 않음을 두려워하여 소나무에 숨은 것이라는 것. 그리고 반드시 소나무에 숨은 것은, 우로雨露가 소나무를 적시어 주는 것으로 번성하지 않고 풍상風霜이 더하여도 시들지 않아서라는 것이다. 이처럼 군자가 한결같이 형통하고 막히는 데에 있어서 그 곧음을 고치지 않은 것이 다른 나무도 아닌 소나무에 숨은 이유라고 하였다. 이로써 글의 초입에서 세 그루 소나무를 군자에 비유한 까닭을 알 수 있다.

한편 송은의 즐거움과 근심에 대하여 말하였다. 달이 떠 술잔을 들면 술

단지에 소나무 그림자가 비치고 바람이 불면 소슬하게 소리가 난다. 후운 정과 고운대는 소나무로 인해 상쾌하고 책상은 소나무로 인해 맑으니 이 것이 바로 '송은의 즐거움'이라 하였다. 그러나 모진 바람이 불어 땅을 진 동시키고 북쪽의 찬 기운이 사물을 모조리 죽이어 계수나무 떨기가 시들 어 상하고, 향기가 꽃답고 무성했던 난초가 시들어 꺾이고 뭇 꽃다운 것들 이 따라서 바람에 쓰러지니 이는 곧 '송은의 근심'이라는 것. 이어 근심은 나의 근심이 아니지만(이미 벼슬에서 물러나 더이상 꺾이고 쓰러질 이유가 없었기 때문에) 즐거움은 곧 나의 즐거움이라면서, 말하자면 나는 나와 소 나무에 숨은 것이라고 하였다. 이처럼 '송은'은 곧 홍석기 자신을 두고 말 한 것이었다.

홍석기는 따로 〈송정기松亭記〉도 지었다. 송정松亭은 송은당의 남쪽에 있는 오래된 소나무에 시렁을 엮고 그 지붕을 띠로 하여 만든 정자이다. 홍 석기는 울창하게 늙었지만 노쇠하여 재목감으로 합당하지 않음도, 외롭게 서서 사물에 기대지 않음도 꼭 자신과 같다고 하였다. 자신을 닮았기에 사 랑하여 그 소나무 밑에서 서성거린다는 것. 가지는 성글고 잎은 드물어 그 그늘이 사람을 덮을 수가 없음도 역시 자신과 같다고 하였고, 여름에 거처 하면 불같은 햇볕은 피할 수 있으나 비바람은 피할 수가 없으니, 자신이 몸 을 도모하는데 서투른 것 역시 이 소나무와 같다는 것이다.

이상 〈송은당기〉를 통해 당시 해운판관에서 파직되어 단계로 들어온 홍 석기의 심사가 어떠했으리라는 것을 십분 짐작할 수 있다. 세상에 쓰이지 못하여 산으로 들어가 숨었다는 것과 그 어려움 속에서도 소나무의 곧은 성질에 기대어 형통하고 막힘에 있어 크게 흔들리지 않겠다는 속내까지도 말이다. 또한 〈송정기〉를 통해 몸을 도모하는 데 서툴러 끝내 비바람을 피 할 수 없었던 자신의 현실을 돌아보는 홍석기의 모습도 엿볼 수 있다.

그래서일까, 단계에 후운정과 송은당을 짓고 전야에 묻혀 살던 6~7년 동안, 곧 1648년부터 1654년 예조정랑으로 다시 벼슬길에 나가기 전에 지은 시에서는 종종 출처出處에 대한 홍석기의 생각과 고뇌를 엿볼 수 있다.

쓸쓸히 해저문 대에서 슬퍼하니	蕭瑟悲臺晩
대에 올라도 그대를 보지 못해서라네.	登臨不見君
엎드린 용은 수심겨워 골짜기에 있고	蟄龍愁在壑
주린 참새는 짹짹대며 무리 짓네.	飢雀噪成羣
하늘이 비를 내리려 하니 산이 어둑하고	山黑天將雨
해가 구름 속으로 들어가니 강이 차갑구나.	江寒日沒雲
가을 소리 천지에 가득한데	秋聲滿天地
누런 잎만 어지러이 떨어지누나.	黃葉落紛紛

홍석기의 〈단계에서 회포가 있어丹溪有懷〉이다. 수련의 군君은 임금을, 함련의 엎드린 용[蟄龍]과 주린 참새[飢雀]는 바로 홍석기 자신을 말한다. 벼슬에서 물러나 전야에 묻혀 있는 자신의 모습이 마치 골짜기에 숨은 용이나 허기진 참새와 같다는 것. 그리하여 미련의 쓸쓸한 가을 경치는 시인에게 우울한 심사를 더한다.

산 아래 인가는 일찍 문을 닫았고	山下人家早閉門
저녁 까마귀 깃드니 이미 황혼이네.	暮鴉捿定已黃昏
달빛 가 맑은 풍경 소리 고운사에서 나고	月邊淸磬孤雲寺
숲 너머 찬 다듬이 소리 들리니 두협촌이라네.	林外寒砧斗峽村
긴 칼이 있는데 누구와 더불어 행장을 논하리	誰與行藏長劍在
늙은 말이 있어도 평탄과 고난이 너에게는 한가지라.	爾同夷險老驥存
푸른 등 벽에 비치고 면이불 차가운데	靑燈照壁綿衾冷
세모에 이별 시름 말할 수 없네.	歲晏離愁不可論

홍석기의 〈단계丹溪〉 3수 중 두 번째 작품이다. 한 해가 저무는 세모의 어

느 저물녘, 산 아래 집은 일찍 문을 닫았고 저녁 까마귀도 둥지 찾아 깃든 황혼 무렵이다. 그 적막을 깨뜨리는 것은 고운사에서 들려오는 풍경 소리와 이웃한 두협마을에서 들리는 다듬이 소리다. 두협은 두원斗院마을이다. 후운정 서쪽에 있는 마을로 앞뒤로 산에 막혀 마치 새집 같다고 하였다.

경련의 '행장行藏'은 '용행사장用行舍藏'의 준말로, 자신의 도를 펼 수 있느냐 없느냐에 따라 거취를 결정하여 조정에 나아가기도 하고 은퇴하기도 하는 것을 말한다. 『논어』「술이述而」의 "써 주면 나의 도를 행하고 써 주지 않으면 숨는다[用之則行 舍之則藏]"라는 말에서 유래하였다. 출처出處와 같은 뜻이다. 아직은 긴 칼과 늙은 말이 있는데 벼슬에서 물러나 남은 생을 모두 단계에 묻혀 보내야 할지도 모른다는 생각을 하면 괴로운 것도 사실이다. 주변에 출처出處·행장行藏에 대해 속 시원히 이야기할 사람이 없어 만주의 답답함은 배가 된다.

송석담에 배 띄우고
산음의 호사와 강동의 흥을 누리다

달천은 속리산 천왕봉에서 발원하여 청주시 상당구 미원면과 괴산군을 거쳐 충주시 탄금대에서 남한강과 합류하는 하천이다. 한강의 지류 중 가장 남쪽에 있다. 미원면의 계원천 합류점부터 충주시 탄금대까지 국가하천으로 지정되어 있다. 홍석기의 글을 보면, 긴 시냇물이 검봉劍峯에서 곧바로 내려와 고운대를 안고 흐르는데 그 좌우에 절벽과 높은 산들이 줄지어 서 있고 앞쪽은 평평하게 탁 트여 경치가 뛰어나다. 정자 아래로 물이 흐르는데 그 근원은 속리산에서 나오는 세 줄기 가운데 한 줄기이다. 여러 물줄기가 합하여 큰 물줄기가 되고 서쪽으로부터 흘러와 정자 아래의 물이 되

송석담

고 동으로 흘러서 다시 서로 갈라져 한강으로 통하게 된다.

그런데 홍석기는 후운정 아래의 물을 특별히 '단계丹溪'라 하였다. 이는 검단산에서 곧바로 내려와 고운대를 안고 흐르는 물이기에 검단의 '단丹' 자를 따서 '단계丹溪'라 한 것이다. 한편 후운정 아래 못을 송석담松石潭이라 하였다. 절벽이 우뚝 솟아 있고 고송이 어지러이 흩어져 있어 그렇게 이름 지은 것이다. 송석담에 작은 배가 있어 물을 거슬러 올라가기도 하고 물길을 따라 내려가기도 하였다. 현재 라킨타 펜션이 있는 곳에서 곧장 물가로 갈 수 있는 길이 있다. 그 길을 따라 내려가다 보면 소나무도 있고 물이 고여있는 곳에 고르진 않지만 진한 색의 바위가 제법 넓다. 마치 나루터와도 같은 모습을 하고 있어 아마도 그곳에 배를 매어두지 않았나 생각한다.

> 나는 이 물가에 이 정자를 지어놓고 물은 있으나 배가 없음을 늘 한스럽게 여겼는데 경자년 가을에 내가 단양군수에서 물러나게 되어 좁은 강을 다닐 수 있는 배를 만드는 인부를 얻어 돌아와 4, 5명을 태울 수 있는 작은 배를 만들었다. 골짜기에 사는 촌 아낙과 노인들이 배를 처음 보고 이상하게 여겼다. 그 배를 송석담에 띄워 물길을 거슬러 올라가기도 하고 물길을 따라 내려가기도 하니, 산수의 아름다운 풍경이 배 안에 있다.
>
> 余搆是亭於是水之上, 常恨有水無舟, 庚子之秋, 余解龜丹陽, 領得舟工能造峽江可行之舟者而歸, 造小舟可容四五人. 峽中之村婆野老, 見其始有而異之. 泛之松石潭, 可沂可沿, 山水之勝, 在舟中矣.

홍석기의 〈소주기小舟記〉 일부이다. 경자년은 1660년이다. 1659년에 단양군수에 제수된 홍석기는 이듬해 가을 그 자리에서 물러났다. 해구解龜는 손잡이를 거북 모양으로 만든 지방관의 인장印章을 풀어 놓는다는 말로 관직을 버리고 떠나는 것을 말한다. 이때 좁은 강에 적합한 배를 만드는 선공船工을 데리고 와서 4, 5명 태울 수 있는 작은 배를 만들게 하였다. 당시 송석담에 띄운 배를 본 마을의 아낙과 노인들은 모두 처음 보는 광경에 놀라

위했다. 홍석기는 물길을 따라 오르고 내리는 배 안에서 마음껏 산수의 아름다운 풍광을 즐겼다.

> 눈 내리는 밤에 배를 돌리니 자유를 생각함이요 　雪夜回橈憶子猷
> 계응처럼 바다에 떠감 또한 풍류일세. 　　　　季鷹浮海亦風流
> 산음의 호사와 강동의 홍이 　　　　　　　　山陰好事江東興
> 단계의 한 조각 배에 다 있다네. 　　　　　　盡在丹溪一葉舟

　홍석기의 〈단계에서 배를 부리며丹溪理舟〉이다. 1구의 자유子猷는 왕희지王徽之의 자이다. 그가 산음山陰에 살았는데, 밤에 눈이 많이 오자 잠에서 깨어 술을 마시며 자사左思의 〈초은시招隱詩〉를 읊조리다가 문득 친구 대안도戴安道가 생각이 났다. 배를 저어 그의 집을 찾아 문 앞까지 갔다가 그냥 되돌아 왔다. 사람들이 그 까닭을 물으니, "홍을 타고 갔다가 홍이 다하여 돌아왔으니 꼭 친구를 만나야 하겠는가?"라고 하였다. 2구의 계응季鷹은 진晉 나라 장한張翰의 자이다. 동조연東曹掾이라는 관직에 있다가, 가을바람이 불어오자 불현듯 고향의 순채국과 농어회가 생각나 사직하고 돌아갔다는 고사가 유명하다. 이처럼 왕희지가 큰 눈이 내린 날 밤 홍취가 일어나 친구 대안도를 찾아갔다가 그의 문 앞에서 홍이 사라지자 만나지 않고 다시 돌아왔던 것이나, 장한이 순채국과 농어회를 찾아 고향 강동江東으로 돌아간 홍이 모두 단계의 한 조각 배에 있다는 것이다.

　홍석기는 〈후운정기〉에서, "눈이 갠 산음에 있으니 나 역시 왕자王子의 홍이 일고, 긴 여름 강촌에 있으니 나 역시 두보의 홍취가 있도다. 혹은 달밤에 배를 타고 소동파의 적벽부赤碧賦를 읊조리기도 하고 술잔에 꽃잎 띄워 도연명의 동리東籬의 구절을 읊기도 한다. 그렇다면 문창文昌의 놀이 역시 이러한 즐거움에 있는 것이 아닌가雪晴山陰, 余亦王子之興也, 長夏江村, 余亦杜老之趣也. 或乘船泛月, 吟蘇子赤壁之賦, 引觴泛英, 詠陶潛東籬之句. 然則文昌

之游, 亦有此樂否乎."라고 하였다. 단계에서의 모든 놀이가 그 옛날 왕희지, 두보, 소식, 도연명, 최치원의 놀이와 닿아 있다는 것이다.

홍석기는 정자 아래에 매어두고 애지중지하던 배가 큰비를 만나 닻줄이 끊어져 표류하여 잃어버리자 곧 새 배를 만들었다. 그런데 그 배 또한 파도에 잃어버렸다. 세 번을 잃어버렸고 세 번을 다시 만들었다. 그러나 정원사에게 힘써 보호하게끔 한 후로는 비록 큰비가 오더라도 잃어버리지 않게 되었다.

때론 스님을 맞이하여 달빛 아래 배를 띄워 담론하였고 혹 나그네를 만나 술잔을 들기도 하였다. 배를 타고 물길을 따라 거슬러 올라가면 곧 초선대招仙臺가 정자의 서쪽에 있고, 물길을 따라 내려가면 환학정喚鶴亭이 정자의 동쪽에 있으니 이것이야말로 즐거워할 만한 일이었다. 그런가 하면 홍석기는 〈소주기小舟記〉 끝에 "왕자王子의 산음의 흥취가 있으나 찾아갈 만한 친구가 없고, 소동파의 적벽의 놀이가 있으나 따를 나그네가 없구나. 나를 알아주는 것은 백로뿐이로다."라고 하여 고적한 심사를 술회하기도 하였다.

이처럼 단계는 홍석기의 모든 것이 있는 곳이다. 그곳에서 모든 것을 다 하였다. 그래서일까, 그는 벼슬살이하는 중에도 단계를 잊지 못하고 늘 그리워하였다.

정자의 남쪽으로는 송은당(松隱堂)이 있고, 그 동쪽은 곧 조대(釣臺)와 연지(蓮池)가 있으며 소나무 언덕, 매화 화분, 고기잡이 배 등이 정자의 훌륭한 경치 아님이 없다. 부군은 몹시 그것을 사랑하여 비록 벼슬살이를 하면서 숙직을 하는 중일지라도 매양 단산(丹山)으로 돌아갈 생각을 하였으니, 곧 이곳에서 거문고 타고 이곳에서 바둑 두고 이곳에서 술 마시고 이곳에서 시 읊고 이곳에서 낚시하고 이곳에서 노 젓는 것이었다. 연못의 고기와 숲 속의 새, 바위의 꽃과 언덕의 단풍은 모두 시의 재료가 되니, 뒷사람이 부군의 시를 읊고 부군의 기문을 읽으면 비록 백 년 뒤에라도 우리 부군이 산수와 함께한 가슴 속의 운치를 상상할 수 있을 것이다.

亭之南卽松隱堂, 其東卽釣臺, 而蓮池松塢梅盆漁舟, 莫非斯亭之勝致也. 府君甚樂之, 雖遊宦直廬之中, 每起丹山之思, 歸則琴於是碁於是, 觴於是詠於是, 釣於是棹於是. 淵魚林鳥, 巖花崖楓, 捻入詩料, 後之人誦府君之詩, 讀府君之記, 則雖百歲之下, 可想吾府君與山水同其襟韻矣.

홍석기의 〈후운정기〉 끝에 현손 홍천서가 붙인 글의 일부이다. 홍석기가 벼슬살이 중에도 늘 단산을 그리워했음을 알 수 있다. 왜 그렇지 않겠는가. 이곳에서 거문고를 타고 바둑을 두었으며 때론 술 마시며 시를 읊었고 냇가에서 고기를 낚거나 뱃놀이를 하기도 하였다. 이때 물고기와 새, 꽃과 단풍은 모두 홍석기에게 시의 재료가 되었다. 그렇기에 백 년 뒤 사람들이 만주의 시와 기문을 본다면, 늘 단산의 산수와 함께 한 홍석기의 가슴 속 운치를 가히 상상할 수 있다는 것이다.

나에게 사는 곳이 어떠냐고 묻는다면	問我居何似
도원에 견주면 혹여 같을런지.	桃源較或同
흐르는 물가에 차 끓이는 부엌 있고	茶廚流水上
지는 꽃 속에 고기 잡는 배로세.	漁艇落花中
비 머금은 산에서 약초를 캐고	採藥山含雨
바람 보내는 물가에 대를 옮긴다.	移篁水送風
세 그루 소나무에 세 길이 그늘지고	三松蔭三逕
땅에 가득 비단 이끼 덮히었네.	滿地錦苔籠

홍석기의 〈객이 묻다客問〉이다. 단계가 어떤 곳이냐고 객이 묻는다면 도원에 견주면 혹 같겠냐고 하였다. 단계야말로 도원桃源과 같은 곳이라는 것이다. 흐르는 물가에서 차를 끓이고, 꽃이 지는 속에 조각배 타고 물고기를 잡고, 비 머금은 산에서 약초를 캐고, 바람 부는 물가에 대를 옮겨 심고,

세 그루 소나무가 송·국·죽 세 길을 그늘지게 하고, 땅에 가득 비단 이끼가 깔렸으니 이곳이 바로 무릉도원이 아닌가.

십 년을 머리 희도록 티끌 속을 달리다　　　十年頭白走塵埃
단계 골짜기 연하를 꿈꾸며 홀로 재촉하였네.　丹峽烟霞夢獨催
갈매기 해오라기는 돌아가는 것이 늦다고 꾸짖는 듯　鷗鷺似嗔歸太晚
사람 가까이서 왔다 갔다 짐짓 배회하네.　　近人來去故徘徊

　홍석기의 〈단계음丹溪吟〉이다. 단계로 돌아가길 꿈꾸며 읊은 시이다. 홍석기에게 단계는 늘 그리운 곳이다. 10여 년을 벼슬살이로 머리 희도록 바쁘고 고단하게 살았다. 두고 온 단계의 골짜기로 돌아갈 날을 재촉하고 있건만 여의치 않다. 그런 시인에게 갈매기와 해오라기는 돌아가는 것이 너무 늦다고 꾸짖기라도 하듯 시인 주변에서 왔다 갔다 한다.
　홍석기는 1654년 49세에 예조정랑에 제수되면서 다시 벼슬길에 나아간다. 이때 문신정시에도 뽑혀 안동부사에 제수되었으나 대간에서 빠른 승진이라 하여 부임하지 못하였다. 이후 1656년(효종 7)에 성천부사에 제수되었다가 양재찰방으로 체직되었고, 1659년 단양군수로 부임 후 문교文敎를 행하여 사풍士風을 진작시키고 묵은 폐해를 없앴다. 1661년 56세에 부친 봉양을 위해 결성현감이 되었고, 이해 가을에 부친상을 당하여 상을 마치고 예빈시 정에 제수되었다. 1665년 60세에 해주목사, 1667년 서천군수, 1669년 영광군수로 부임하였다가 전라감사의 잔치에 연루되어 파직되었다. 1670년 65세에 성천부사成川府使에 제수되었으나 사양하였고, 곧바로 남원부사南原府使로 부임하였다. 1672년 남원부사의 임기를 마치고 청주 단계로 돌아왔다. 이처럼 홍석기는 1654년 다시 등용된 후로는 외직을 전전하다 관직에서 물러났다.

단계에서 시회를 열다

홍석기는 후운정을 지은 후로는 가끔 단계에 벗들을 청하여 시회를 열곤
하였다.

　　고운의 이적은 지금까지 천 년을 내려왔네. 이날 함께 유람하며 23현이
모임을 하였다네. 마산의 제군, 하물며 학사의 훌륭한 시문에 여흥 사람과
또 고양의 선비가 있었음에랴! 이에 작은 배를 밤에 띄우고 노를 저어 옥계
의 물결을 거슬러 올라갔네. 새벽에 작은 누각에 올라 난간에 기대어 단산
의 푸르름에 읍하니 물빛이 그물 속으로 들어오고 대야에는 은빛 물고기가
뛴다. 대나무 빛이 술 단지에 엉기고 술잔에 녹색 포말이 떠 있네. 길게 읊조
리고 짧게 노래하니 솔바람 상쾌하게 서로 소리를 내고, 비파를 희롱하고 거
문고를 타니 돌 여울이 돌돌돌 소리에 응답하네. 이때 청룡이 절기를 사양하
자 주작이 때를 주관하누나. 어리고 푸른 잎으로 단장한 숲, 앞 봉우리는 이
미 지나간 빗줄기를 띠었고, 남아 있는 붉은 꽃이 물에 비치니 굽은 물가는
다하지 않은 봄빛을 머금었도다. 꾀꼬리 노랫소리 사람을 붙잡는 듯하고 흰
구름 나니 나그네를 보내는 것 같구나. 아! 친한 벗은 만나기 어렵고, 좋은
일은 어그러지기 쉽구나. 다시 서쪽 누각에 기대어 맑은 가을이 오히려 먼
것을 한하고, 거듭 동쪽 골짜기를 찾아 밝은 달을 가리키며 기약을 한다.

　　孤雲異迹, 于今一千載之來. 是日同遊, 凡我卄三賢之會. 馬山諸子, 況學
士之詞華, 驪興有人, 又高陽之儒雅. 於是輕舟夜泛, 叩枻洄玉溪之流. 小閣
晨登, 憑欄挹丹岳之翠, 波光入網, 盤躍銀鱗, 竹色凝樽, 盃浮綠蟻. 長吟短
詠, 松籟爽而交聲, 弄瑟彈琴, 石瀨鳴而應響. 于時靑龍謝節, 朱雀司辰. 嫩綠
粧林, 前峯帶已過之雨, 殘紅映水, 曲渚含不盡之春. 黃鳥語而似留人, 白雲
飛而如送客. 嗟乎! 親朋難遇, 勝事易乖. 更倚西樓, 恨淸秋之猶遠, 重尋東峽,
指明月而爲期.

홍석기의 〈후운정회유시서後雲亭會遊詩序〉이다. 늦은 봄밤에 모임을 하
면서 다음 가을 모임을 기약하는 내용이다. 이날 모임에 참여했던 이가 모
두 23명이나 되었다니 꽤 큰 규모의 모임이었음을 알 수 있다.

이 정자의 경승을 대략 보고	領略茲亭勝
그대가 지은 사시를 보네.	看君賦四時
빈 정자에 가을 달빛 담고	樓虛貯秋月
짧은 처마에 겨울 햇빛 거두네.	簷短納冬曦
장맛비에 앞 개울이 불어나고	雨積前溪漲
꽃의 단장에 양쪽 언덕이 기이하네.	花粧兩岸奇
하필 망천도가 필요할까	何須輞川畫
후운의 시로 병이 낫는 것을.	病愈後雲詩

박장원朴長遠(1612~1671)의 〈홍원구의 후운정 시에 차운하다次洪元九後雲亭韻〉로 『구당집久堂集』에 전한다. 박장원은 홍석기의 후운정 시에 후운정의 사계가 담겨있다 하였다. 함련에서 후운정의 가을과 겨울을, 경련에서 후운정의 여름과 봄의 풍광을 각각 드러내었다. 미련의 망천輞川은 왕유의 별장이 있는 곳이다. 왕유는 당나라의 시인으로 산수화에도 아주 뛰어나 망천에 있는 20개의 승경을 배경으로 망천도輞川圖를 그렸다. 그런데 박장원은 망천도가 따로 필요하지 않다고 하였다. 후운정이 있는 이곳이 왕유의 망천처럼 아름답다는 것이고, 또 후운정의 사계절을 읊은 만주의 그림 같은 시가 있기에 왕유처럼 따로 그림을 그리지 않아도 된다는 것이다. 더구나 그 시가 병을 낫게 한다니, 친구의 시를 두고 평한 최고의 찬사가 아닐까 한다.

정자 아래 긴 내가 휘어져 구비를 이루고	亭下長川曲作灣
서쪽으로 흘러 하루 낮밤이면 용산을 지나네.	西流日夜過龍山
비록 무늬 있는 물고기를 시켜 편지 한 통 전한다 한들	縱使文鱗傳一札
상서가 어찌 고기 낚을 한가로움이 있겠는가?	尙書那得釣魚閒

홍석기의 〈후운정에서 박상서 구당을 생각하다後雲亭憶朴尙書久堂〉이다.

2구의 용산龍山은 당시 구당 박장원의 집이 있던 곳이다. 홍석기가 있는 단계의 내, 즉 달천은 서쪽으로 흘러 한강으로 들어가기에 그렇게 말한 것이다. 3, 4구에서는 물고기를 시켜 편지를 전한들 어찌 친구가 고기를 낚을 한가한 시간이 있겠느냐고 하였다. 홍석기가 후운정을 짓고 얼마 되지 않아 박장원도 다녀갔다. 만남은 짧고 이별은 길다 했던가. 또다시 그가 그립다. 물고기 편에 짬을 내어 후운정에 다녀가지 않겠냐는 편지를 보내고 싶다. 그러나 공무에 바쁜 그가 낚시할 시간인들 있겠냐는 것이다.

박장원 역시 17세기 중반에 활동하였던 시인으로, 8년의 연치 차이가 있음에도 김득신과 막역한 교유를 맺었다. 그렇다 보니 그 당시 시단에 이름이 있던 인물들과 교유하며 시를 주고받았다. 특히 당시풍唐詩風을 애호하던 김득신, 홍석기와 많은 시를 주고받았다. 위 시에서 박장원이 조정일로 바쁠 때라 편지를 보낸들 물고기를 낚을 여가가 있겠느냐고 했지만, 어쨌든 벗에 대한 그리움을 이보다 정감 있게 그리고 절절하게 표현하기도 쉽지 않을 것이다.

천 겹의 봉우리 그림 병풍을 펼친 듯하고　　千疊峯巒展畵屛
푸른 시내 남쪽 물가엔 흰 모래톱이라네.　　碧溪南畔白沙汀
삼경 깊은 밤에 쓸쓸히 앉아 있자니　　悄然坐到三更夜
밝은 달 맑은 바람 정자에 가득하네.　　明月淸風滿小亭

이홍유李弘有(1588~1671)의 〈후운정 벽 위에 쓰다題後雲亭壁上〉로 『둔헌집遯軒集』에 전한다. 이홍유는 홍석기와 교유하며 후운정 시회에 자주 참석하였다. 그가 교유한 인물 중에서는 홍석기와 수창한 시가 가장 많다. 후운정을 중심으로 사방 그림 병풍을 펼친 듯 봉우리가 이어져 있고 정자에서 내려다 본 푸른 시내 남쪽에는 역시 흰 모래가 그림처럼 펼쳐있다. 특히 맑은 달밤에 정자에 앉아 바람을 쐬는 즐거움은 이루 말할 수 없다.

강남에서 옛 집으로 돌아온 그대	君自江南返舊棲
모습은 초췌하고 흰 눈이 머리를 덮었구나.	形容憔悴雪蒙頭
해낭엔 응당 시 천 수를 모았겠고	奚囊應蓄詩千首
법포엔 연하가 절반쯤 걷혔겠네.	法浦煙霞太半收

김득신의 〈후운정에 올라 홍원구를 보고登後雲亭視洪元九〉이다. 홍석기가 영광군수에서 물러나 단계로 돌아왔을 때 김득신이 그를 찾아 지은 것이다. 그가 영광군수에 제수되었다가 전라감사 김징의 잔치에 연루되어 파직된 것이 1669년이다. 1구의 '강남에서 옛집으로 돌아왔다'는 것이 바로 그것이다. 다소 초췌한 모습에 머리가 허옇게 센 모습으로 돌아온 그를 가장 가까운 벗인 김득신이 모른 체할 수 있겠는가. 벼슬길에 있어 자주 보지 못했지만 홍석기는 시를 짓는 일을 멈추지는 않았을 터. 그렇기에 3구에서 해낭엔 응당 시 천 수를 모았을 거라 하였다. 이어 4구에서 영광의 법포엔 연하가 절반쯤 걷혔을 것이라 한다. 법포에서 연하를 품어내던 홍석기가 떠났으니 그럴 것이라는 것이다.

홍석기는 이듬해인 1670년 성천부사成川府使에 제수되었으나 사양하였고, 곧바로 남원부사南原府使로 부임하였다. 그리고 1672년 남원부사의 임기를 마치고 청주 단계로 돌아온 후로는 더는 벼슬길에 나가지 않았다. 이때 그의 나이 67세였다.

명승이 이제금 어진 주인 얻었으니	名區今得主人賢
물외의 풍류라 늙은 신선 우러르네.	物外風流仰老仙
붓 아래 일찍 아름다운 시구 쓰고	筆下早題擒錦句
문 앞에 처음 낚싯배를 매었네.	門前初繫釣魚船
바위에 핀 꽃이 물에 비치니 봄은 오히려 남아있고	巖花照水春猶在
복사꽃잎 술잔에 전해오니 달이 함께 곱구나.	桃葉傳杯月共姸
북해에서 거문고 타고 술 마시니 참으로 멋진 일	北海琴樽眞勝事

후운정마을 앞의 시내와 산

청복을 공과 같이 온전히 누리는 자 누구인가 묻노라. 問誰淸福似公全

이수언李秀彦(1636~1697)의 〈단계에서 놀며 만주 사백에게 드리다遊丹溪呈晩洲詞伯〉로『농계선생유고聾溪先生遺稿』에 전한다. 이수언은 조선후기의 문신이자 학자로 자는 미숙美叔 호는 농계聾溪·취몽헌醉夢軒이며 본관은 한산韓山이다. 이색李穡의 12대손으로 대대로 서울에 살다가 그의 고조 이도李燾가 1576년 청주 주성酒城;수름재에 정착한 이후 그의 선조들이 모두 그곳에서 가까운 묵방墨坊에서 살았다. 그 또한 선조들의 터전을 이어받아 묵계墨溪;墨坊에 집을 짓고 살았고 그곳에서 생을 마감하였다. 아버지는 관찰사 이동직李東稷(1611~1675)이다.

이수언은 송시열의 제자로 스승과 함께 부침을 함께 하는 생을 살았다. 물론 청환직을 두루 거치며 지방관으로 명성을 얻기도 했지만, 당시 산림山林의 종장으로 정계의 주역이었던 송시열을 적극 변론하는 과정에서 체직과 좌천, 그리고 유배를 경험해야 했다. 1669년 문과에 급제 후 정언·지평을 역임하였으나 1674년 곽세건郭世楗이 송시열을 모함하자 그를 논척論斥한 일로 체직되었다. 이듬해인 1675년 체환되었으나 마침 이해 겨울에 아버지가 돌아가시자 고향 청주로 돌아가 집을 짓고 살면서 세사에 뜻을 끊었다. 1678년 경상도사에 제수되었으나 나아가지 않고 생도들을 가르치며 1680년 다시 정언으로 나가기까지 5년 동안 고향 집에 머물렀다. 이때 미원 단계에 있는 홍석기를 시 스승[詞伯]으로 모시고 자주 그의 집에 드나들며 시를 짓고 교유하였다.

위 시는 이수언이 홍석기가 있는 단계에 찾아가 머문 내용을 담고 있다. 그가 본 단계는 도원이요 명승이며 선구仙區이다. 그러니 그곳의 주인인 만주는 물외의 풍류를 즐기는 늙은 신선[老仙]이다. 일찌감치 시 한 수 쓰고 단계에 배를 띄운다. 바위에 핀 꽃이 물에 비치고 복사꽃 잎이 술잔에 떠오니 이곳이 바로 무릉도원이다. 밤에 뱃놀이 하며 거문고를 타고 술을 마시는 이 맑은 놀이[淸遊]야말로 참으로 멋진 일. 이러한 청복淸福을 만주처럼 온전히 누리는 자가 바로 자신이라 하였다.

한편 이수언은 〈삼가 앞의 시에 첩운하여 만주께 부치다敬疊前韻寄晩洲〉에서, 공명功名이 십 년 늦어진들 무슨 상관이냐고 하면서, 백 년을 임천林泉에서 놀자는 기약이 있어 행복하기만 하니 한스러워하지 않는다고 하였다. 더구나 하늘이 사백詞伯의 가르침을 받게 하니 때를 함께 하는 것이 자기에게는 행운이라는 것. 비록 벼슬에서 물러나 시골에 머물고 있지만 이것이 오히려 기회인 것이, 이런 일이 아니었다면 어찌 홍석기와 같은 시 스승을 만날 수 있었겠는가. 이처럼 묵계에서 단계를 오가며 만주를 가까이 모실 수 있었던 5년의 시간이 이수언에게는 더없는 영광이고 행복이었던 것이다. 그렇다면 스승에게 보답할 길은 무엇인가, 부지런히 시를 지어 '시빚'을 갚는 일일 것이다. 실제 이수언은 500여 수의 시를 남겼다.

후운정은 사라졌으나 후운정마을로 남아

홍석기는 정시에서 장원을 하였다. 그렇기에 누가 봐도 그의 벼슬길은 승승장구 탄탄대로일 것만 같았다. 그러나 실상은 그렇지 못하여 탄핵으로 인해 좌천과 파직을 당하는가 하면 벼슬길에 나간 후에도 주로 외직을 전전하였다. 한편 그는 당시 천재 시인으로 평가받으며 동료들에게 두루 인정을 받았다. 수많은 그의 시 작품은 문집 『만주유집』에 남아 있다.

홍석기 사후 그의 자취가 서린 후운정은 얼마 지나지 않아 폐허가 되어 사라졌다. 그러나 그가 머물던 후운정은 그곳을 지나는 이들에게 종종 시심을 일으켜 그냥 지나칠 수 없게 하였다. 이렇듯 후운정은 옥화구곡의 제

2곡으로 남아 수많은 시인과 묵객들의 발걸음이 끊이지 않았다. 한편 그 옛날 후운정에서 노닐던 만주는 떠나고 없지만 그 이름은 마을의 이름으로 남았다. 현재 청주시 상당구 미원면 계원리 후운정마을이 그것이다.

정자가 어느 해에 무너졌던가	亭子何年廢
쓸쓸히 옛 터만 남았네.	蕭然有古基
늙은 소나무 여전히 우뚝하고	老松猶偃蹇
흐르는 물은 맑은 물결 일깨운다.	流水覺淸漪
잠시 앉아 정담 나누고	少坐成良晤
조용히 읊조려 졸시를 쓰네.	微吟又拙詩
마을에 술이 있으니	村中還有酒
거듭 마시는 것을 사양할 수 없네.	屢酌不容辭
해가 뜨면 소 몰고 나가고	日出駈牛去
돌아와서는 한만유를 즐긴다.	還成汗漫遊
산이 깊으니 함께 숨을 수 있고	山深俱可隱
세상과 머니 다시 무엇을 구하랴.	世遠更何求
산빛이 끝없이 펼쳐짐을 보며	山色看無盡
나의 발걸음 피곤하여 쉰다네.	吾行倦卽休
높은 바위에 석양빛이 반짝이니	高岩明夕照
부질없이 더 지체하지 않는다네.	莫謾更遲留

심육沈錥(1685~1753)의 〈이른바 후운정을 지나며過所謂後雲亭〉 2수로 『저촌유고樗村遺稿』에 전한다. 1744년 유람 길에 후운정을 지나며 지은 것이다. 제목 옆에 '정자가 황폐하여 애석하다亭廢可惜'고 하였으니, 이때 후운정의 모습을 상상할 수 있다. 두 번째 시 수련의 한만유汗漫遊는 세상 밖을 벗어나서 마음 내키는 대로 한가로이 노니는 것으로, 당시 심육의 눈에 비친 후운정마을 사람들의 한가로운 모습을 말한 것이다. 지금도 사방이

산으로 두른 이 마을은 세상과는 먼 곳처럼 보인다. 더구나 10가구 정도의 작은 마을로 늘 조용하다.

이곡이라 강가의 정자, 정자 위로 구름 떠가니　　二曲江亭亭上雲
내 마음 기쁘고 즐거워 그대 따르고 싶네.　　　　我心怡悅欲隨君
해 진 물가 모래섬에 부질없이 서성이며　　　　　汀洲日落空延竚
귀 씻은 무리와 인연하여 세상사 듣지 않네.　　　洗耳徒緣事不聞

이필영李苾榮(1853~1930)의 옥화구곡 중 제2곡 〈후운정後雲亭〉이다. 이필영은 이득윤의 후손이다. 현재 후운정은 볼 수 없지만 위 시를 통해 옛날 정자의 모습을 그려볼 수는 있다. 1, 2구에서 시인은 그 옛날 후운정의 주인 홍석기를 불러낸다. '정자 위의 구름'은 '후운後雲' 곧 홍석기다. 정자 위로 떠가는 구름을 보니 홍석기를 만난 듯 기쁘고 즐거운 마음에 그저 구름(홍석기)를 따르고 싶다는 것이다. 4구의 귀 씻은 무리[洗耳徒]는 은사隱士 허유許由를 말한다. 요堯 임금 당시 은사 허유가, 천하를 물려받아 다스려달라는 요 임금의 요구를 거절하고 영수潁水 남쪽에 은거하던 중에, 요 임금이 또 불러 구주장九州長이 되어달라고 하자, 더러운 소리를 들었다 하여 영수 물에 귀를 씻었다는 고사가 있다. 시인 또한 허유와 같은 은자의 무리와 인연을 맺어 세상사 인간사에 귀를 막겠다는 뜻이다. 마을 앞 냇가에서 흐르는 물을 보며 조용히 홍석기의 시 한 수 읊어 볼 일이다.

애 한 정 루

애한정 전경

괴산 한가함을 사랑하다,
애한정愛閑亭

명리를 멀리하고 산수에 몸을 맡기다

　괴산군 괴산읍 검승리에 있는 애한정愛閑亭은 광해군 때 이곳에 낙향한 박지겸朴知謙(1549~1623)이 1614년(광해군 6)에 건립한 정자이다. 박지겸이 임란을 겪은 후 오랫동안 살던 모악산母嶽山 아래 마을을 떠나 괴산에 우거寓居하게 된 것은, 이곳이 바로 아내 부안임씨扶安林氏의 고향으로 괴탄槐灘의 상류에 처가의 옛 집이 있었기 때문이다. 그러나 그가 괴산에 은거한 실질적인 이유는, 광해군 집정 초기 혼탁한 정치현실 때문으로 보인다. 세 번 관직에 나갔지만 세 번 모두 2년 만에 체직될 정도로 강직한 그의 성품이 벼슬에서 물러나 재야의 선비로 살게 했으리라.

　박지겸은 자가 익경益卿이고 호가 애한정愛閑亭이며 본관은 함양咸陽이다. 『동몽선습童蒙先習』을 지은 박세무朴世茂(1487~1564)의 손자이고 수안군수遂安郡守를 지낸 박응립朴應立의 아들이다. 임진왜란 때 강화도에 들어가 의병을 모집하여 선조 임금을 모신 공으로 창릉참봉昌陵參奉에 제수되었다. 이후 1594년에 내첨시 봉사內瞻寺奉事를 하고 1596년에 체직되었고, 1608년에는 선조의 국장에 참여하기도 하였다가 체직되었다. 1615년에는 상의원 별좌尚衣院別坐에 제수되었고 1617년 체직되었다. 이처럼 그가 관직에 오래 있지 못한 것은 대개 성품이 굳세고 바른 까닭이다. 사후 조부 박세무와 함께 괴산 화암서원花嚴書院에 배향되었다.

이정귀李廷龜(1564~1635)는 〈애한정기愛閑亭記〉에서, "익경은 대대로 서울에 살았으니 당초에 사환仕宦에 뜻이 없었던 것은 아니다. 그러나 지금은 번화한 것을 멀리하고 한가로운 것을 사랑하여 정갈한 일실一室에 거처하며 노년이 곧 다가오는 줄도 모른다."라고 하였다. 이어 "저 파리나 개처럼 염치없이 애걸하고 세리勢利를 차지하고자 밤낮으로 세사世事에 속박되어 사는 자들은 진실로 한가로움이 무엇인지 알지 못하니, 한가로움을 사랑할 겨를인들 어디 있겠는가."라고 하여, 박지겸이 세사에 얽매여 명리를 탐하는 이들과는 거리가 먼 삶을 사는 자임을 강조하였다. 정호鄭澔(1648~1736) 또한 〈제애한정시기첩후題愛閑亭詩記帖後〉에서, 박지겸이 험난한 시대 상황에서 혼란한 국사를 밝히고 용기 있게 물러나 산수에 몸을 의탁함으로써 스스로 지조를 지켰다고 하였다.

한가함을 사랑하는 것이 나와 같은 이 누구인가

박지겸은 땅이 외지고 아름다워 푸른 벼랑과 맑은 물, 높은 소나무와 긴 대나무의 빼어난 경치가 있는 괴탄의 상류에 정자를 짓고 '애한愛閑'이라 하였다. 마땅히 쉴 만한 곳이 없음을 탄식하던 차에 마침 사는 집 앞에 있는 밭을 사서 정자를 지은 것이다. 그리고 밭가 시내에서 물을 끌어 정자 앞에 못을 만들어 활짝 핀 연꽃과 뛰노는 물고기를 구경하였다. 못 가운데 조그마한 섬에는 박달나무, 모감주나무, 단풍나무를 섞어 심었고, 못 서쪽 정원에는 소나무와 대나무를 심었다. 또한 이름 모를 꽃과 기이한 풀들을

박지겸의 〈애한정기〉와 〈애한정팔영〉

가지런히 심었는데, 그 안에 붉고 흰 꽃들이 계속해서 피었다 지며 사계절을 통하여 끊이지 않았다. 박지겸은 자신이 지은 〈애한정기愛閑亭記〉에서, "늙고 일이 없어 매일 아이들을 데리고 여기서 누웠다 일어났다 하며 글을 읽고 가르치는 여가에 거문고를 타거나 바둑을 두었고, 혹은 시를 읊조리며 걷거나 앉아서 낚시를 즐기기도 하면서 세상의 근심을 없애며 한평생을 보내니, 이 사이의 회포가 한가한가 한가하지 않은가? 한가함을 사랑하는 것이 나와 같은 이 누구인가?"라고 하였다.

한편 박지겸은 애한정에 대한 기문을 부탁할 생각으로 제일 먼저 이호민 李好閔(1553~1634)의 집을 찾았다. 이호민은 자가 효언孝彦이고 호가 오봉 五峯·남곽南郭·수와睡窩이며 본관은 연안延安이다. 유희춘柳希春의 문인으로 이항복李恒福과 교유하였으며 박지겸이 괴산으로 이사하기 전까지 오랫동안 이웃 마을에 살았던 벗이다. 박지겸이 이호민에게 애한정에 대한 자랑을 늘어놓으며, "그대는 스스로 한가하지 않은데 어찌 다른 사람의 한가로움을 알 수 있는가? 스스로 한가하지 않으면서 다른 사람의 한가함을 말할 수 있겠는가?"라고 하였다. 이에 이호민은, "대저 한가로움은 마음 쓰는 바가 없으니 일이 있어도 일이 없는 듯한 것을 말한다. 내가 만일 한가하면 나는 나의 한가함을 알지 못하나 다른 사람은 나의 한가함을 보고 그것을 사랑한다. 그대가 정자에 이름붙인 것이 다른 사람을 위해 뜻을 일으켰다면 가하나, 만일 스스로를 위한 것이라면 불가하다."라고 하였다. 이어 "'한한閑閑'으로 고쳐 한가함을 한가하게 여기면 이것이 진정한 한가함이니, 어찌 반드시 맑고 깨끗한 경치와 산수의 사이에 나아가서야 한가함을 완미하겠는가?"라고 하였다. 이호민의 〈한한정기閑閑亭記〉에 있는 이야기이다.

이처럼 이호민이 애한정을 '한한정閑閑亭'으로 고칠 것을 제안하자 박지겸은 다시 이정귀에게 기문을 요청하였다. 이정귀는 〈애한정기〉에서, "아침에는 해 뜨는 것에서 한가롭고 저녁이면 달뜨는 것에서 한가로우며, 봄에는 꽃을 보며 한가롭고 겨울에는 눈을 보며 한가로우며, 거문고를 타면서 그 흥취를 사랑하고 낚시를 드리운 채 그 자적自適을 사랑하며, 다닐 때는 시를 읊고 누워서는 책을 보며, 높은 곳에 올라 먼 곳을 조망하고 물가에 다다라 노니는 물고기를 구경하는 등 어떠한 경우이건 모두 한가로우니, 사랑한다[愛]는 것으로써 정자 이름을 짓는 것이 옳지 않겠는가. 사랑해마지않아 마침내 스스로 자기가 한가로운 줄 모르는 경지에 이르면 '한한閑閑'의 뜻 또한 그 가운데 있지 않겠는가."라고 하였다.

이호민과 이정귀의 기문을 받은 박지겸은 이번에는 권득기權得己(1570~1622)를 찾아간다. 권득기는 자가 중지重之이고 호가 만회晚悔·거원자居元子이며 본관은 안동安東으로 박지겸과는 사돈지간이다. 권득기의 아들 탄옹炭翁 권시權諰(1604~1672)가 바로 박지겸의 아우 박지경朴知警의 사위다. 박지겸은 애한정에 대한 자랑도 자랑이지만, 특히 이호민과 이정귀 두 사람의 기문을 보여주고 권득기의 생각을 듣고 싶었던 것이다.

권득기는 〈애한정후기愛閑亭後記〉에서, "오봉은 대개 한가함은 진실로 나에게 있는 것이고 사랑하는 것은 오히려 밖이라 하여, 어르신으로 하여금 그 한가함을 한가하게 여기라는 것이고, 월사는 오직 사랑하는 자만이 능히 한가하다 했으니, 어르신으로 하여금 사랑하는데서 시작하여 끝내 스스로 한가하게 하고자 한 것입니다."라고 하여 오봉과 월사의 기문에 담긴 뜻을 말하였다. 이어 "어르신께서 한가함을 차지한 복은 대개 오래 되었습니다. 처하여 은거하면 푸른 산도 등지지 않고 흰 갈매기도 와서 친압할 것이고, 시와 술과 거문고와 바둑은 모두 한가함을 도울 것입니다. 나아가 관리가 되면 비록 관아의 장부와 문서에 바쁘고 먼지 속에 뛰어다녀도 속마음의 한가함은 절로 이와 같을 것입니다. 어르신이 이것을 얻는 데 반드시 방법이 있습니다. 벌레의 팔과 쥐의 간 같은 하찮은 것이라도 읊조리는 데 사용하고, 시비곡직是非曲直을 세상에 맡기고 괘념하지 않으면 세상의 영

욕과 득실이 어찌 어르신의 마음에 누를 끼치겠습니까?"라고 하여 자신의
생각 또한 덧붙였다.

애한정팔경과 애한정팔경시

박지겸은 애한정팔경愛閑亭八景을 정하고 팔경시를 지어 애한정의 아름
다움과 함께 자신의 삶의 지향 및 자세를 적극적으로 노래하였다. 애한정
팔경은 1경부터 8경까지, '송악청람松嶽晴嵐·하당야월荷塘夜月·고촌모연孤
村暮煙·창벽낙조蒼壁落照·석등행인石磴行人·강포상박江浦商舶·불사심승佛
寺尋僧·괴탄조어槐灘釣魚'이다. 송악松嶽·하당荷塘·창벽蒼壁·괴탄槐灘 등 앞
의 두 글자는 애한정 주변의 지점이나 지명을, 청람晴嵐·야월夜月·낙조落
照·조어釣魚 등 뒤의 두 글자는 애한정 주변 경치의 상태나 경치를 향유하
는 행위를 드러낸다. 모두 애한정과 그 주변의 아름다운 모습이자 그것을
향유하는 박지겸의 모습을 드러낸 것이다.

비온 뒤 가벼운 산기운이 푸른 산을 감싸니   雨後輕嵐鎖碧山
짙푸른 산 빛이 보일 듯 말 듯.   蔥籠山色有無間
잠깐 사이에 걷혀 산이 전과 다름없으니   須臾捲却山依舊
산창에 기대어 온종일 바라보네.   斜依山牕盡日看

박지겸의 〈애한정팔영愛閑亭八詠〉 중 '송악의 맑은 날 산기운[松嶽晴嵐]'
이다. 송악은 송명산松明山을 말한다. 박지겸의 〈애한정기〉에 의하면, 송
명산은 애한정 동쪽에 있다. 봉우리가 깎아지른 듯 우뚝 솟아 있고 초목이
무성하다. 아침저녁의 모습과 맑게 개었다가 비가 오는 모습이 순식간에
환상적으로 변하여 사람의 눈을 즐겁게 하는 것이 천만 가지로 다양하다.

때맞춰 푸른 노을 한 줄기가 산허리를 두르면 보이지는 않지만 비가 내리니, 그 아래 사는 사람들이 그 노을을 보고 비가 올 것을 안다. 이처럼 애한정에서 바라보는 송명산의 모습은 장관인데, 위 시는 비온 뒤 송명산의 맑은 이내의 아름다움을 형상화하였다.

못 위에 가벼운 바람 솔솔 불어오니	池面輕風細細吹
맑은 향이 유달리 서늘한 밤공기와 잘 맞누나.	淸香偏與夜凉宜
천공이 다시금 밝은 달을 빌려주니	天公更借氷輪影
높은 잎과 활짝 핀 꽃에 달빛이 찬란하구나.	高葉繁花光陸離

이정귀의 〈애한정팔영. 박익경을 위해 짓다愛閑亭八詠. 爲朴益卿知謙作〉 중 '연꽃 핀 연못에 비친 달[荷塘夜月]'로 『월사집月沙集』에 전한다. 이정귀는 애한정과 그 주변의 경치를 직접 보지는 못했지만 박지겸이 명명한 팔경을 따라 시를 지었다. 박지겸은 시내에서 물을 끌어다가 정자 앞에 연못을 만들어 활짝 핀 연꽃과 뛰노는 물고기를 구경하는 것을 즐겼다. 밤에 못가를 거니는데 마침 솔솔 바람이 부니 연꽃의 맑은 향과 서늘한 밤공기가 더욱 어우러진다. 거기다 높이 솟은 연잎과 활짝 핀 꽃에 비친 달빛은 형용하기 어려울 만큼 찬란하고 아름답다.

석양이 홀연 동쪽으로 비끼니	夕陽忽東斜
높이 솟은 벼랑이 울긋불긋하구나.	峭壁生丹碧
유인의 바라봄이 다하지 않거늘	幽人看未闌
나그네 돌아갈 길 뭐가 그리 급한가.	行客歸何急

김지남金止男(1559~1631)의 〈애한정팔영愛閑亭八詠〉 중 '푸른 벼랑에 지는 낙조[蒼壁落照]'로 『용계유고龍溪遺稿』에 전한다. 김지남은 자가 자정子定이고 호는 용계龍溪이며 본관은 광산光山이다. 1627년 형조참의와 청풍

군수를 거쳐 1630년 예조참의가 되었다. 현재 애한정에 걸린 시판에는 용계龍溪가 남창南窓의 시에 차운한 것으로 되어 있다. 남창은 김현성金玄成(1542~1621)을 말한다. 명필名筆로 이이李珥·성혼成渾 등과 교유하였고, 권필權韠·김치金緻·김계휘金繼輝·이정귀李廷龜 등과 시를 수창하였다. 그리고 1603년 괴산군수가 되었다. 그의 문집『남창잡고南窓雜藁』에는 〈애한정팔영〉이 없고 현재 애한정에 시판이 걸려있다.

석양 녘 애한정에서 시내를 바라본다. 돌연 석양이 동쪽에 있는 푸른 절벽에 기우니 울긋불긋 어린 노을이 마치 단청을 입힌 것처럼 곱다. 보고 또 보아도 아름다운 모습에 주인은 넋을 놓고 한참 동안 바라본다. 그러할 진데 나그네가 서둘러 돌아갈 길을 재촉할 필요가 있겠는가.

여울에서 늙은이 낚시하지만	灘上釣魚翁
물이 차가워 고기가 잡히지 않네.	水寒魚不出
물고기 잡히지 않는다 한탄하지 마시게	魚不出莫嘆
반계에 옥이 있음을 알 것이니.	知有磻溪玉

이호민의 〈한한정팔영. 박익경을 위해 짓다閑閑亭八詠. 爲朴益卿賦之〉 중 '괴탄에서 낚시하다[槐灘釣魚]'로『오봉집五峯集』에 전한다. 위 시는 이호민이 1614년 소춘小春에 자신의 처소인 수와睡蝸에서 지은 것인데, 현재 애한정에 걸린 편액에는 〈애한정기〉라는 제목의 기문 뒤에 붙어 있다. '반계磻溪'는 강태공姜太公 여상呂尙이 낚시를 하였다는 위수渭水 물가이다. 그는 이곳에서 낚시질하다가 문왕文王을 처음 만나 사부師傅로 추대되었고, 뒤에 문왕의 아들인 무왕武王을 도와서 은나라를 멸망시키고 천하를 평정하였다. 시인은 '괴탄'을 '반계'로 치환하여 이곳에서 낚시하며 소일하는 박지겸에게 훗날 조정의 부름을 받고 중용될 날이 있을 것이니 현재의 처지를 너무 한탄하지 말라는 위로와 희망을 전한 것이다.

선조의 뜻을 계승하는 아름다움

현재 괴산 검승리에는 두 개의 애한정이 있다. 아래쪽에 있는 작은 건물은 초기의 것이고, 위쪽에 있는 정면 6칸 측면 2칸 반의 팔작지붕 목조 기와 건물은 후대에 중수한 것이다. 송시열이 1674년에 지은 〈애한정기愛閑亭記〉에 의하면, 1614년 처음 건립된 애한정은 1673년(현종 14)에 박지겸의 손자 박정준朴廷俊이 당시 군수 황세구黃世耈의 도움을 받아 새로 지어 1674년에 지금의 자리로 옮겼다. 애한정은 이때 옛 터를 고쳐 얽어 옛날에 비하여 규모를 더하였고 여러 인사들의 문과 시를 판에 써서 걸었다. 그 후로도 애한정은 여러 차례 중수하여 오늘의 모습을 갖추었다.

송시열은 기문에서, 오봉五峯과 월사月沙 등의 글과 시가 있고 빼어난 경치를 자랑하는 괴산의 오랜 명소인 애한정이 세월이 흘러 쇠퇴하고 무너지자 손자 박정준이 매양 조상의 유업을 계승하려는 뜻을 지녔으나 집안이 가난하고 힘이 미약하여 오랫동안 뜻을 이루지 못했다고 하였다. 그러던 것을 계축년(1673)에 황 군수가 그의 효성스러운 뜻을 위해 마침내 급료를 쪼개어 일을 이루었다는 것. 송시열의 〈계축일기癸丑日記〉에, 1673년 10월 11일에 그가 괴산에 이르자 군수 황세구가 와서 기다리고 있었다고 하였다. 송시열은 그날 괴산 역촌驛村에서 묵고 다음날 화양동에 들어갔는데, 아마도 그때 애한정과 관련한 일을 자세히 듣고 이듬해 기문을 써준 듯하다.

이처럼 송시열은 박지겸의 손자 박정준이 조상의 유업을 능히 지키고 그 뜻을 잃지 않았던 점을 높이 평가하였다. 결국 박정준의 긍구肯構의 뜻이 읍재로 하여금 그 뜻에 감동하여 일을 이루게 하였다는 것이다. 끝으로 송시열은, 일찍이 승지의 기막힌 경치에 있는 누관과 정사를 보면, 자손들이 먹고 살기 위해 팔아먹거나 퇴락되어도 돌보지 않아 한 유객으로 탄식할 뿐이었는데, 박정준이 능히 선조의 가르침을 지키고 그 도를 밝힌 즉 선조

중수 후 애한정 모습

의 뜻을 계승하는 아름다움은 정자 하나를 다시 새롭게 하는 것에 그치지 않는다고 하였다.

날아갈 듯 아득히 푸른 하늘에 솟은 정자	縹緲飛亭聳碧穹
올라보니 그 호기 무지개를 뚫을 만하네.	登臨豪氣太凌虹
언덕은 서로 얽혀 동남쪽이 활짝 트였고	邱原錯綜東南闊
강물은 부딪치며 위 아래로 통한다.	江漢澎磅上下通
월로의 시편 멀리까지 전하고	月老詩篇傳後遠
창옹의 한묵 지금도 공교하구나.	窓翁翰墨至今工
그대와 교분을 나누는 것도 즐거운 마당에	與君交誼懽娛地
내가 어진 군수의 서로 권면하는 공에 힘입는구나.	賴我賢侯勸相功

김득신(1604~1684)의 〈애한정운愛閑亭韻〉이다. 1674년 애한정을 새로 짓고 게판揭板까지 한 후에 지은 것이다. 수련首聯에서는 호쾌하게 우뚝 서 있는 애한정의 모습을, 함련頷聯에서는 동남쪽이 활짝 트여 아래로 흐르는 강물을 볼 수 있는 정자의 위치를, 경련頸聯에서는 월로月老와 창옹窓翁의 시판이 걸려있는 애한정의 내부 모습을 드러내었다. 월로는 월사 이정귀, 창옹은 남창 김현성이다. 김득신은 이때 애한정에서 가까운 곳에 취묵당醉默堂을 짓고 시주詩酒로 즐길 때인데, 박지겸의 손자 박정준과 가까이 지내며 교분을 나누었던 것으로 보인다.

정자 아래 맑은 못에 먼 하늘 비치고	亭下淸潭暎遠穹
나루터에 긴 무지개처럼 다리 그림자 드리웠네.	渡頭橋影偃脩虹
현성은 술에서 깨었다 다시 취하며	陶樽賢聖醒還醉
세상길 동서로 꿈에도 오가지 않는구나.	世路東西夢不通
성긴 비 내리는 외진 바위에서 낚시하다	疎雨斷磯隨釣伴
석양에 돌아가자 뱃사공을 부른다.	夕陽歸艇喚篙工

| 흰 갈매기와 더불어 오래도록 한가하게 지내니 | 白鷗長與閑無事 |
| 만년에 정양의 공이 많구나. | 暮歲唯多靜養功 |

박수검朴守儉(1629~1698)의 〈애한정. 백곡의 시에 차운하다愛閒亭. 次栢谷韻〉로 『임호집林湖集』에 전한다. 박수검은 자가 양백養伯이고 호가 만곡晚谷·임호林湖이며 본관은 의흥義興이다. 제천에서 태어나 어려서 조석윤趙錫胤·이영선李榮先에게 배웠고 1668년 40세에 송시열에게 수학하였다. 1672년 별시문과 병과에 합격 후 1682년 정천현감定川縣監이 되었고 1687년 7월 괴산군수가 되었다. 이후 1690년 의림지義林池에 퇴거하여 자호를 임호林湖라 하였다. 함련의 현성賢聖은 애한정의 주인 박지겸으로 그가 이곳 괴산에 은거한 후로는 꿈에서조차 세상 길을 오가지 않았음을 말한 것이다. 오직 박지겸이 이곳에서 한 일은, 성긴 비를 맞으며 외진 바위에 앉아 낚시를 하다가 석양 녘이 되어서야 집에 돌아가는 것. 이처럼 흰 갈매기와 벗하며 오래도록 일없이 한가하게 지내니 늘그막에 정양靜養의 공이 많다고 하였다. 정양靜養은 고요히 심성을 기르는 것을 말한다. 박지겸이 노년에 애한정에서 고요히 심성을 기르며 세상과 철저히 유리된 삶을 살았음을 강조하였다.

애한정 현판

암
서
재

화양동

괴산 시냇가 바위벼랑에 집을 짓다,
암서재巖棲齋

화양동으로 이주하여 계당을 짓다

　암서재巖棲齋는 괴산군 청천면 화양동에 있다. 화양천이 흐르는 이곳 화양계곡은 아름다운 숲과 빼어난 수석으로 예부터 사람들의 발길이 끊이지 않았다. 늦가을에 찾은 화양동은 다소 쓸쓸하지만 오히려 맑고 깨끗한 소쇄한 기운을 느낄 수 있어 좋다. 계곡을 따라 걷는 내내 마주하는 맑은 물과 기암괴석의 빼어난 모습은 이곳이 왜 명승으로 오랫동안 사람들에게 사랑받았는지 알 수 있게 한다.

　송시열은 그의 나이 60인 1666년(현종 7)부터 20년간 화양동에서 지냈다. 그가 만년에 군이 첩첩산중인 화양계곡에 들어와 살고자 한 것은 여러 가지 이유가 있을 것이다. 기본적으로 그가 속세를 벗어나 학문하며 은거하기를 좋아하는 기질을 가지고 있었다는 점과 우암의 처가가 청주이고 또 가까운 친척들이 화양동과 비교적 가까운 곳에 살고 있었다는 점도 고려될 수 있다. 그러나 그가 화양동 은거를 결심하고 또 실행에 옮긴 것은 이 무렵 더욱 심각해진 예송禮訟의 후유증과 이후로 계속된 붕당정치의 말기적 정치 상황과 무관하지 않다.

송시열이 화양동 입구에서 5리 정도 떨어진 침류정枕流亭에 우거한 것은 1666년 4월 2일이다. 현재 침류정 자리를 확인할 길은 없지만, 당시 가마소 강가에 있었던 침류정은 관찰사를 지낸 황서黃瑞(1514~1569)의 소유로 알려져 있다.

흐르는 물에 복사꽃 떠있고	流水桃花在
뽕밭과 삼밭엔 비와 이슬이 많구나.	桑麻雨露多
무량이라 전하는 마을 이름	俗傳無量號
무릉도원의 와전인가 한다.	知是武陵訛

송시열의 〈무량촌 사람에게 써서 주다書贈無量村人〉이다. 침류정이 자리 잡은 동네는 당시 무량無量이라 하였다. 마을 이름이 '무량'인 것에 대해 우암은 무릉도원武陵桃源의 와전인가 한다고 하였다. 신선이 산다는 별천지가 무릉도원인데, 그만큼 침류정이 있는 그곳의 경치가 빼어났던 것 같다. 지금 화양동에 들어가기 전 청천 무릉리 마을은 내를 사이에 두고 도원리와 거의 맞은편에 있는데, 옛날에는 한 마을로 '도원리 무량촌'이라 하였다. 일찍이 우암이 '무량리'는 '무릉리'의 잘못이라고 해서일까, 현재 원도원 마을회관 옆에 '무릉원武陵源'이라 새긴 표석이 있다.

지난날 소란스러운 곳에서	昔日煩囂地
외로이 살며 한이 매우 깊었지.	孤棲恨莫深
여기 온 뒤론 풍진도 이르지 않으니	玆來塵不到
어찌 찾아오는 손님이 있을까 보냐.	那見客相尋
계곡에선 새소리 들려오고	磵送林禽話
뜨락에는 나무 그늘 좋구나.	庭宜好木陰
글을 읽다가 정신이 피곤하면	看書神思倦
때로 시를 조용히 읊조린다오.	時復費幽吟

1666년 4월에 지은 〈침류정에서 부질없이 읊다枕流亭漫吟〉이다. 우암은 위 시에서 자신이 거처하는 도원리 무량촌 침류정은 세속의 먼지라고는 이르지 않고 찾아오는 손님도 없는 조용한 곳이라 하였다. 이따금 계곡에서 들려오는 새소리와 뜨락의 나무 그늘이 좋은 곳이다. 이런 곳에서 그는 경서를 읽거나 때론 시를 읊조린다. 마음에 맞는 곳에서 한가롭게 마음에 맞는 일을 하며 지내는 우암의 소소한 일상을 엿볼 수 있다.

1666년 4월부터 7월까지 침류정에 우거했던 송시열은 그해 8월 11일 화양동으로 이주하였다. 무릉보다 더 깊숙한 계곡으로 들어와 지금의 화양제2곡 운영담이 있는 곳에 '화양계당華陽溪堂'이라 불렸던 5칸짜리 초당을 지었다. 또한 초당의 동쪽에 세 칸 작은 서재를 짓고 수천 권의 책을 가져다 놓고는 조용히 독서에 전념하였다. 본격적으로 화양동 20년의 은거에 들어간 것이다.

계당에서 새벽에 일어나니 기운 차갑고	溪堂晨起氣凄凄
숲 안개 아지랑이 사방이 희미하네.	林靄山嵐四望迷
한가히 거문고와 책 대하여 앉았으니	悠然靜對琴書坐
종일토록 그윽한 새 날 향해 우짖는 듯.	盡日幽禽向我啼

〈홍원구의 시에 차운하다次洪元九韻〉로 계당에서의 한가로운 흥취를 노래하였다. 홍원구는 홍석기洪錫箕(1606~1680)로 청주의 대표적인 낭성팔현 중 한 사람이다. 미원면 계원리에 후운정後雲亭을 짓고 살면서 화양동에 있는 송시열과 교유하였다. 특히 우암이 유배가 있는 동안 화양동을 찾아 그의 서재를 살피는 등 매우 각별하였다.

바위 위에 암서재를 짓다

송시열은 화양계당에서 지낸 지 몇 년 후에 계당에서 북쪽으로 바위벼랑
이 펼쳐진 곳에 집을 짓는다. 이곳이 바로 바위 위 정사로 당시 북재北齋라
고도 하였던 암서재巖棲齋이다. 암서재가 있는 화양 4곡은 우암이 화양 산
수 중에서도 특히 아꼈던 곳이다. 권상하의 〈암서재중수기巖棲齋重修記〉에
우암이 암서재에서의 생활을 회고한 부분을 보면, 우암은 이곳을 선경 중
의 선경으로 꼽고 있다. 이렇듯 북재, 곧 지금의 암서재는 화양의 어느 곳
보다도 우암의 마음이 닿았던 곳이다.

시냇가 바위벼랑 열렸으니	溪邊石崖闢
그 사이에 집을 지었노라.	作室於其間
조용히 앉아 경서의 가르침 찾아	靜坐尋經訓
조금이라도 따르려 애쓴다네.	分寸欲躋攀

송시열의 〈화양동 바위 위 정사에서 읊다華陽洞巖上精舍吟〉로 1669년 12
월에 지은 것이다. 까마득한 바위벼랑 꼭대기에 우뚝 서 있는 암서재야말
로 화양동의 중심이라고 할 수 있다. 빼어난 풍광과 쉬 닿을 수 없는 거리
는 자연스럽게 그곳의 주인이었던 우암 송시열에 대한 경외감을 불러일으
킨다. 탁 트인 암서재에 앉아 조용히 경서를 읽는 우암의 모습을 쉽게 상상
할 수 있다.

친구가 심은 동쪽 울타리 국화	故人東籬菊
옮겨다 돌담 옆에 심었노라.	移來倚石墻
마을에 좋은 술 익거든	竚待村醪熟
가을 꽃잎 술잔에 가득 띄우리라.	秋英泛滿觴

암서재

송시열의 〈홍원구의 국화를 옮겨 심다移栽洪元九菊叢〉이다. 우암이 화양 동에 들어온 지 8년 뒤인 1674년에 홍석기와 화답한 것이다. 홍석기 또한 1672년 남원부사의 임기를 마치고 청주 검단산 아래 단계丹溪로 돌아와 있을 때이다. 친구에게서 국화를 얻어다 돌담 옆에 심고는 황국의 계절이 돌아오기를 기다린다. 벗과 마주 앉아 노란 국화 꽃잎을 술잔에 띄워 마시는 풍류를 즐기고자 함이다.

용양위 한산한 관직에서도 문장을 끌어안고	龍驤官冗擁文章
젊어서 백옥당을 하찮게 보았지.	少日平看白玉堂
지금은 돌아와 초가에 누웠으니	祇今歸臥茅簷下
검악의 구름 화양동에 접했구나.	黔嶽雲煙接華陽

송시열의 〈홍원구의 시에 차운하다次洪元九韻〉이다. 백옥당은 한림원의 별칭이다. 홍석기가 젊을 때 백옥당을 하찮게 볼 정도의 재주를 지녔다는 것과 한산한 벼슬살이 중에도 문장을 끌어안고 지냈음을 드러내었다. 그러다 지금은 고향으로 돌아와 있다는 것. 4구의 검악의 구름[黔嶽雲]은 검단산의 구름으로 홍석기를 말한다. 홍석기는 일찍이 미원 계원리 검단산 아래 고운대에 후운정後雲亭을 짓고 스스로 한 골짜기를 지키는 구름이라 한 바 있다. 후운정마을과 화양동은 그리 멀지 않다. 그리하여 검악의 구름이 화양에 접해 있다고 한 것이다. 이처럼 우암은 화양동에 터를 잡은 후 계당과 암서재를 오가며 학문에 전심하는 한편 가까운 벗과 시를 나누며 유유자적하였다.

비례부동, 다시 부르는 환장암가

송시열은 화양동주華陽洞主가 되어 화양동을 중화문명과 의리정신의 성지로 만들었다. 그것은 중화中華의 주역인 명나라가 이미 망해버린 상황에서, 이제는 인간의 가치와 도리를 존중하는 중화문명中華文明을 지켜낼 수 있는 유일한 나라는 우리 조선밖에 없다는 이른바 조선중화주의朝鮮中華主義 사상에서 비롯된 것이었다.

화양동에는 우암 송시열과 관련된 바위글씨가 여러 개 있다. 그 중 '비례부동非禮不動'은 화양 제5곡인 첨성대 아래 계곡 옆 바위에 있어 사람들 눈에 띄기 좋은 곳에 있다. 그런데도 별 관심을 두지 않는 사람이라면 보고도 그냥 지나칠 것이다. 이 '비례부동'은 명나라 의종毅宗의 어필이다. 1674년(현종 15)에 새긴 것으로, 화양동 바위글씨 중 가장 중요한 것이라고 할 수 있다. 이 '비례부동' 모각模刻 사업이야말로 송시열이 시대 이념으로 제시한 존주론尊周論의 핵심이라 할 수 있다. 여기서 '주周'로 표현되는 '중화中華'의 의미는 의리義理 또는 예禮를 내용으로 하는 문화적 개념이다. 이러한 예의 핵심을 화양동에 심음으로써 17세기 후반 유일한 중화문화의 계승자로서 조선 문화에 대한 자부심을 천명하고자 한 것이다.

1674년 4월 무렵 '비례부동'이 새겨진 바위 바로 옆에 작은 집을 지으려던 우암의 계획에 차질이 생긴 것은 바로 현종의 죽음이었다. 1674년 8월 현종이 죽자 우암은 상경한다. 12월에는 양사兩司의 논계論啓를 받고 파직되었고, 이듬해인 1675년 1월 덕원德源으로 유배된다. 6월에는 장기長鬐로 유배지가 옮겨지고 위리안치된다. 이러한 과정에서 환장암煥章菴이 지금의 채운사 자리에 세워지기까지의 사정을 알 수 있는 편지가 있다.

송시열의 〈홍원구에게 답하다 을묘년 9월 27일答洪元九 乙卯九月二十七日〉는 1675년 9월 27일, 우암이 장기 유배지에서 친구 홍석기에게 답장을 보낼 때 별지別紙로 보낸 것이다. 자기가 없는 때에 화양동 빈 골짝까지 와서 서실을 점검해 준 것에 대한 고마움을 표하며, 애초 비례부동 글씨 옆에 환장암을 세우려던 계획에 차질이 생겨 나중에 건너편 개울 능운대 옆에 옮

비례부동

겨 짓게 된 사실을 말하였다. 이로 보아 의종의 어필 원본을 보관하면서 바위글씨를 지키기 위해 창건한 환장암은 적어도 1675년 9월 전에 지금의 채운사 위치에 자리 잡았음을 알 수 있다.

그런데 우암이 사실 홍석기에게 편지를 보낸 뜻은 따로 있었다. 환장암을 세운 우암은 이참에 효종과 민정중의 뜻을 드러내 밝힐 글이 필요했던 것이다. 곧 존주尊周의 뜻이 담긴 시를 친구인 홍석기에게 부탁하며 소홀히 하지 말아달라 거듭 당부하였다.

명나라가 유묵에 있으니	大明在遺墨
명나라의 해와 달이 다시 밝은 듯하네.	日月如再晝
글자마다 소중하여 흰 구슬 같으니	字字重白璧
어찌하면 영구히 전할 수 있을까.	何以傳永久
(중략)	
비단 휘장은 오랜 뒤에 혹 해질지라도	錦帳久或弊
돌에 새긴 것은 오래도록 썩지 않으리.	石刻長不朽
명나라는 망했어도 오히려 망하지 아니하였으니	明亡猶未亡
하늘에 계신 혼령이 반드시 보우하리라.	在天靈必祐

홍석기의 〈환장암행煥章庵行〉으로 71운의 오언장편시다. 우암은 일생 절의를 숭상하며 춘추의리를 강조하였다. 사실상 명나라는 의종의 죽음(1644)과 함께 끝이 났지만, 대의大義를 세우고자 하는 우암에게 친명배청親明排淸의 의리는 당연한 것이었는지 모른다. 더구나 명明은 임진왜란 때 우리나라를 다시 세운 은혜가 있으니 마땅히 군신의 의리를 지켜야 한다는 것이다. 이런 생각으로 똘똘 뭉친 그에게 명나라의 마지막 황제인 의종의 어필의 의미는 각별했던 것이다. 사라진 명나라가 다시 살아온 것이었다고나 할까? 더구나 의종은 나라가 망하면 임금이 죽는, '국망군사지의國亡君死之義'를 세운 황제가 아닌가. 그래서 우암은 민정중으로부터 어필을 받고는

여러 해 그와 함께 어떻게 하면 영구히 전할 수 있을까를 생각했던 것이다.

홍석기의 위 시를 받고 우암은 이에 차운하는 시를 지었다. 〈후운옹의 환장암 칠십일운에 차운하다次後雲翁煥章菴七十一韻〉가 그것이다. 우암은 이 시에서, "나라가 망하면 임금이 죽는 것은 고금에 말뿐이었는데, 우리 황제 홀로 이 일 판단했으니 천지가 무너져도 썩지 않으리.國亡君死之, 古今徒騰口, 吾皇獨辨此, 天壤壞不朽"라고 하여 의종의 죽음이야말로 바른 도리 곧 예를 실천한 것이요 비례부동의 정신을 현실에서 구현한 것이라고 하였다. 그야말로 예의禮義의 마지막 실천자인 의종에 대한 추앙인 것이다.

홍석기는 다시 칠언으로 〈환장암가煥章菴歌〉를 지었다. 여기서도 그는 임란 때 신종이 우리나라를 도와준 것에 감사하며 아울러 명나라를 높였고, 그런 명나라가 의종에 이르러 망하였음을 애석해하였다. 이어 민정중이 의종의 어필을 받들고 온 큰 뜻을 기리며, 우암과 민정중이 바위에 새긴 것을 조화옹이 번개와 우레를 시켜 가져갈까 걱정을 하였다. 이어 환장암을 세워 지키는 뜻과 이것으로 효종이 품었던 뜻에 조금이나마 보답하는 의미를 부각하였다.

우리 동방 특별한 은혜 입었으니	我東偏深恩渥被
불공대천 이 원수 어찌 잊을까.	一天讐恥何能忘
효종대왕은 더구나 하늘이 내신 분	孝宗大王矧天縱
하늘의 순리 사람의 윤리 늘 주장하셨네.	天理民彛常主張
노봉과 가장 어수지계 있었으나	老峰最有魚水契
큰 의리 펴지 못하고 승하하셨으니	大義未伸弓履藏
노봉은 죽으려 했으나 죽지 못하고	老峰欲死猶未死
두 눈에 피눈물만 흘러내렸네.	兩眼血淚流尋常
지난 해 사신으로 연경에 이르니	頃年奉使至燕都
참담한 심정 무엇으로 흥망을 조문할까.	慘怛何心弔興亡
다행히도 황제께서 남기신 필적 얻으니	幸得先皇遺筆蹟

하늘 향기 젖어 있고 봉황새 나는 듯.	天香猶襲鸞鳳翔
돌아와 화양동 바위에 새기고	歸來刻石華陽洞
호위를 삼승의 중들에게 부탁했네.	衛護付與三乘行
효종의 영령도 여기에 내리실 것이니	孝考於玆想陟降
유명이 다르므로 감동 없다 말지어다.	勿謂幽明徒杳茫

우암의 〈후운옹의 환장암가에 차운하다次後雲翁煥章菴歌〉로, 다시 홍석기의 〈환장암가〉에 차운한 것이다. 우암은 홍석기의 시가 하나하나 모두 명나라를 높였다고 하여 우선 '존주尊周' 곧 '존명尊明'에 그 의미를 두었다. 그런 다음 효종에 대해서는 '효종대왕은 더구나 하늘이 내신 분, 하늘의 순리 사람의 윤리 늘 주장하셨네.'라고 하였다. 그러니 효종의 평소 뜻은 '하늘의 순리와 사람의 윤리' 곧 '천리민이天理民彝'로 집약된다고 할 수 있다. 그런데 그 큰 뜻을 펴지 못하고 죽자 효종과 가장 어수지계魚水之契가 있었던 노봉 민정중이 그 뜻을 받들어 연경에서 황제의 필적을 구해 온 것에 대해 얘기하면서, 이 어필을 화양동에 새기고 환장암의 스님들에게 지키게 한 사연을 노래한 것이다.

이렇듯 송시열과 홍석기는 시를 주고받으며 화양동에 '비례부동'을 새기고 환장암을 지은 뜻을 노래하였다. 요컨대 송시열의 환장암 건립은 단순히 사대事大·모화慕華의 뜻으로 그저 명 황제를 모시기 위한 목적으로 이루어진 것이 아니다. 송시열이 숭정어필崇禎御筆을 봉안한 환장암을 세운 것은, 비례부동非禮不動으로 집약되는 유학의 가르침을 실천한 인물인 의종의 의리론義理論을 계승하려 한 것이었다.

한편 우암은 홍석기의 시에 만족하지 못하고 1676년 7월, 가장 아끼던 후배인 문곡文谷 김수항金壽恒(1629~1689)에게 편지를 보낸다. 우암의 편지를 받고 김수항은 운을 달리하여 7언 장편의 시를 지어 보냈다.

원통한 새 밤새 울고 돌은 갈라지려 하고	冤禽夜啼石欲裂
난정에 이르지 못한 물 또한 목메 우네.	不到蘭亭水亦咽
사해를 돌아보니 위아래가 거꾸로 되었지만	回看四海倒冠屨
대명의 하늘땅이 오로지 이 골짜기에 있어라.	大明乾坤一洞府
존주의 깊은 뜻 여기에 붙이고	尊周微意寓於斯
일심으로 끝없이 염려하는 것 누가 다시 알리.	一心炯炯誰復知
오직 천수산 꼭대기의 달이	唯應天壽山頭月
외로운 신하의 가슴 가득 고인 피를 비추네.	照見孤臣滿腔血

김수항의 〈위우재기제환장암爲尤齋寄題煥章菴〉의 끝부분이다. 김수항은 의종의 죽음과 그가 남긴 '비례부동' 네 글자가 당 태종의 소릉昭陵에 함께 순장되어 끝내 얻을 수 없었던 왕희지의 난정진적蘭亭眞跡처럼 되어버리거나 또는 오랑캐들에게 더럽혀질 위기에 놓였던 저간의 사정을 말하였다. 이어 민정중이 중국에 가서 의종의 어필을 구해와 송시열에게 보이고, 송시열이 고심 끝에 화양동 석벽에 새기고 환장암을 지어 스님들에게 지키게 하였다는 것, 그러자 상서로운 구름이 그 둘레를 두르고 아름다운 무지개 어리며 골짜기의 귀신들도 함께 지켰다고 하였다. 마지막으로 이 큰 사업의 의미를 드러내었다.

한편 '비례부동' 글씨 옆에 있는 '대명천지大明天地 숭정일월崇禎日月'은 송시열의 글씨이다. 이 여덟 자는 우암이 일찍이 어떤 사람에게 써 준 것인데, 이 산중에 삼가 새기는 것이 마땅하다고 여겨 우암의 제자인 권상하가 새긴 것이다. 그리고 '옥조빙호玉藻氷壺'는 명나라 신종神宗의 어필로 1717년(숙종 43) 윤양래尹陽來가 받들어 온 것을 모본摸本하여 권상하가 이를 다시 '비례부동' 좌측에 새겼다고 하는데 지금은 찾아볼 수 없다. 현재 '비례부동' 옆에 장방형의 홈이 있는데, 위치상으로 보아 그 속에 들어있었을 가능성이 크다. 대체 '옥조빙호'는 어디로 사라진 것일까?

화양구곡과 화양구곡시

우암은 화양동에 머물며 늘 무이정사武夷精舍에 은거하였던 주자를 앙모仰慕하였다. 그리고 주자가 그랬던 것처럼 우암도 화양동에 정사를 짓고 강학과 저술에 힘을 쏟았다. 송시열의 제자들은 이러한 스승 송시열을 주자에 견주어 사모하였고 또한 스승이 머물던 공간인 화양동을 주자가 은거하던 무이구곡武夷九曲에 비의比擬하여 화양구곡華陽九曲이라 하였다.

화양구곡은 우암의 수제자인 권상하權尙夏(1641~1721)가 이름을 정하고 민진원閔鎭遠(1664~1736)의 글씨로 바위에 새겼다. 화양동 입구에서부터 상류 쪽으로 경천벽擎天壁·운영담雲影潭·읍궁암泣弓巖·금사담金沙潭·첨성대瞻星臺·능운대凌雲臺·와룡암臥龍巖·학소대鶴巢臺·파천巴串이 그것이다. 제1곡 경천벽에서 제9곡 파천까지의 거리는 10리가 조금 넘는데, 울창한 숲과 기암괴석 그리고 반석 위로 흐르는 맑은 물이 장관이다.

> 물은 청룡처럼 흐르고　　　　水作靑龍去
> 사람은 푸른 벼랑으로 다닌다.　人從翠壁行
> 무이산 천년 전의 일이　　　　武夷千載事
> 오늘도 이처럼 분명하여라.　　今日此分明

송시열의 〈파곡巴谷〉으로 1686년 3월에 지은 것이다. 파곡巴谷은 파천巴串·파곶巴串·파수巴水·파계巴溪로도 불리는 화양구곡의 마지막 절경이다. 계곡의 물이 반석 위를 '파巴'자 모양으로 굽이쳐 흐른다고 하여 붙여진 이름이라고도 하는데, 우암은 벼랑 밑을 흐르는 계곡의 물이 마치 청룡이 움직이는 것 같다고 하였다. 그런데 시에서 보듯 우암은 파곡의 아름다움과 함께 무이계곡에 은거한 주자의 일을 회고하고 있다. 이처럼 우암에게 화양동은 산수 자체의 아름다움보다는 주자를 앙모하는 공간으로 인식되고 있다.

송시열은 〈파곡 수창시 뒤에 쓰다書巴谷酬唱詩後〉에서, 병인년(1686) 늦은 봄에 권치도權致道와 화양에 모여 주자의 글을 교감하였는데, 생질 이자소李子邵·민사앙閔士昻·이동보李同甫와 손자 송주석宋疇錫 등이 선후로 와서 일을 도왔다고 하였다. 권치도는 권상하이고 이자소는 이덕로李德老이다. 민사앙은 당시 진천에 살던 민태중閔泰重이고 이동보는 당시 진천현감 이희조李喜朝이다. 이때 이희조가 속리산행을 제안했고, 드디어 앞장서서 출발하였더니 민태중 등 문인 10여 명이 뒤를 따라나섰다고 하였다. 이어 처음 떠날 적에 한 사람이 즐거운 행각行脚에 시가 빠질 수 없다며 함께 시를 지어서 기념하자고 하자 모두 좋다고 하였다고 회고한 바 있다. 그때 송시열은 등창 때문에 속리산에는 가지 못하고 공림사에서 다시 화양동으로 돌아갔는데, 위 시는 바로 환장암에서 출발하여 파곡에 머물 때 지은 것이다.

학이 깃든 지 얼마나 되었을까	鶴巢問何年
지금은 오히려 대만 남아 있네.	祇今猶有臺
신선을 볼 수 없으니	神仙不可見
서글픔에 부질없이 서성이네.	怊悵空徘徊
어찌하면 안기생을 만나	安得安期生
한번 장수의 비결을 물어볼까.	一問長年術
오래 살아 무엇을 하려는가	長年欲奚爲
오랑캐 소굴을 소탕하려 함이네.	願掃犬羊窟

임상주任相周(1710~1791)가 지은 〈학소대鶴巢臺〉이다. 제7곡 와룡암을 지나 계곡을 따라 조금 더 오르면 시내 건너편에 높이 솟은 바위가 있는데, 이것이 제8곡 학소대이다. 학이 깃들었다는 전설이 있다. 최근 다리 공사로 인해 가까이 갈 수 없어 조금 떨어져서 바라볼 수밖에 없었지만, 우뚝한 바위벽과 그곳에 기대 자란 소나무의 모습이 장관이다. 첫 번째 시에서 임

파천

상주는, 학소대에서 천년을 산다는 학을 만날 수도 신선을 볼 수도 없어 서글퍼하며 부질없이 서성인다고 하였다. 두 번째 시에서는, 안기생安期生을 만나 수명 늘릴 비결을 묻고자 한다. 안기생은 전국시대 말경 저명한 유의游醫다. 그의 나이는 잘 알려지지 않아 사람들은 그를 천세공千歲公이라고 불렀다. 그런데 임상주가 안기생을 만나고자 한 것은 불로장생을 위한 것이 아니라 오랑캐 소굴을 소탕하려는 것에 있었다. 이러한 임상주의 뜻은 바로 화양동주 송시열의 북벌 의지와 의리 정신을 계승하고자 한 것이다.

학소대

식
파
정

亭

식파정 전경

진천 물결의 쉼에서 깨닫다,
식파정息波亭

사람과 땅이 서로 얻는 것은 우연이 아니다

　진천군 진천읍 건송리 백곡저수지 변 나지막한 봉우리에 식파정息波亭이 있다. 이 정자는 상산처사常山處士 이득곤李得坤(1587~?)이 1616년(광해군 8) 두건리 앞 냇가에 지은 것인데, 1983년 백곡저수지 확장으로 마을이 수몰되자 현재 위치로 옮긴 것이다. 애초 식파정이 있었던 두건동斗建洞은 도원桃源이라 불릴 정도로 풍광이 빼어난 곳이었다. 이득곤은 이곳에 두건당斗建堂과 식파정을 짓고 학문에 전심하며 소요하였다.

　예로부터 현인과 군자는 천하 사물에 있어 좋아하는 바가 없다. 오직 산수의 승경과 천석의 아름다움을 좋아할 뿐이다. 좋아하는 것이 지극하면 그것을 구하러 두루 다니는 까닭에 반드시 땅을 얻어 정사精舍나 암정庵亭을 짓는다. 주자의 무이武夷 율곡의 석담石潭 우암의 화양華陽이 그렇고, 이득곤의 두건斗建 또한 그러하다. 한편 사람과 땅이 서로 얻는 것은 우연이 아니라고 하였다. 그 땅을 보면 가히 그 사람을 알 것이고 그 사람을 보면 또한 가히 그 땅을 알 것이라는 것이다.

　이득곤은 양성이씨陽城李氏 이시중파二侍中派의 파조 이인부李仁富의 9

세손으로 자는 덕후德厚이다. 광해군 때 혼탁한 정쟁을 멀리하고 산림에 은거하여 학문에 정진하며 인근의 여러 학자들과 어울렸다. 사람들은 그를 상산의 참된 처사요 혼탁한 세상의 아름다운 군자라 하였는데, 최명길崔鳴吉·채익선蔡翊先·채진형蔡震亨과 도의로 교제하였다.

이득곤에게 있어 인연의 땅인 두건동은, 중국의 장강 가운데 있는 백로주白鷺洲와 장강 삼협三峽의 하나로 일컬어진 황우협黃牛峽에 양보할 수 없을 만큼 풍광이 빼어난 곳이다. 1671년 청명淸明에 정유수鄭惟壽가 지은 〈긍구당 선조의 두건당 서문 뒤에 추가로 쓰다追題肯構堂先祖斗建堂序後〉에 의하면, 푸른 소나무와 대나무가 좌우에 빽빽이 서 있고, 벽도碧桃와 붉은 살구꽃이 앞뒤로 활짝 피어 있는, 그야말로 무릉도원과 같은 곳이다. 특히 두건동이 갖고 있는 여덟 가지 아름다운 풍광은 백로주나 황우협에는 없는 것으로, '봉령의 아침 구름鳳嶺朝雲, 노성의 저녁 구름弩城暮雲, 용추의 가랑비龍湫細雨, 명동의 폭포수明洞飛泉, 독수리 벼랑의 붉은 노을鷲崖丹霞, 모래톱의 푸른 물결沙汀綠波, 나곡의 약초 캐는 노래蘿谷採歌, 모암의 어부의 피리소리帽巖漁笛'가 그것이다.

두건동에 두건당과 식파정을 짓고 살다

물가의 새와 숲의 짐승들이 스스로 날고 울며 봄꽃과 가을 잎이 스스로 피고 지는 두건동, 언덕의 지초와 물가의 여뀌가 빛나고 암대巖臺와 석탑石榻이 기이하고 괴이한 두건동, 맑은 바람과 밝은 달 가벼운 구름과 담박한 연기가 이르는 두건동은 오랫동안 주인이 없었다. 그런데 무슨 인연인지 이득곤은 돈으로 살 수 없고 힘으로 다툴 수도 없는 이 좋은 경치의 주인이 되어 이곳에 몇 칸 초당을 지었다. 또한 맑은 시냇가에 정자를 지어 사계절 두건동의 아름다운 경치를 즐겨 감상하였다.

이득곤은 이곳 두건당斗建堂에서의 삶을 오롯이 즐겼다. 앞 시내에 비치는 달빛에 외로운 소나무 어루만지며 머뭇거렸고, 북창에 맑은 바람 불 때면 좌우의 금서琴書를 즐겼다. 꽃 피는 봄에는 술동이에 술을 가득 채웠고, 국화 피는 가을에는 술병을 끌어당겨 자작하였다. 또한 시냇가 모래에 노을이 질 때면 푸른 물결에 낚싯대 드리웠고, 때론 구름을 헤치고 약초를 캐며 한가히 소요하며 시를 읊었다. 이 모든 것이 주인 이득곤의 정취고 취흥이며 유유자적 세상을 잊음이었다.

초당의 깨끗함이 시내의 맑음을 누르니	草堂瀟洒壓溪淸
속세와 정을 끊고 두건동에서 고요히 사네.	斗建幽居絶世情
천석에 살겠노라 다짐 둔 참된 즐거움이 있는 곳	川石有盟眞樂所
공명에 뜻이 없으니 다시 무엇을 계획할까.	功名無意更何營
지난 밤비 머금은 복사꽃 붉게 단장하고	桃舍宿雨紅粧濕
아침 연기 떨친 버들에 옥대가 가볍구나.	柳拂朝烟玉帶輕
삼라만상이 취한 눈에 들어오니	萬象森羅來醉眼
붓 끝에 시흥이 이는 것을 금할 길 없네.	不禁詩興筆頭生

이강李崗(1582~1643)의 작품이다. 이강은 양성이씨 군사공파郡事公派의 파조 이수림李守林의 8세손으로 이득곤에게는 일가 어른이 된다. 부친은 음죽현감陰竹縣監을 지낸 이정영李廷英(1545~1627)이다. 1615년 형 이립李岦(1566~1635)과 동방同榜 급제하였다. 위 시는 봄날 두건당의 모습을 노래한 것이다. 이강이 두건당에 들렀다. 초당의 맑고 깨끗함이 시내의 맑음을 압도한다. 이곳에서 공명도 아랑곳없이 옥대玉帶를 가볍게 여기며 사는 주인을 만났다. 그와 함께 술잔을 기울이며 천석에 사는 즐거움을 나누자니 시흥詩興이 일어 그냥 있을 수 없다는 것.

계산과 인물이 한가지로 맑아   溪山人物一般清
혼연히 합하니 두 가지가 아름답구나.   端合欣欣兩美情
먼 옛적부터 숨기고 아껴둔 곳 이제 주인 있으니   千古秘慳今有主
백년의 안락에 다시 경영할 것이 없네.   百年安樂更無營
맑은 가을날 누대에 거문고와 노래 소리 평온하고   秋晴臺榭琴歌穩
좋은 봄날 숲의 정자에 발걸음 가볍구나.   春好林亭杖屨輕
반쪽 나눠준다면 내 이사하여 살고 싶으나   我欲移居分一半
쇠약하고 병들어 남은 생이 얼마 안 되니 어찌하나. 奈如衰病少餘生

　채진형蔡震亨(1579~1659)의 작품으로 『순당집蓴堂集』에 전한다. 채진형은 자가 형지亨之이고 호는 순당蓴塘이며 본관은 평강平康이다. 중서문하평장사中書門下平章事 채송년蔡松年의 아들 채화蔡華의 후손으로, 1609(광해군 1)년 생원진사시에 합격하였으나 광해군의 폭정에 벼슬할 뜻이 없어 진천 몽촌夢村에 은거하였다. 제목은 〈거듭 차운하다重次〉로, 〈이덕후의 계당에서 벽 위의 시에 차운하다次李德厚溪堂壁上韻〉에 이어 지은 것이다. 오래 전부터 숨기고 아껴둔 두건동의 주인이 된 이득곤이 식파정을 짓고 안락하게 살고 있으니 다시금 경영할 것이 없다는 것이다. 채진형은 애써 명리를 구하지 않는 이득곤의 마음을 누구보다도 이해하는 사람이었다. 그가 이미 그런 삶을 살고 있었으니 말이다.

중양절에 식파정에서 시회를 열다

　일찍이 산림에 즐거움이 있어 두건동에 정자를 짓고 '식파息波'라 명명한 이득곤은, 이곳을 도를 논하고 예를 강하는 곳으로 삼으며 자신의 호 또한 '식파정息波亭'이라 하였다. 애초 식파정이 들어선 두건동은 무릉도원의 절경을 연상하게 할 만큼 그 경관이 뛰어나 인근의 학자와 시인 묵객들의 발길이 끊이지 않았다.

식파정 현판

고요하고 경치 맑은 별천지에서	別區寥寂景光淸
은자의 무르익은 정을 보네.	可見幽人爛熳情
물고기와 새는 이제 오랜 친구가 되었고	魚鳥卽今爲故舊
바위 누대는 따로 경영하지 않아도 되네.	巖臺曾不費經營
섬돌 가 붉고 흰 복사꽃 어여쁜데	陛邊紅白桃花嫩
취한 속 영락의 세상 일 가볍구나.	醉裡榮枯世事輕
계당에서 모시는 멋진 모임 얼마나 다행인가	何幸溪堂陪勝會
의대에서 광채가 발할 것을 이미 알겠네.	已知衣帶粲輝生

정혁鄭爀(1590~?)이 지은 것이다. 정혁은 율봉찰방栗峯察訪을 지낸 정봉남鄭鳳男의 아들로 호는 긍구당肯構堂이며 본관은 경주慶州이다. 정유수의 조부로 당시 진천에 살았다. 1645년 가을, 이득곤은 중양절을 맞아 최명길을 비롯하여 평소 교분을 나누는 이들을 초청해 이곳 두건당 식파정에서 시회를 열기로 계획하고 미리 알렸다. 그런데 어찌 된 일인지 정혁은 그날 모임에 함께 하지 못할 사정이 생긴 모양이다. 그는 〈두건당서斗建堂序〉와 〈식파정기息波亭記〉를 모두 지을 만큼 누구보다도 이득곤과는 각별한 사이다. 그렇기에 시 한 수로 중구일重九日의 멋진 모임을 미리 축하한 것이다.

마침 중양절을 맞이하여	趁得重陽節
처사의 집을 찾았네.	來尋處士家
첩첩이 싸인 봉우리에 단풍이 환하고	疊巒明赤葉
기울어진 돌 사이에는 국화로다.	欹石間黃花
그물을 거두니 잡힌 고기 날뛰고	網聚銀鱗急
매가 나니 고운 날개 비끼었네.	鷹翻錦翼斜
가는 길 재촉할 일 없으니	未須催去路
날씨 정녕 화창하구나.	風日正姸和

息波亭記

李得坤子德 學宣祖
丁亥生陽城人高麗
重大匡陽城君秀匡十三
六世孫石灘公守邦十
一世孫進士夢吉之于
也天性純粹傳修念齊為己經
能通賢從事曾有山林之任
禮義為達念齊榮己任
門人卜曰斗建靈區日建
一亭名曰息波亭興
樂乃求聞達興風
不求聞達佳佳與堂
禮義優遊於此世人稱
定波息之意味只是論道興
道義交遊之意也只論道興與風
諸賢常山遊於此世人稱堂
之曰鄭斯文處士云

撰記

정혁의 〈식파정기〉

風流賢相國
紅到野人家
香染經霜花
息傳波泛海倦
朝嶂登臨雲斜
赤崖轉麗華俊
溪山 先

典籍蔡詡

채익선의 〈식파정〉

최명길崔鳴吉(1586~1647)이 지은 〈식파정에 쓰다題息波亭〉로 『지천집遲川集』에 전한다. 최명길은 1642년 영의정에 복직했으나 이듬해인 1643년 조선이 명나라와 내통하였다는 사실과 관련되어 심양瀋陽에 잡혀가 2년간 억류되었다가 60세인 1645년 2월 소현세자·봉림대군과 함께 풀려나 귀국하였다. 그 후 청주로 돌아와 진천 집에서 지내고 있었기에, 이때 이득곤의 초청을 받고 식파정을 찾은 것이다. 봉우리마다 붉은 단풍이 한창이고 돌 사이에 황국도 아름답다. 마침 이날 날씨가 봄날처럼 따뜻하니 서둘러 가는 길 재촉할 필요도 없다. 마음에 맞는 이곳에서 좀 더 머물고 싶다는 것일 게다. 위 시는 『식파정시문집息波亭詩文集』에도 있는데, 시 끝에 "청계 중양에 최 상국이 계당에 임하여 우연히 읊다青鷄重陽, 崔相國來臨溪堂偶吟"라고 하였다. 청계青鷄는 해의 간지를 달리 표현한 것으로 을유년乙酉年을 말하니, 1645년 중양절에 식파정에서 지은 것임을 알 수 있다.

풍류를 즐기는 어진 상국께서	風流賢相國
야인의 집에 행차하셨네.	行到野人家
붉게 물든 것은 서리 맞은 단풍잎이요	紅染經霜葉
향을 전하는 것은 술잔에 떠있는 꽃잎이라.	香傳泛酒花
물결이 쉬었다 가니 바다로 가는 것 더디고	息波歸海倦
아침을 맞은 산봉우리엔 구름이 비끼었구나.	朝嶂入雲斜
붉은 비단 가죽 신 신고 정자에 오르시니	赤舄登臨後
시내와 산이 더욱 화려하다네.	鷄山轉麗華

채익선蔡翊先(1588~1650)의 작품이다. 채익선은 채정蔡楨의 후손으로 개명 전 이름은 계선繼先이다. 1615년(광해군 7) 문과에 급제 후 성균관 전적成均館典籍을 지냈다. 외조부는 이강의 백부伯父 이정수李廷秀(1543~1616)로, 채익선의 부친 찰방 채원준蔡元峻이 이정수의 맏사위다. 이처럼 진천의

양성이씨와 평강채씨는 혼인으로 더욱 가까웠다. 위 시는 전체적으로 중양
절을 맞아 식파정과 그 주변의 풍광을 그리며, 특히 이날 모임을 더욱 풍성
하고 화려하게 해준 최명길의 방문에 큰 의미를 두었다

짚신 신고 연회에 참석하니	芒鞋參宴集
누가 산촌의 집을 알았으리.	誰識白山家
늦은 절기 그윽한 날에 찾으니	節晚尋幽日
시원한 바람 불고 섬돌엔 꽃이 가득하구나.	風飄滿砌花
홍대 띠고 앉아 자리에 함께 하니	席聯紅帶坐
술잔에 흰 머리 비끼어 비치는데	杯映白頭斜
하늘이 궂은비를 거두니	天遣收陰雨
점점 경치가 화창하네.	漸看景色和

이삼준李三俊(1585~1659)이 지은 것이다. 이삼준은 자가 덕부德孚이
고 본관은 전주全州로 청주에 살았다. 1635년 문과 급제 후 참봉과 시정
寺正에 이어 청주 신항서원莘巷書院의 원장을 역임하였다. 이득윤李得胤
(1553~1630)의 제자로 최명길과는 같은 스승을 모신 동문이다. 그 또한 이
날 식파정을 찾아 두 편의 시를 남겼는데 그 중 두 번째 시로, 시회에 동석
하여 어느새 부쩍 늙어버린 벗을 만나 오랜만에 회포를 푸는 모습을 드러
내었다.

식파, 명리를 탐하는 마음을 없애고 사는 즐거움

그윽하게 살고자 한적한 곳 가려 지으니	卜築幽居靜散中
사람들이 그 옛날 하황공인가 의심하네.	人疑千古夏黃公
이제 와 두건동 풍광의 아름다움을 보니	今觀斗建風光美

정녕 도원의 취향과 한가지구나.	正與桃源趣味同
흰 구름 깊이 잠긴 곳에	白雲深鎖處
은자의 집이 있네.	高築逸民家
올해도 가을 잎 붉게 물들고	赤梁今秋葉
예전처럼 국화도 노랗게 피었구나.	黃開舊菊花
맑은 물속에 산 그림자가 비치고	鏡中山影倒
처마 밖에 실버들 드리운 곳.	簷外柳絲斜
한 곡조 노래 소리에 술을 마시니	一曲歌樽酒
이내 가슴이 화평해지네.	胸襟動太和

김득신金得臣(1604~1684)의 작품이다. 그가 청주 도정당桃汀堂에 머물던 1652년 7월, 식파정을 보기 위해 두건동을 찾았을 때 지은 것이다. 이에 앞서 7월 초순, 이득곤은 인편을 통해 김득신에게 식파정의 서문을 써줄 것을 부탁하였다. 이때 이득곤의 편지 심부름을 한 사람으로부터 식파정의 형승이 목천木川의 복구정伏龜亭보다 뛰어나다는 말을 듣고는 곧바로 식파정을 찾았다. 첫 번째 시에서는, 말로만 듣던 두건동의 풍광이 과연 도원과 한가지라며, 이곳의 주인 이득곤을 사람들이 하황공夏黃公인가 의심한다고 하였다. 하황공은 진나라 말기에 폭정을 피해 상산商山에 숨어 살았던 상산사호商山四皓 중 한 사람이다. 두 번째 시는, 1645년 중양일 시회의 운자를 써서, 가을 잎 붉게 물들고 노란 국화 흐드러진 식파정의 모습을 그렸다.

김득신은 식파정에 다녀간 지 1년 후인 1653년 7월 하순에 〈식파정의 서문息波亭序〉을 지어주었다. 서문에서 그는, "정자에 올라 난간에 기대어 보노라니, 문짝까지 드리운 산이며 산굴에서 피어나는 구름이며 무성하게 우거진 귀한 나무며 짙푸르게 빽빽이 늘어선 아름다운 대숲이 눈에 들어왔고, 모래밭 물새 소리와 솔바람 소리도 귀에 들어왔다. 난간 너머 긴 내는 빙 둘러 펼쳐졌는데 너무 맑아서 마치 잘 닦아놓은 거울과 같았으며, 평평하게 흘러서 비단을 펼쳐놓은 듯하였다. 그것을 보고 있으니 흐르지 않는 것 같았고 물빛도 움직이지 않아 물결이 쉬는 것을 알 수 있었고, 들어보니 소리가 없고 물결이 일지 않아 역시 물결이 쉬는 것을 알 수 있었다."라고 하였다. 이렇듯 식파정에 올라 직접 주변을 둘러본 김득신은, 이득곤이 굳이 '식파息波'로 정자의 이름을 지은 까닭을 알게 되었다고 하였다. 그 이유는 바로, 스스로 명리를 탐하는 마음을 없애고 사는 즐거움을 이 물결의 쉼에서 깨닫고 그것을 홀로 즐겨서라는 것이다.

한 굽이 시내와 산이 수려한 곳에	一曲溪山勝
세 칸 처사의 집이 있네.	三間處士家
벼랑에는 붉은 철쭉 가득하고	滿崖紅躑躅
난간 앞에는 벽도화 피었구나.	當檻碧桃花
울타리 곁으로 맑은 물이 흐르고	籬畔淸流轉
문 앞에 비스듬히 오솔길이 있는 곳.	門前細逕斜
그대가 한적한 곳의 주인이 되어	知君閑作主
머리 돌려 도성을 비웃는다는 것을 아네.	回首哂東華

채진형의 작품이다. 〈이덕후의 계당에서 벽 위의 시에 차운하다李德厚得坤溪堂, 次壁上韻〉로 『순당집蓴堂集』에 전한다. 벼랑에 핀 붉은 철쭉과 난간 앞의 벽도화, 울타리 곁으로 흐르는 맑은 물과 문 앞으로 난 오솔길 등 마치 그림 같은 식파정의 봄날 풍광을 그렸다. 한편 이 같은 한적한 곳의 주인이 되어 도성을 비웃는 평소 이득곤의 삶의 태도에 대해 이야기하였다. '동화東華'는 송나라 궁성의 동쪽 문 이름이다. 관원들이 조정의 회의에 들어갈 때 이 문을 사용했으므로 조정 또는 도성의 뜻으로 쓰인다. '동화를 비웃는다.'는 것은 도성의 번화함이나 그곳에서의 벼슬살이를 부러워하지 않는다는 말이다.

우리 고을 십리에 있는 특별한 이 정자	吾鄉十里特斯亭
몇 해나 되었냐고 서로 물어 전하네.	自始相傳問幾齡
물은 동강이요 기풍은 율리로	水是桐江風栗里
이 사이 맑은 기운 있어 영묘한 땅을 얻었구나.	此間淑氣得基靈

　신정희申正熙(1833~1895)의 작품이다. 신정희는 자가 중원中元이고 호는
향농香農이며 본관은 평산平山이다. 조선후기 무신으로 판중추부사 신헌
申櫶의 아들이다. 동강桐江은 은자 엄광嚴光이 낚시를 하였던 곳이고, 율리
栗里는 도연명이 은거하던 곳이다. 두건동이 바로 율리요 두건동에 흐르는
물이 동강이라는 것으로, 이득곤이 엄광이나 도연명과 같은 은자의 기상과
풍채로 두건이라는 신령스런 땅을 얻어 살았음을 말한 것이다. 과연 사람
과 땅이 서로 얻는 것은 우연이 아닌 것인가.

식파정사적비

평
사

平沙

평사마을 전경

진천 맑은 모래와
푸른 물이 서로 비추다,
평사平沙

푸른 물 감도는 십 리 의 모래밭

평사平沙는 진천군 문백면 평산리平山里 평사마을 앞의 모래밭을 말한다. 이곳은 미호천과 초평천이 만나는 합수부로 10리나 되는 백사장에 기러기 떼가 내려앉는 모습이 장관이라 예부터 진천을 대표하는 상산팔경常山八景 중 제1경으로 평사낙안平沙落雁이 꼽힐 정도였다. 중국의 소상팔경瀟湘八景 은 소수瀟水와 상수湘水 부근에 있는 여덟 곳의 아름다운 경치를 말하는데, 이 중 평사낙안平沙落雁은 평평한 모래톱에 내려앉은 기러기를 뜻한다. 이 마을 역시 하얀 모래펄로 인해 마을 이름이 평사이다 보니 자연스레 평사낙 안을 볼 수 있어 일찍이 유명세를 치른 것이다. 물론 지금은 그 옛날 평사십 리平沙十里의 모습은 아니나 그래도 일부나마 평사를 볼 수 있다.

새벽하늘 열리자 기러기 울며 지나가고　　　　嗷嗷鳴過曉天開
십리 모래밭에 물이 푸르게 감도네.　　　　　　十里沙平水碧回
관산의 밝은 달과 소상강에 내리는 비　　　　　關山明月瀟湘雨
소식은 해마다 기러기가 띠고 오네.　　　　　　消息年年雁帶來

남동희南東熙의 〈평사낙안平沙落雁〉으로 『상산지常山誌』에 전한다. 남동희는 호가 하당荷塘이다. 1, 2구에서는 물이 푸르게 감도는 평사리의 십리 모래밭에 기러기가 나는 모습을 그렸다. 3구의 관산명월關山明月은 관산월關山月을 가리킨다. 한漢 나라 악부樂府의 횡취곡橫吹曲 이름으로, 대부분 변방에서 수자리 사는 병사들의 슬픈 정을 읊은 것이다. 소상우瀟湘雨는 소상강에 내리는 비로 기이하게 서로 만나는 것을 뜻한다. 원元 나라 양현지楊顯之가 지은 극곡劇曲 이름이다. 그 내용은, 지방관 장상영張商英이 딸 취란翠鸞을 데리고 부임하는 도중, 회하淮河를 건너다가 풍랑을 만나 배가 전복되었을 때 취란은 어옹漁翁에게 구조를 받았다. 이것을 인연으로 취란은 그 어옹의 조카 최통崔通과 결혼을 하였다. 그 후 최통이 과거에 급제하여서는 시관試官의 딸과 다시 결혼을 하고 그 고을에 부임해 왔다. 취란이 그를 찾아가자 그는 무정하게 배척하여 취란을 사문도沙門島에 유배하였는데, 유배 도중에 임강역臨江驛에서 아버지와 딸이 기이하게 서로 만나게 되었다는 것이다. 4구에서는, 이러한 변방 병사의 소식이나 취란과 같은 기이한 만남의 이야기를 해마다 평사에 오가는 기러기가 전한다는 것이다.

십리 모래밭이 꽃 가운데 열리니	平沙十里花中開
빈 모래톱에 내려와 푸른 이끼 찍어놓았네.	飛下空洲印碧苔
물결 찰랑이는데 수많은 기러기떼 일어나	水紋蕩漾千群記
아득히 푸른 하늘 종이에 일자로 썼구나.	天紙蒼茫一字來
외로운 신하의 꿈 싣고 고향에 돌아가니	載歸故國孤臣夢
먼 나그네 술잔 들고 조그만 배에서 울며 보내네.	叫送扁舟遠客盃
달밤에 소상강에서 거문고 타는 걸 싫어하지 마라	莫厭瀟湘彈夜月
번화한 안개비 몇 누대에 뿌릴지 모르나.	繁華烟雨幾樓臺

김진환金璡煥의 〈평사낙안平沙落雁〉으로 『상산지』에 전한다. 김진환은

호가 화오花塢이다. 수련과 함련에서는 이곳 평사에 내려앉았다가 이내 푸른 하늘에 일자로 나는 기러기를 묘사하였다. 이어 경련에서는 기러기 편에 고향으로 돌아가고픈 나그네의 심정을 한 잔 술과 함께 부치는 모습을 그렸다. 미련은 소상팔경瀟湘八景 중 소상야우瀟湘夜雨와 관련한 이야기를 원용하였다. 『초사楚辭』〈원유遠遊〉에 "상령으로 하여금 비파를 타게 함이여, 해약을 부리고 풍이를 춤추게 하네湘靈鼓瑟兮, 令海若舞馮夷."라고 하였다. 상령湘靈은 곧 상수湘水에 빠져 죽어 수신水神이 되었다는 아황娥皇과 여영女英의 넋을 이른 말이다. 한편 반죽斑竹은 소상강 가에서 자라는 대나무로, 순 임금이 남방을 순행하다가 죽자, 순 임금의 비妃인 아황과 여영이 울다가 죽었는데, 그 눈물이 소상강 가의 대[竹]에 뿌려져서 아롱진 점이 되었다고 한다. 한밤중에 쓸쓸하게 반죽 위에 비가 내리면 비파 소리가 사람을 슬프게 한다고 한다. 그것은 바로 아황과 여영의 끝없는 한이 서린 소리로 유독 소상강에 밤비 내릴 때만 남아 있다는 것이다.

한편 이곳 평사 물가에 취적대吹笛臺가 있다. 『상산지』에, 별학암別鶴巖 남쪽에 있는데, 높고 높은 암벽에 하나의 티끌도 가히 붙일 수 없을 것 같고, 그 위로 푸른 봉우리가 겹겹이어서 마치 구름 속에 서 있는 것 같다. 신선이 이 대를 밟고 지나가다 피리를 불면서 하늘로 올라갔다는 전설이 있다고 하였다. 취적대는 평사마을 물가에 높이 솟아 있는 암벽이다. 이곳 취적대의 맑은 이내가 상산팔경 중 제8경 적대청람笛臺晴嵐이다.

천 년이나 된 신선이 놀다 간 자리에	游仙往跡隔千秋
높은 대 있어 푸른 물결 굽어보네.	惟有高臺俯碧流
희미하게 맑은 이내가 반쯤 싸여 있고	隱約晴嵐籠半面
난새를 타고 부는 생황 소리 산머리에 울려 퍼지는 듯.	鸞笙彷彿響山頭

한원진韓元震(1682~1751)의 '적대청람笛臺晴嵐'으로 〈통산 임씨의 별업

평사마을 앞에 펼쳐진 모래밭

에서 벽 위의 팔경시에 차운하다通山林氏別業, 次壁上八景韻〉중 일곱 번째 작품이다. 『남당집南塘集』에 전한다. 한원진은 자가 덕소德昭이고 호는 남당南塘·양곡暘谷이며 본관은 청주淸州이다. 권상하의 문인이며 호론湖論의 주창자이다. 1713년 채지홍蔡之洪·채지숙蔡之淑·윤승래尹升來와 함께 청주 구운산九雲山에서 회강會講한 후 〈산중문답山中問答〉을 지었고, 1714년 청주와 대전 등지를 유람하였다. 제목에 보이는 통산通山은 평사와 이웃한 마을이다. 평산리는 평사리와 통산리에서 한 글자씩 딴 것이다. 제목에 보이는 통산의 임씨가 누구인지는 알 수 없다. 다만 진천군 문백면 평산리 통산 마을에 세거하던 상산임씨常山林氏인 듯하다. 임씨의 별업 주변에 있는 아름다운 여덟 가지 풍광 중 평사 물가에 높이 서 있는 취적대의 맑은 이내를 노래한 것에 차운한 것이다.

제목의 적대笛臺는 취적대를 말하는데, 신선의 전설을 간직한 매우 빼어난 경관을 자랑한다. 물가에 우뚝 선 취적대에 맑은 이내가 반쯤 싸여 있다. 이내는 해 질 무렵 멀리 보이는 푸르스름하고 흐릿한 기운이다. 이내에 싸여 있는 취적대의 모습은 이 대에 얽힌 전설과 함께 더욱 보는 이들에게 신비감을 자아낸다. 4구의 난생鸞笙은 신선이 난새를 타고 생황을 분다는 전설을 말한 것이다. 난새는 봉황의 일종이다. 평사마을 앞의 물가로 내려가다 보면 넓게 펼쳐진 갈대가 장관이다. 갈대밭을 지나면 하얀 모래밭이 이어지고 모래밭 안쪽으로 물이 흐르는데 그곳에 취적대가 있다. 가까이 가서 보면 바위 벼랑이 크게 3개이다.

한원진의 〈통산임씨별업팔경通山林氏別業八景〉은 용호춘창龍湖春漲·금병추색錦屛秋色·죽사만종竹寺晚鍾·사촌어화沙村漁火·신봉낙조新峯落照·두타제월頭陀霽月·적대청람笛臺晴嵐·농암모설聾巖暮雪이다. 『상산지』에는 편의상 제목을 '통산별업팔경通山別業八景'이라 하였다. 또한 8경을 농암모설籠巖暮雪이라 하여 '농'의 한자 표기가 다르나, 『남당집』에는 시 끝에, 주인

물가에 우뚝 선 취적대

이 연로하여 농병이 있다主人年老有聾病고 주를 달았다. 한편 담헌澹軒 이하곤李夏坤도 〈초평이십오영草坪二十五詠〉에서 취적대의 아름다움을 노래한 바 있다.

민태중, 영백당과 낙진당을 짓다

이곳 평사마을은 고려 후기 충숙왕 때 대제학을 지낸 여흥민씨驪興閔氏 문순공文順公 민적閔頔의 후손들이 집성촌을 이루어 세거한 곳이다. 『상산지』에는 충신으로 절충장군에 추증된 민진동閔鎭東과 학행이 뛰어난 민태중閔泰重이 보인다.

민태중閔泰重(1640~1692)은 자가 사앙士昻이고 호는 평사平沙이다. 을사사화 때 안명세安名世의 사필史筆을 고칠 수 없다고 건의하였다가 이에 연좌되어 귀양 가서 별세한 좌찬성 민제인閔齊仁이 그의 5대조이다. 고조 민사용閔思容은 문천군수文川郡守를 지냈고 증조 민여임閔汝任은 참판으로 청백리에 뽑혔으며 조부 민견閔枅은 사직서 영社稷署令을 지냈다. 아버지 민광혁閔光赫은 황간현감黃澗縣監을 지냈고 어머니는 경주김씨로 상촌桑村 김자수金自粹의 후손이며 김립金岦의 딸이다. 부인 전의이씨全義李氏는 병절교위秉節校尉를 지낸 이복선李復先의 딸이다.

민태중은 노봉老峯 민정중閔鼎重의 족제族弟로 어려서는 이들 형제로부터 글을 배웠고 뒤에 송준길과 송시열 문하에서 수학하였다. 1681년 참봉에 임명되었으나 사직하였고 후에 금정도 찰방金井道察訪을 지냈다. 그러나 기사환국으로 스승 송시열이 죽자 스스로 죄인으로 자처하며 벼슬길에 나가지 않고 고향인 이곳에 머물렀다. 좋아하는 거문고와 학 외에는 모두 물리치고 평사에서 학문 연구와 후진 양성에 힘쓰며 만년을 보냈다. 사후 효행과 학문이 높이 평가되어 특별히 장령掌令에 추증되었다.

민태중은 1662년 진사가 되었는데, 1664년 함경도관찰사 서필원徐必遠이 송시열을 탄핵하는 일이 생기자 성균관유생의 대표로서 스승을 변론하는 소를 올렸다가 왕의 미움을 받아 과거시험에 응시할 수 있는 자격을 박탈당하였다. 그 뒤 고향으로 돌아와 벼슬을 단념하고 굴촌屈村에 영백당詠柏堂을 지어 학문에 매진하였다.

여흥인 민태중이 상산의 굴촌(屈村)에 살면서 그의 집을 영백(詠柏)이라 이름하였다. 내가 그 뜻을 물으니, "저의 집에는 특이한 물건은 없고 오직 한 그루의 측백나무가 뜰 앞에 있습니다. 옛날 주 선생께서 일찍이 두보의 〈묘백행(廟柏行)〉을 읊고, 또 글씨를 구하는 자에게는 써서 주셨습니다. 무릇 두보의 시를 사랑하는 사람은 많으나 선생께서 반드시 여기에서 취한 것은 깊은 뜻이 있었음이니, 그런 까닭에 감히 이것으로 저의 집의 이름을 지었을 뿐입니다."라고 하였다.

黃驪閔泰重士昻居于常山屈村, 以名其堂曰詠柏. 余問其義, 曰, "余家無長物, 惟一株柏在庭前. 昔朱先生嘗詠子美廟柏行, 又寫出以贈求書者. 夫子美詩可愛者多, 而先生必取於此, 必有深意, 故敢以是名吾堂耳".

송시열의 〈영백당기詠柏堂記〉로 『송자대전宋子大全』에 전한다. 민태중이 굴촌에 집을 짓고 당호를 영백당詠柏堂이라 하고는 스승 송시열에게 기문을 청하자 이에 써 준 것이다. 그가 처음 살았던 굴촌屈村은 현재 문백면 구곡리九谷里로 상산임씨常山林氏 세거지이다. 구곡리는 원래 구산동龜山洞으로 불린 곳으로 구곡리에서 평산리로 넘어가는 굴고개, 일명 굴티를 기준으로 내구와 외구로 나뉜다.

민태중이 당호를 영백詠柏이라 한 이유는 뜰 앞에 있는 한 그루 측백나무에서 비롯되었다. 이 나무를 보며 그 옛날 주자가 두보杜甫의 〈묘백행廟柏行〉을 읊었던 일을 떠올린 것이다. 이와 관련하여 다음 시를 보자.

고명하고 광대하게 빛나고 높으니　　　高明廣大煥巍然
회보의 문장은 하늘처럼 끝없이 넓다네.　晦父文章浩浩天
하찮은 하루살이여 고목을 건들지 마라　楚楚蜉蝣休撼樹
그 연원이 중니로부터 전해 온 것이니.　淵源自是仲尼傳

옛 도성 오랫동안 적막하니　　　　　　舊京城闕久蕭然
늙은 측백나무에 누가 세모의 하늘을 읊는가.　老柏誰吟歲暮天
당시의 이 마음 사람들 알지 못하고　　當日此心人不識
이제는 책 속에 전해질 뿐이네.　　　祇今留與卷中傳

　송시열의 〈사문난적 윤휴가 경연에서 주자의 주를 보지 말라고 청했다
는 말을 들었는데, 마침 선장 이형직의 시에 "주자의 유서가 다시 전해지지
않았네."라는 글귀가 있는 것을 보았기 때문에 그 시에 차운하다聞賊鑴請於
經筵, 勿看朱子註, 適見善長李亨稷詩有考亭遺緒更無傳之句, 故聊次其韻.〉이다.
첫 번째 시에서, 주자의 문장은 공자로부터 전해 온 것이니 하찮은 하루살
이에게 고목을 건들지 말라고 하였고, 두 번째 시에서, 당시 주자의 마음을
사람들은 알지 못한다고 하면서 이제는 책 속에 전해질 뿐이라고 하였다.
한편 자주自註에, "주자가 노년에 병들어 다락 아래 누워서 탄식하기를 '늙
었도다. 다시는 중원中原이 회복되는 것을 보지 못하겠도다.' 하고 〈공명묘
백행孔明廟柏行〉을 읊었다."라고 하였다. 〈공명묘백행孔明廟柏行〉은 두보
의 시 〈고백행古柏行〉을 말한다. 그 시에 "제갈공명의 사당 앞 늙은 측백나
무, 가지는 청동 같고 뿌리는 바위 같네[孔明廟前有老柏, 柯如靑銅根如石.]"라
고 하였다.
　주자가 두보의 이 시에서 취한 것은 반드시 깊은 뜻이 있었을 것이라는
민태중의 말에, 송시열은 이어지는 글에서, 주자가 송나라의 사직이 강남
으로 건너간 뒤에 태어나 중원을 회복할 뜻을 가지고 있었는데, 그가 늙자
다시는 희망할 수 없어 이 시에 대한 감회가 깊었기 때문이라고 하였다. 그

런 다음, 지금 하찮은 서생에 불과한 그대가 비록 제갈공명諸葛孔明의 충성과 지략이 있다 한들 어느 여가에 중원을 회복할 뜻을 갖겠느냐고 하였다. 그러자 민태중이, 뜻은 크면서 재주는 허약하고 힘은 작으나 책임이 무거운 것을 선현들이 경계하였으니 당의 이름을 마땅히 고쳐야 하냐고 물었다. 그러자 송시열은 다시 주자의 말을 인용하여 제자에게 깨우침을 주며 아울러 당부의 말을 한다. 세상에 없는 큰 공로는 세우기 쉬워도 지극히 작은 본심은 보존하기 어렵고, 중원에서 경계하는 오랑캐는 내쫓기 쉬워도 자기의 사욕은 제거하기 어렵다고 하였으니, 진실로 극기복례克己復禮에 힘써 조금도 게을리하지 않으며 뒷날의 기회를 기다린다면 큰 집의 동량이 될지 어찌 알겠느냐고 말이다.

1674년 갑인예송으로 송시열이 귀양을 가자 민태중은 더욱 세상에 진출할 생각이 없어 굴촌에서 평사로 옮겨 수석이 좋은 곳에 집을 지어 '낙진樂眞'이라 편액하고 일생을 마칠 계책으로 삼았다. 이후 책상을 지고 찾아와 학업을 청하는 자가 날로 늘어나자 이들을 이끌어 가르쳐 주며 한가한 날에는 어사漁社에 거닐기도 하였다.

　　일찍이 생각해 보니 주자나 정자의 이른바 진리란 곧 마음에 갖추어 있더라도 혹시 물욕이 해치면 나의 소유가 아닌 것이라고 하였다. 진실로 사욕을 이겨내고 예를 회복하는 학문에 종사하여, 물욕이 해치지 못하게 하고 실리가 나에게 있게 하여 오성(五性)으로 마음을 온전하게 하면 나의 마음이 즐겁지 않을 수 없으니, 이 즐거움은 진리에서 비롯될 것이다. 그렇게 되면 진리를 즐긴다고 할 수 있을 것이다. 사앙의 뜻을 알지 못하니 과연 여기에서 나온 것인가? 내가 장차 사앙에게 물어보리라.
　　抑嘗思之, 周·程所謂眞者雖具於心, 而或有物欲害之, 則非吾有也. 苟從事乎克復之學, 而物欲不得行, 使實理存乎我而五性全乎心, 則我之心自不得不樂, 而此樂實由於眞矣. 然則雖謂之樂眞亦可也. 未知士昂之意, 果出於此耶. 吾將從士昂而間之也.

송시열의 〈낙진당기樂眞堂記〉 일부이다. 송시열이 기문을 지은 시기는 분명하지 않지만, 아마도 장기에서 해배 후 고향으로 돌아와 청주 인근에 사는 제자들의 기문을 지어주었던 1680년쯤이 아닐까 한다. 송시열은 윗글에 앞서, 변하지 않는 것이 있는데, 그것은 주자가 말한 무극無極의 진리라고 하였다. 무극은 태극太極의 다른 이름으로, 무극의 진리란 곧 우주 만물의 조화의 진리를 뜻한다. 정자는 그것이 근본의 진리라고 말하였으니, 이는 오성五性을 말한 것이라고 하였다. 오성은 성리학에서 말하는 인의예지신仁義禮智信을 가리킨다. 결국 송시열이 말하려고 한 것은, 극기복례克己復禮하여 물욕이 행해지지 못하게 하고 오성으로 마음을 온전하게 한다면, 낙진樂眞 곧 진리를 즐길 수 있으리라는 것이다.

화양동에서 『주자대전차의』를 교정하다

송시열은 1674년(현종 15) 갑인예송甲寅禮訟에서 패하여 이듬해인 1675년 1월 함경도 덕원德源으로 유배를 간다. 그 후 5개월 만인 6월 초에는 경상도 장기長鬐로 이배되었다. 이때 송시열은 『주자대전』의 정확한 이해를 돕기 위한 주석 작업에 몰두하게 된다. 이 장기 유배가 직접적인 계기가 된 것이다. 그리하여 그는 1678년(숙종 4) 『정서분류程書分類』와 함께 『주자대전차의朱子大全箚疑』의 초고본을 완성하고, 1679년(숙종 5)에는 『주자어류소분朱子語類小分』을 완성한다. 『주자대전차의』는 『주자대전』 중에서 난해한 구절을 뽑아 주석을 붙인 책이다.

송시열은 1686년 3월 9일 화양동으로 갔다. 이때 손자 송주석宋疇錫과 문인 권상하權尙夏(1641~1721)·이희조李喜朝(1655~1724) 그리고 민태중이 함께 하였다. 바로 『주자대전차의』 교감校勘에 동참한 것이다. 그 후 송시열의 서문은 1689년(숙종 14)에 작성되었고 1715년(숙종 41) 교정본이 비로소 간행되었다.

송시열은 이때 교정을 마치고 제자들을 데리고 환장암煥章菴에서부터 파곡巴谷을 거쳐 선유동仙游洞에 이르러 공림사空林寺에서 잤다. 그 거리가 20여 리이다. 그리고 이왕 내친김에 사제가 모두 속리산에 가자고 하였는데, 송시열은 등창 때문에 가지 못하고 공림사에서 다시 화양동으로 돌아갔다.

꽃밭 사이 작은 수레 오는 것을 보지 못하니	花間不見小車來
극성스레 귀신이 시기함을 어찌하리.	可奈魔兒太劇猜
흐르는 물 흰 구름 모두가 한을 자아내	流水白雲渾惹恨
좋은 곳 만날 때마다 부질없이 배회하네.	每逢佳處謾徘徊

권상하의 〈병인년 봄에 함장께서 화양에서 속리산 걸음을 떠나셨다. 이 걸음에 나는 민사상 태중·송서구 주석·이동보 희조 및 젊은이들 십여 인과 함께 모시고 따라갔는데, 선생께서는 등창 때문에 속리산 길로 접어들지 못하고 공림사로부터 도명·백운의 길을 경유하여 곧장 화양으로 돌아가시고 우리들만 서로 어울려 끝까지 갔으니, 이는 선생의 명에 의한 것이다. 섭섭한 마음을 이기지 못해 각기 절구 한 수씩을 지었다丙寅春, 函丈自華陽作俗離行. 是行余與閔士昂泰重·宋敘九疇錫·李同甫喜朝及少輩十餘人從, 先生以背核不得轉向俗離, 自空林由道明白雲路徑還華陽, 只吾輩相携而行, 蓋先生命也. 不勝悵然, 各賦一絶.〉로『한수재집寒水齋集』에 전한다. 송시열이 끝내 사제 간의 속리산행에 함께 하지 못한 서운함을 한 편의 시로 대신한 것이다.

청명한 산 위 달 나의 옷깃을 비추니	山月淸明照我襟
친구들 어느 곳에서 시를 읊고 있는가.	故人何處短長吟

시냇가에서 함께 지내던 때를 생각하니　　　　回思溪上連床日
함께 정자와 주자의 천 년의 마음 찾았었지.　　共泝伊闔千載心

송시열의 〈달밤에 잠이 안 와 권·민·이 등 여러 친구를 생각하다月夜無眠, 懷權閔李諸友〉이다. 제자들과 함께 속리산으로 가는 도중에 어쩔 수 없이 화양으로 되돌아온 송시열은 쉬 잠을 이루지 못하고 출발할 때 파곡에서 권상하·민태중·이희조와 함께 정자程子와 주자朱子의 심법心法에 대해 이야기하던 때를 회상한 것이다. 4구의 천 년의 마음[千載心]은 천 년 전 성인의 마음을 가리키는데, 여기서는 천 년 전 성현을 향하는 마음을 뜻한다. 주자의 〈재거감흥齋居感興〉에 "삼가 천 년의 마음을 살펴보건대, 가을 달이 찬 강물을 비추는 듯하네. 노나라의 공자가 어찌 일정한 스승이 있었으랴. 산정刪定하고 조술祖述한 것에 성현의 법도가 남아 있는 것을恭惟千載心, 秋月照寒水, 魯叟何常師, 刪述存聖軌."이라는 구절이 있다. 주자의 〈재거감흥〉 20수는 옛 성현이 전수한 심법心法을 낱낱이 논한 것으로, 성현께서 전해 주신 법도가 모두 스승이라는 것이다.

때는 바야흐로 초여름 날　　　　　正當初夏日
화초 향기 온 산에 가득하네.　　　花草滿山香
좋은 벗 왔다가 가니　　　　　　　好友來還去
어찌 이에 손과 발이 바쁜가.　　　何曾手脚忙

송시열의 〈사앙 민태중·동보·낙보 이하조에게 주어 전별하다贈別士昻閔泰重·同甫·樂甫李賀朝〉이다. 자주自註에, "이때에 낙보樂甫가 나중에 도착했으므로 큰 술잔에 벌주를 마셔야 하는데 그렇게 하지 못하였다時樂甫追到, 當浮大白而不果"라고 하였다. 낙보는 동보 이희조의 동생 이하조李賀朝(1664~1700)이다. 농암 김창협金昌協이 자형姊兄이면서 의리로는 사우師友

관계를 겸하였다. 1685년 가을, 형 이희조가 진천현감으로 부임할 때 따라가 함께 지내며 1686년 봄 이희조가 진천 소강정小江亭에서 연 강회에 참석한 후 형과 함께 화양동으로 가서 송시열을 뵈었다.

위 시는 송시열이 교정을 끝내고 돌아가는 제자들과 이별할 때 지어 준 것이다. 4구는 소식蘇軾의 "찢어진 적삼은 거듭 만나는 날이 있나니, 밥 먹을 때에 숟가락을 잊은 적이 있던가破衫却有重逢日, 一飯何曾忘却時."라는 시구를 인용하였다. 소식의 이 시는 찢어진 적삼을 꿰매야[縫] 하는 것처럼 헤어진 벗은 만나야[逢] 하는 법인데, 이는 밥 먹을 때에 수저[匙]를 잊지 않는 것처럼 벗도 잊는 때[時]가 없다는 뜻으로, 소리가 같은 글자를 빌려서 뜻을 부친 것이다.

술동이 앞에 시를 떨구시니	樽前落寶唾
옷소매에 홀연 향기가 이네.	衣袖忽生香
잡다한 세상 일 많음이 스스로 부끄러워	自愧多塵冗
오늘 아침 바쁘게 이별을 고하네.	今朝告別忙
스승이 배회하는 땅에	杖屨徘徊地
숲 꽃향기 배는 더하네.	林花倍有香
가을에 오리라는 아름다운 약속 있어	秋來佳約在
이 길 바빠 말을 접어두네.	休道此行忙

이하조의 〈화양동에서 우암 선생을 배알하였는데 출발하려 하자 선생이 절구 한 수를 주시기에 갑자기 삼가 차운하다拜尤菴老先生於華陽洞, 臨發先生贈一絶, 率爾伏次〉로 『삼수헌고三秀軒稿』에 전한다. 이하조는 형 이희조가 마련한 진천 소강정 강회에 참석한 후 그때 함께했던 학궁學宮의 학생 10여 명, 그리고 평사의 민태중과 함께 화양동에 가서 열흘을 머물렀다. 교정 일을 마치고 돌아가면서 우암의 시에 차운한 것이다. 첫 번째 시 1구의

보타권寶唾卷은 타인의 시집을 높여 부르는 말이다.

　권상하는 이하조의 〈묘표墓表〉에, "옛날 내가 군을 화양華陽 문하에서 처음 보았을 때 두 눈빛이 반짝반짝하고 정신과 풍채가 수려하고 명랑하였으며 행동거지와 배읍拜揖하는 태도가 법도에 맞아 볼 만하였는데, 조금 뒤에 선생이 좌상座上의 운韻에 차운을 하도록 명하자 말끝에 금방 대답하기를 마치 미리 지어 두었던 것을 외우듯 하였으므로 내가 그때 이미 그의 재주가 기특하다는 것을 알았다. 이어 그가 축적한 바를 알아보았더니 일찍이 자기 형 동보씨同甫氏에게서 수학하였다는데, 문견聞見이 넓고 기억하고 있는 것도 풍부하여 참으로 후배 중의 제1인자였다. 그러나 그는 언제나 한발 물러서서 남보다 한 수 낮은 듯이 처신하였기 때문에 그를 아는 자가 적었는데, 나는 그 점을 더욱 높이 평가하여 경탄하여 마지않았다."라고 하였다.

옥수 가지 어울려 어리비치고　　　　玉樹交柯暎
지란은 방 안 가득 향기로워라.　　　　芝蘭滿室香
춘풍에 열흘 동안 즐기었으나　　　　春風十日樂
작별 임해 오히려 바쁜 게 싫어.　　　　臨別尙嫌忙

　권상하의 〈선생의 시를 차운하여 여러 벗들을 송별하다次先生韻送別諸友〉로 『한수재집寒水齋集』에 전한다. 3구의 춘풍에 열흘 동안 즐기었다는 것은 화양동에서 스승을 모시고 벗들과 함께 한 시간을 말한다. 작별에 앞서 조급한 마음이 싫다는 것으로 이별의 서글픔을 표현하였다.

　한편 송시열은 1688년 8월 민태중이 증조 진의振衣 민여임閔汝任의 시문을 모아 서문을 부탁하자 매우 반가워하며 써주었다. 〈진의민공유고서振衣閔公遺稿序〉가 그것이다. 이 글에서 송시열은, 민태중과 교유하면서 그에게 고가古家의 풍채가 있음을 항상 좋아하였다고 하였다. 이어 진의공과 그의 유고에 대해서, 참으로 요부 선생堯夫先生이 이른바, 먼지가 어떻게 나의 옷에 끼겠는가 한 바로 그 사람이다. 기상이 이와 같았기에 그 자호自號가 이러하였고 자손에게 끼친 바가 이러하였으며, 그 시의 항직伉直한 골격도 이러하다. 내가 일찍이 무딘 글씨로 그 시를 써서 스스로 깨우치는 글로 삼았는데, 이번에 사앙士昻이 그의 시문 약간 편을 모으고 또 여러 명공明公이 공을 위해서 지은 글을 그 끝에 붙였으니, 공의 기상 전체가 이에서 환히 드러나게 되었다고 하였다.

속절없이 십 리의 모래밭과 물만 남아

민태중은 1680년에 세도가 크게 바뀌어 이듬해인 1681년에 참봉에 제수되었으나 부임하지 않았다. 이후 1686년 금정찰방金井察訪에 임명되었는데 이때도 부임하려 하지 않았으나, 민정중閔鼎重 등 여러 장로들의 강력한 권고를 받고는 부득이 어버이를 위하여 잠시 뜻을 굽혀 부임하였다. 이어 그는 준례에 따라 직장直長으로 옮겼으나 평소 뜻이 아니라며 마침내 나아가지 않았다. 그리고 얼마 안 있어 갑자기 죽자 원근의 학자들이 모두 그의 덕을 사모하고 그의 의義에 감복하며 아쉬워하였고, 문인으로서 상복을 입은 자가 백 명에 가까웠다. 이후 관찰사 송상기宋相琦가 그의 효행과 학문을 조정에 아뢰어 사헌부 장령에 추증되었다.

태산 무너진 아픔에 피눈물을 흘렸으나　　　　　痛切山頹淚血斑
동문 중에 덕이 큰 사람 있어 마음을 풀었었지.　　同門賴有碩人寬
엄동설한에 하늘로 솟은 측백나무 우러르는데　　方瞻嚴雪昻霄柏
된서리에 골짝 난초 시들 줄 생각이나 하였으리.　誰意繁霜敗谷蘭
속절없이 십 리의 모래밭과 물만 남아　　　　　　空餘十里平沙水

오래도록 청풍 띠고 푸른 여울에 쏟아지네.　　　長帶淸風瀉碧瀾

　권상하의 〈민사앙에 대한 만사閔士昂挽詞〉이다. 1, 2구에서 태산 무너진 아픔은 스승이 죽은 슬픔을 말한다. 스승 우암 송시열이 죽고 크나큰 슬픔에 잠겼으나 그래도 동문 중에 민태중과 같은 덕이 큰 사람이 있어 어느 정도 위로가 되었다는 것이다. 3, 4구에서는 민태중이 당호도 영백詠柏이라 할 만큼 큰 뜻을 품은 사람이었는데 때아닌 된서리에 골짜기의 난초처럼 갑자기 세상을 떠날 줄 생각이나 하였겠냐는 것이다. 5, 6구는 사람은 가고 속절없이 십 리의 평사와 물만 남았다는 것으로 벗을 잃은 애달픈 마음을 전하였다.

　권상하는 민태중의 〈묘지명墓誌銘〉에서, 민태중이 일찍이 지기知己로 허여하였으며 자신 역시 스스로 그를 안다고 여겼다고 하였다. 그리고 젊었을 때 동춘과 우암 두 선생의 문하에 출입하였는데, 이때에 같이 수학한 자들이 매우 많았으나 공부가 독실하고 행실이 뛰어난 자를 헤아려 보면 반드시 민사앙을 제일로 추존하였다고 하였다. 또한 민태중은 천품이 도에 가까웠으며, 또 대현大賢의 문하에서 수학하였으므로 젊은 나이에 올바른 길로 출발하여 문로門路가 정대하였다고 하였다. 비록 질병으로 오랫동안 고통을 겪어 공부에 힘을 다하지는 못하였으나, 식견의 밝음과 실천의 독실함은 실로 동류들이 미치기 어려운 점이 있었다는 것이다.

민 선생이 은거하시던 곳은　　　　　　　　閔老栖隱處
맑은 모래와 푸른 물이 서로 비추는 곳이라네.　　淸沙映綠水
구름같이 높은 절벽 천 길이나 솟아 있으니　　雲壁立千尋
진실로 군자의 짝이 될 만하구나.　　　　　眞可配君子

　이하곤李夏坤(1677~1724)의 〈초평이십오영草坪二十五詠〉 중 '평사平沙'

로 『두타초頭陀草』에 전한다. 제목 끝에 "이곳은 낙진 민장이 사시던 곳是處卽樂眞閔丈所居."이라 하였다. 이곳 평사는 낙진당樂眞堂 민태중이 집을 짓고 은거한 곳이다. 『상산지』 명승에, "평사는 군의 남쪽 2리에 있다. 세 개의 내가 이곳에서 합쳐지는데, 수를 놓은 듯한 푸른 절벽과 비단 같은 흰 모래와 기암괴석이 왕왕 볼 만하다."라고 하였는데, 이하곤이 바라본 평사도 이와 크게 다르지 않다. 이곳 평사는 맑은 모래와 푸른 물이 서로 비추는 곳이고 또한 물가에 구름처럼 높이 솟은 절벽이 있어 실로 군자의 짝이 될 만한 풍광이라는 것이다.

이하곤은 경주이씨 이시발李時發의 후손이다. 김창협의 문인으로 이병연李秉淵·최창대崔昌大·윤순尹淳 등과 교유하였다. 17세인 1693년 송상기宋相琦의 딸 은진송씨恩津宋氏와 혼인하였고, 35세인 1711년 진천 금계金溪로 내려가 부친이 지었던 고향 집에 도서를 비치하고 만권루萬卷樓라 하였다.

위 시가 1712~1714년까지 지은 시를 수록한 『두타초』 책4 끝부분에 실려있는 것으로 보아, 고향 집에 머물던 이 시기에 진천 초평을 두루 다니다 평사에 들러 지은 것임을 알 수 있다. 〈초평이십오영〉은 평사 외에 영귀리咏歸里·대암대臺巖·송대宋臺·금한촌金漢村·어은촌漁隱村·와룡정臥龍亭·영수암靈水菴·도리담桃李潭·응암鷹巖·농촌農村·금당金塘·벽운대碧雲臺·열운정悅雲亭·청령대淸泠臺·봉황대鳳凰臺·청담암淸潭庵·유호柳湖·동자암동童子庵洞·벽력암霹靂巖·화암畫巖·용주龍洲·취적대吹篴臺·갈공탄葛公灘·침우담沈牛潭을 읊은 것이다. 이하곤은 1716에는 속리산을 유람하고 청천 사담沙潭에 머물다 그 후 당쟁으로 시사가 어지러워지자 과업을 포기하고 47세인 1723년 겨울에는 아예 세사에 뜻을 끊고 진천 금계로 내려가 은거하다 이듬해 48세로 생을 마감하였다.

한편 민태중 사후 사당을 지어 조두俎豆를 올리자는 요청이 있었다.

맑은 모래와 푸른 물이 서로 비추는 평사

또 삼가 생각건대, 신들이 사는 고장에는 증 사헌부 장령 민태중(閔泰重)
이 있습니다. 그는 명가에서 태어나 자랐으며 탁월한 품행을 하늘에서 타고
났습니다. 어려서부터 자로(子路)와 검루(黔婁)의 사람됨을 사모하였으며,
몸소 힘껏 노력하여 어버이에게 음식을 봉양하고 북극성에 머리를 조아려
어버이의 장수를 기원하였으니, 그 일에 대해 들은 사람들은 그가 훌륭한
덕을 지닌 위대한 인물이 될 것임을 이미 알았습니다. 사물을 조금 분변할
수 있게 되자 선정신 문정공 송준길과 문정공 송시열 두 현인의 문하에 출
입하며 직접 가르침을 받았고 어렵고 의심스러운 점을 질문하였습니다. 연
원이 이미 깊고 문로가 정직하였으며, 오로지 자신을 위하는 공부에 힘쓰
고 바깥 사물에 마음을 쏟은 적이 없습니다. 일찍이 성균관에서 공부하여
크게 명망이 있었으나 오히려 뜻을 빼앗기는 것을 한스럽게 여겨 즐거워하
지 않았으며, 속론(俗論)이 점차 기승을 부리고 오도(吾道)가 용납되기 어
려워지는 것을 보고 결연히 고향으로 돌아가 더 이상 과거에 응시하지 않
았습니다.....간혹 추천장에 이름이 올랐으나 제수하는 명을 극력 사양하였
으며, 어버이를 위하여 뜻을 굽혀 잠시 우관(郵官)을 맡았으나 임기를 마치
고 돌아와서는 마침내 나아가지 않았으며, 구원(丘園)에서 밭을 꾸미고 형
문(衡門)에서 안빈낙도하였으니, 옛날의 이른바 은덕군자(隱德君子)는 민
태중 바로 그 사람입니다.

『승정원일기承政院日記』영조 1년(1725) 4월 23일자 〈문간공文簡公 이희
조李喜朝 등의 사당 건립을 허락해 주기를 청하는 충청도 진천의 생원 이
계린李啓鄰 등의 상소〉로 대부분 민태중에 관한 이야기이다. 그가 어려서
부터 자로子路와 검루黔婁의 사람됨을 사모하였다고 하였다. 자로는 공자
의 제자로 가난하게 살면서 부모를 잘 봉양하였고, 검루 또한 가난한 선비
의 대명사로 쓰인다. 두 사람 모두 가난한 가운데 부모를 극진히 섬긴 인물
로, 평소 이들을 흠모한 민태중의 효행을 부각하였다. 이어 학문에 있어서
는 송준길과 송시열 두 현인에게서 배웠기에 그 연원이 깊고 문로門路가 정
직함을 강조하였다. 마지막으로 민태중이 오로지 위기지학爲己之學에 힘쓰

며 형문衡門에서 안빈낙도하는 은덕군자隱德君子라 하였다. 형문衡門은 나무를 가로질러 만든 보잘것없는 문으로, 안분자족安分自足하는 은자의 거처를 뜻한다.

몽
암

夢庵

음애동

충주 푸른 절벽 병풍 삼고 강을 못 삼다,
몽암夢庵

음성의 음애동으로 물러나다

음성 소이면 비산리 방죽안마을 뒤쪽에 있는 음애동陰崖洞을 찾아 나선 길엔 녹음이 짙게 깔렸다. 길 오른쪽으로 난 농로를 따라 가니 과수원 옆으로 작은 계곡이 보였다. 비탈을 따라 내려가니 풀이 우거진 사이로 계류가 맑게 흐른다. 계곡 왼쪽으로는 마치 병풍을 두른 듯 높고 긴 바위벼랑이 이어져 있고, 그 사이 우거진 수목은 짙은 그늘을 드리웠다. 음애동이라는 이름 그대로 그늘진 벼랑이 있는 골짜기이다. 이 깊고 어두운 골짜기에서 이자李耔(1480~1533)는 9년을 살았다.

이색의 후손으로 문과에 급제하여 사헌부 감찰로 벼슬을 시작한 이자는 사가독서賜暇讀書에 선발되어 호당에 드는 영예를 입은 후 청요직을 두루 지냈다. 채수蔡壽(1449~1515)의 사위로 김안로金安老와는 동서지간이다. 김안국金安國·성세창成世昌과 교유하며 1516년 10월에는 의형제를 맺은 조광조趙光祖·조광보趙廣輔·조광좌趙廣佐와 함께 용인 선산 골짜기 두암斗巖 위에 사은정四隱亭을 지었다. 이곳에 은거하며 낚시하고 나물 캐고 땔감을 하고 밭을 가는, 이 네 가지를 즐기고자 한 것이다. 그러나 그것도 잠시,

탁영선탑

1519년(중종 14) 11월 15일에 일어난 기묘사화는 이들 네 사람의 꿈을 송두리째 앗아갔다.

다행히 삭탈관직에 그쳐 살아남은 이자는 용인에는 먹고살 전답이 없었기에 이듬해인 1520년 음성의 음애동으로 거처를 옮기고 자신의 호 또한 음애陰崖라 하였다. 현재 계곡 왼쪽 길게 늘어선 바위 아래에 '음애동陰崖洞'이라는 글씨가 새겨져 있다. 그리고 바로 맞은편 바위에는 '탁영선탑濯纓仙榻'이라는 네 글자가 선명하다. '갓끈을 씻는 신선의 평상'이라는 의미다. '탁영'은 굴원屈原이 지은 〈어부사漁父辭〉의 "창랑의 물이 맑으면 나의 갓끈을 씻어도 좋으리라滄浪之水清兮, 可以濯我纓"라는 말에서 나온 것으로, 세속을 초탈한 듯한 고결한 모습을 뜻한다. 평상처럼 생긴 바위를 보면 그 옛날 이곳에 앉아 흐르는 물을 바라보며 세사世事에 담연했던 이자를 만날 수 있을 것만 같다.

물소리와 산기운이 사람의 마음을 깨워　　　　水聲山氣悸人心
한밤중에 느닷없이 이불 잡고 일어난다.　　　　半夜無端起擁衾
이소경을 읽고 나니 막막한데　　　　　　　　讀罷離騷還漠漠
창을 여니 새벽빛이 깊은 숲에 떠오르네.　　　開窓曉色上幽林

〈즉사卽事〉이다. 이자는 이곳 음애에 조그만 집을 짓고 살면서 문을 닫고 인사를 끊었다. 시주詩酒로 스스로 즐기며 세상을 잊은 채 탁영의 자태로 살고자한 그이지만 잠을 이루지 못하고 한밤중에 일어나 〈이소경離騷經〉을 읽는다. 〈이소경〉은 초나라의 대부였던 굴원이 참소를 당하여 쫓겨난 뒤 임금을 생각하여 근심스러운 심정을 읊은 것이다. 번민과 근심을 달래기 위해 지은 것으로 신선의 세계를 노니는 모습이 그려져 있다. 벼슬에서 쫓겨나 음성에서 타향살이하는 처지가 그 옛날 굴원의 모습과 다르지 않다는 이자의 막막한 심사를 드러낸 것이다.

한편 〈갑신년 달력의 책가의에 쓰다題甲申曆衣〉에서, 이자는 해가 바뀌어도 달라지지 않는 자신의 처지에 몹시 낙담하는 모습을 보였다. 갑신년은 1524년으로 이자의 나이 45세이다. 인간에게 마흔다섯이라는 나이는 단지 산언덕 하나에 생사가 변한다고 한 그다. 이처럼 늙어 육체와 정신이 서로 조문하는 때에 좋은 소식은 들리지 않으니 괴로움에 종종 술을 찾곤 하였다. 1530년 섣달그믐에 쓴 〈스스로에 대하여自敍〉에서, 이자는 이때의 삶을 "때로 술을 얻으면 실컷 마시고 10여 일씩 일어나지 않았다. 마치 꿈속에서 헛소리 하듯 자빠지고 쓰러져 정신이 희미한 채로 빈터에 오락가락하였다."라고 적었다. 평소 담연히 살고자 하였으나 그 또한 사람인지라 어쩔 수 없이 이따금 찾아오는 울분과 고통을 술로 달랠 수밖에 없었으리라.

음애동에 내려온 지 5년 만인 1525년(중종 20), 이자는 살던 집을 고쳐 과정瓜亭이라 하고 4년을 더 이곳에서 살았다. 그가 지은 〈과정기瓜亭記〉에 의하면, 과정은 배나무에 기대어 얽은 집이다. '과정'이라 이름붙인 것은 한일을 뜻한 것으로, 이자는 집 동북쪽 빈터에 오이를 심어 가꾸었다. 과정이 실제 그 가운데에 있어 앉아서 다리를 뻗기도 하고 서서 길게 휘파람 불기도 하였다. 바람이 불면 옷깃을 열고 달이 뜨면 그림자를 대하니 자랑할 만한 집은 아니나 그에게는 극락과 다름없었다.

산 높고 내 깊은 토계로 이거하다

이자는 1529년(중종 24) 음성 음애동에서 충주 달천 상류에 있는 토계兎溪로 이거하였다. 오늘날 충주시 살미면 토계리이다. 그는 〈스스로에 대하여自敍〉에서, "다시 깊은 곳으로 갈 생각으로 토계로 옮겨가니 사람의 자취가 끊어지고 마을 연기가 지극히 적었다. 산은 높고 내는 깊은데 종일토록 어정거리며 물새와 들짐승과 더불어 세상일을 잊고 왔다 갔다 하니, 소탈하고 촌스러운 성격에 마음속으로 기대한 것과 우연히 합하였다."라고 하였다.

토계는 검암劍巖이라고도 하는데, 굽이굽이 흐르는 달천에 8개의 봉우리가 늘어서 있고 깎은 듯한 바위가 칼처럼 솟아 있다. 이자는 이곳의 그윽함을 사랑하여 마침내 살만한 곳으로 정한 것이다. 우뚝 솟은 푸른 절벽이 그림처럼 펼쳐져 마치 한 폭의 동양화를 보는 듯한데, 요즘에는 '수주팔봉'으로 널리 불린다. 이자에게 토계는 그 어느 곳보다 잘 맞는 곳이었다. 다시금 궁벽하고 경치 좋은 곳을 얻어서 주인이 되었으니 천지간의 한 가지 좋은 일이었다.

산골 물길 휘어진 곳에 집을 지으니	結屋山澗曲
바람과 햇빛 또한 느긋해서 좋구나.	風日喜舒遲
봄새는 나무를 가리지 않고	春禽不擇樹
여름자리는 그늘을 따라 옮겨간다.	夏席隨陰移
가을 강에 새벽하늘 비치고	楓江照曉天
겨울 화로에 양피를 그을리는 곳.	雪爐熏羊皮
소요하며 사는 것에 만족하나	逍遙且于于
백년을 누가 능히 기약할까.	百歲誰能期

〈토계로 거처를 옮기다移卜兔溪〉이다. 토계로 옮긴 이자는 산골 물길이 휘어진 곳에 집을 지었다. 바람과 햇빛이 느긋하게 드는 곳이라 더욱 마음에 든다. 나무를 가리지 않고 이리저리 옮겨 다니는 봄새, 그늘을 따라 옮겨가는 여름 자리, 새벽하늘 맑게 비치는 가을 강, 양피를 그을리는 겨울 화로는 토계의 사계절 모습이다. 그리 특별할 것 없어 보이지만 마음에 맞는 이곳 토계에서 이리저리 거닐며 자족하며 산다. 그러나 아름다운 토계에서의 삶이 언제까지 계속될지는 알 수 없다. 새삼 쉰이라는 나이가 그로

산 높고 내 깊은 토계

하여금 앞일을 장담할 수 없게 하니 말이다.

먼 나그네 오래도록 말을 멈추니	遠客停驂久
아득함이 끝이 없네.	悠悠不盡頭
의형을 생각하니 산이 홀로 있고	儀刑山獨在
풍월을 읊자니 물만 속절없이 흐른다.	風月水空流
소자 비록 글로 표현할 수 없으나	小子雖無述
고명은 영원토록 끊이지 않으리.	高名永不休
아련히 머리 돌리는 곳	依依回首處
남은 한이 물가에 있네.	遺恨在滄洲

채무일蔡無逸(1496~1546)이 지은 〈토계를 지나며 느낌이 있어過兔溪有感〉
이다. 채무일은 채수의 손자이다. 이자가 토계로 이사했다는 소식을 듣고
채무일이 토계를 찾았다. 봄 산에 꽃이 만발할 때였다. 늘 그립고 걱정이
되었던 고모부를 찾아뵙고 돌아가는 길이다. 그러나 쉬 걸음이 떨어지지
않아 오래도록 말을 멈추고 서있다. 늘 자신에게 모범이 되었던 이자는 홀
로 우뚝 선 산의 모습을 하고 있다. 그러나 한가하게 그곳에서 풍월을 읊고
있을 수도 없다. 온갖 신산辛酸을 겪고 있는 고모부의 처지를 생각하면 그
렇다는 말이다. 그리하여 글로 다 표현하지 못하고 공연히 다하지 않는 뜻
을 머금은 채 시선을 물가로 돌린다.

꿈을 꾸며 사는 집, 몽암

이자는 토계에 몽암夢庵을 짓고 호도 몽옹夢翁·계옹溪翁이라 하였다. 택
호宅號를 몽암이라 한 까닭은 그가 지은 〈몽암기夢庵記〉에 자세하다. 이자
는, 무릇 꿈은 생각에서 나오고 생각은 정에서 나온다고 하며, 열두 살 때

강원도관찰사였던 부친을 따라가서 본 관동의 여러 절경과 중년에 사신으로 북경에 가서 본 광경에 대해 얘기하였다. 이어 맑은 바람 밝은 달에 별안간 옛날 놀던 일이 생각나면 푸른 벼랑 아래서 쇠 젓대를 불고 낚싯대로 황어黃魚를 낚으며 일찍이 마음속으로 오가지 않음이 없으니, 정과 생각이 섞여 쏟아져 꿈속에서 서로 찾았다고 하였다. 이처럼 '몽암'은 토계의 아름다운 풍광 속에서 가장 소중하고 찬란했던 때를 추억하며 꿈에서라도 그 시절의 사람들을 만나며 살겠다는 것이자, 한편으로는 그 화려하고 고운 꿈을 현실에서 실현하고픈 이자의 소망이 반영된 것이다.

　몽암이 있었던 곳이 어디인지는 정확하지 않다. 현재 토계리 검암 근처일 것이라 짐작만 할 뿐이다.

단출한 초가에 성긴 울타리 어른어른	茅齋楚楚映疏籬
푸른 절벽 병풍 삼고 강을 못 삼았네.	翠壁爲屛江作池
책상에는 시서 술병에는 술이 있으니	案有詩書瓶有酒
음애에서의 생활을 모두 옮겨놓았네.	陰崖活計已全移
늘그막의 심사 그윽하니	暮年心事屬幽偏
매번 산문에 이르도록 생각이 독차지하네.	每到山門思獨專
거마 소리 본래 없어 의심 일지 않으니	車馬本無猜不起
종일 한적한 뜰에서 책을 보다 잠이 드네.	閒庭終日對書眠

〈몽암에서 조용히 살다夢庵幽居〉 2수이다. 첫 번째 시를 보면, 푸른 절벽 병풍 삼고 강을 못 삼은 몽암은 성긴 울타리 어른대는 단출한 초가이다. 음성 음애동에서 살 때처럼 늘 책상에는 시서가 놓여 있고 술병에는 술이 차 있다. 음애에서의 생활과 별반 다를 게 없지만 그 옛날 몽암의 모습을 어렴풋이 그려볼 수 있다. 두 번째 시는 이자의 몽암에서의 생활을 좀 더 구체적으로 보여준다. 수시로 산 어귀로 산보를 하는데 머릿속은 온통 이런저

런 생각으로 가득하다. 애초 실각한 사람의 집을 찾는 이들이 없으니 의심이나 시샘과도 거리가 멀다. 산보를 나가지 않으면 종일 한적한 뜰에서 책을 보다 잠이 드는 것이 일상 하는 일이다.

만사가 아득함을 이미 알고 있으니　　　　萬事悠悠已自知
몽암에서의 그윽한 일 오래도록 어긋났네.　夢庵幽事久差池
오늘 아침 소매를 떨치고 앞길을 찾으나　　今朝拂袖尋前路
또다시 하얀 눈으로 천공에게 속는구나.　　又被天公雪作欺

〈도중에 눈을 읊다途中詠雪〉이다. 이자는 가끔은 앞 숲에 흰 눈이 가득한 것을 보려고 나귀를 타고 나섰다. 아니 조금 솔직히 얘기하자면 뭔가 답답한 현재의 상황에서 벗어나 환히 트인 앞날을 보고자 아침부터 길을 나서는 것이다. 길을 가다 나귀 등에서 한가하게 시를 읊다가도, 가장 즐겁고 따뜻하며 화려했던 시절을 꿈속에서뿐만 아니라 현실에서도 만나고픈 생각으로 몽암을 짓고 산 자신의 뜻이 오래도록 어긋났음을 안다. 늘 그렇듯 조물주가 또다시 눈으로 자신을 속였음을 알기에. 하얀 눈이 녹아 사라지는 순간 다시금 팍팍한 현실이 기다리고 있다는 엄연한 사실 앞에서.

토계에 배를 띄우고

토계는 이연경李延慶(1484~1548)이 사는 용탄龍灘과 멀지 않은 곳이다. 애초 이자가 음성에서 충주 토계로 옮긴 이유 중의 하나도 그와 가까이 교유할 수 있어서이다. 이연경 또한 기묘사화 때 유배를 면한 후 벼슬을 버리고 낙향한 뒤로는 이자와 더불어 산수를 벗하며 자주 왕래하였다. 처지가 비슷했던 두 사람은 세한歲寒에도 서로 무사하기를 바라며 마음을 나누었다. 이따금 골짜기에 드는 벗의 나귀 소리에 반가워 서둘러 마당을 쓸던 이자는, 맑은 바람 밝은 달을 만나면 문득 노를 저어 이연경을 찾곤 하였다. 또한 기묘사화 이후 음성 지비천知非川에 은거한 김세필金世弼(1473~1533), 그밖에 이약빙李若氷·허초許礎 등과도 도의를 궁구하고 시주를 즐기며 근심을 잊었다. 이때 이연경의 사위 노수신盧守愼(1515~1590)이 그를 찾아 배웠다.

이렇듯 여러 사람들과 어울려 강학을 하자니 몽암이 너무 좁았다. 이에 1531년 못 쓰는 배를 구하여 토계에 띄우고 많은 시간을 그곳에서 보냈다. 이자가 지은 〈배의 갑판에 붙인 기문船板記〉에 의하면, 그는 조그만 배에 짚방석을 깔고 앉고 네모난 돌을 베개 삼아 누워 편안히 쉬었다. 바람이 불면 옷깃을 열고 달이 뜨면 달그림자를 즐겼다. 때로 닻을 풀어 떠가는 대로 맡겨두고, 낚싯대를 던져도 미끼를 물었는지 보는 것도 잊었다. 아득하고 멍하니 꿈속에서 얻은 생각으로 혹 시구를 지어 작은 돌에 썼다가 문득 강물에 던져버리기도 하였다. 이자에게 있어 이 배는 벗들과의 교유의 장소이자 누구의 방해도 받지 않고 오롯이 혼자만의 세계에 빠져 놀기에 적합한 곳이었던 것이다.

이자는 젊은 시절 문학을 좋아하지 않아 중년까지도 여기에 힘을 쓰지 않다가 늘그막에 비로소 문학에 종사하였다고 하였다. 특히 시에 있어서는 눈은 높고 솜씨는 서툴러서 두어 구절을 읊어 얻어도 뜻에 차지 않는 곳이 있어 노여움이 따른다고 하였다. 그러면서 자신의 시는 거칠고 화창하지 못하여 감히 시 짓는 사람의 문간과 담도 엿보지 못하지만 다만 스스로 즐길 뿐이라고 하였는데, 유독 토계에 살 때 지은 시가 많다.

종일 짙은 안개가 앞 숲 너머에 있어　　　　　終朝重霧隔前林
흰 머리 흩날리며 홀로 앉아 시를 읊네.　　　白髮離披坐獨吟

홀연 두어 자 강물이 불어난 것을 보니	忽見江流肥數尺
비로소 산비가 이곳을 깊게 했음을 알겠네.	始知山雨這邊深

산이 강의 가운데로 휘어진 모습 평소의 기대에 맞아	山曲江心愜素期
나귀를 타거나 배에 올라 그윽하고 기이한 풍광을 감상하니	騎驢乘艇賞幽奇
깊은 밤 말을 잊은 채 돌에 앉아 있으려니	夜深坐石忘言處
불을 든 초라한 종아이가 돌아가는 것이 더딤을 알리네.	持火殘僮強報遲

첫 번째 시는 〈비 온 뒤에雨後〉이다. 비 온 뒤 물이 불어나 한층 깊어진 강물의 모습과 함께 짙은 안개에 묻힌 앞 숲을 바라보며 홀로 시를 읊는 시인의 모습을 그렸다. 두 번째 시는 〈강가 모래밭江洲〉이다. 산이 강의 가운데로 휘어진 토계의 모습이 평소의 기대에 맞아 나귀를 타거나 배에 올라 그 그윽하고 기이한 풍광을 즐겨 감상하는 시인의 모습을 담았다. 집에 돌아갈 생각도 잊은 채 밤이 깊도록 강가의 돌에 앉아 조용히 달을 낚는다. 그때 그 고요를 깨고 들려오는 한 마디, 귀가가 늦는 주인이 걱정되어 불을 밝혀들고 찾아 온 종아이의 모습이 새삼 정겹다.

계탄서원에서 팔봉서원으로

이자는 1533년 12월 몽암에서 생을 마감하였다. 그리고 그로부터 15년이 지난 1548년 이연경도 세상을 떠났다. 일찍이 계옹과 탄수로 서로를 부르며 사립문에 달빛 비치고 창문에 바람 불 때마다 한가하게 앉아 이야기 나누고, 서책을 깊이 음미하고 고금의 일을 고증하면서 장차 늙음이 이르는지도 모르는 것처럼 했던 두 사람의 모습은 더 이상 토계에서 볼 수 없었다.

이에 1582년 당시 충청도관찰사 김우굉金宇宏(1524~1590)이 자취가 사라지는 것을 탄식하여 충주목사 이선李選과 상의한 끝에, 고을의 선비 여러 명을 선발하여 몽암유지夢庵遺址 북쪽에 서원을 짓는 일을 감독하였다. 이어 1583년 후임인 유한충劉漢忠과 오운吳澐이 완성하여 이자와 이연경을 배향하였다. 현재 칼바위劍巖 건너편, 충주 대소원면 문주리 팔봉마을에 있는 팔봉서원八峯書院이 그것이다.

서원 건립 당시에는 편액을 계탄서원溪灘書院이라 하였다. '계탄溪灘'은 이자의 호 계옹溪翁의 '계溪'자에다 이연경의 호 탄수灘叟의 '탄灘'자를 합한 것이다. 이러한 서원의 역사는 1586년(선조 19) 실질적으로 서원의 일을 주관하였던 강복성康復誠이 노수신에게 부탁해 받은 〈계탄서원기溪灘書院記〉에 자세하다. 이후 서원 이름을 '계탄'에서 '검암劍巖'으로 고쳤고, 1612년(광해군 4) 김세필과 노수신을 추향하였다. 그 후 1672년 '팔봉八峯'으로 사액되었으니 검암劍巖과 팔봉八峯은 모두 이곳 암봉의 뜻을 취한 것이다. 팔봉서원은 1871년(고종 8) 대원군의 서원 철폐령에 따라 훼철된 후 1998년 현재의 모습으로 복원하였다.

검암은 빙 둘러 가파르고 토계는 하 깊으니	劍巖環峭兎溪深
두 노선생께서 이것이 마음에 들었던 것.	二老先生此會心
사시던 집 황량하여 예전부터 슬퍼했는데	故宅荒涼悲自昔
새로 지은 사당 성대하니 오늘의 경사라네.	新堂輪奐慶如今
현가는 용음의 깊은 곳에 맑게 울리고	絃歌淸徹龍吟閟
조두는 봉무의 그늘 아래 밝게 의지하였구나.	俎豆明依鳳舞陰
재차 목사에게 촉탁해 관리를 시작하게 하였으나	更屬使君經紀始
돌아갈 꿈이 나그네 옷깃 이끎을 감당하지 못하겠네.	不勝歸夢惹襜襟

1583년 서원을 완공하여 이자와 이연경을 배향한 후 노수신이 지은 것으로 〈황경문의 검암시에 차운하다次黃景文劍巖韻〉이다. 황경문은 지천芝川 황정욱黃廷彧(1532~1607)으로 노수신이 '강관제일講官第一'이라 칭찬한 바

빙두른 검암과 깊은 토계

있다. 검암시는 황정욱이 충청도관찰사로 있던 1583년 권우權祐의 정자를 등람하고 지은 것으로, 〈검암 권 직장의 정자에 지어 보내다寄題劍巖權直長 亭子〉란 제목의 시를 말하는데, 현재 『지천집芝川集』에 전한다. 권우의 정자는 초은정招隱亭으로 당시 검암의 서편 기슭에 있었다.

노수신은 이연경과 이자가 토계에서 어울릴 때 함께 하기도 했기에 누구보다 두 스승이 이곳을 맘에 들어 했다는 것을 잘 알고 있다. 마치 칼날처럼 날카롭고 가파른 바위 봉우리가 우뚝 솟아 깊은 토계를 빙 두르고 있는 이곳이야말로 이들의 회심의 장소였던 것. 더구나 두 사람은 사후 나란히 이곳 서원에 배향되었으니 살아서나 죽어서나 함께 한다고 하겠다. 용음은 맑은 음성으로 담론하는 소리를 가리킨 것으로, 생전에 이연경과 이자가 서로 담론하던 모습을 상기한 것이고, 봉무는 봉황이 춤추는 듯한 웅장한 산세를 말한 것으로, 여기서는 팔봉서원의 뒷산을 말한다.

흰 구름 낀 언덕 위에 명현을 모신 사당	名賢祠宇白雲阿
한번 보니 감개가 무량하네.	一望令人感慨多
비방이 산 같아서 비록 배척당했으나	謗似丘山雖見擯
마음이 철석이니 어찌 닳은 적 있으리.	心如鐵石豈曾磨
황각에서 국 끓이던 손 거두어들였고	卷懷黃閣調羹手
창랑에서 뱃전을 두드리던 노래에 화답했네.	來和滄浪鼓枻歌
그날의 당신 모습 아직도 방불하여	當日典刑猶髣髴
천 길 높은 검암에 맑은 물이 둘러 있네.	劍巖千仞帶淸波

김성일金誠一(1538~1593)이 지은 것으로 〈십삼일에 달천을 지나며 검암을 바라보다가 느낌이 있어十三日, 過獺川望劍巖有感〉이다. 이 시가 「해사록海槎錄」에 수록되어 있으니, 김성일이 1590년(선조 23) 3월 5일, 서울을 출발하여 황윤길黃允吉·허성許筬과 함께 일본 사행 길에 13일 달천을 지나며

팔봉서원

검암

지은 것이다. '황각에서 국 끓이던 손'은 국가의 정사를 처리하는 것을 말하는데, 그 손을 거두어들였다고 한 것은 이자가 관직에서 물러났다는 것을 의미한다. '창랑에서 뱃전을 두드리던 노래에 화답했다'는 것은 은거하였다는 말이다. 한편 천 길 검암이 당시 이자의 모습과 방불하다 하였듯, 오늘날 토계를 찾는 사람들도 그 옛날 이자를 대하듯 달천에 우뚝 선 검암을 바라본다.

임 호

沐 湖

의림지

의림지

제천 수려한 경치 벗할 만하다,

임호林湖

임호 아래에 집을 짓고 살다

임호林湖는 제천 의림지義林池를 말한다. 의림지는 산곡형 저수지로 매우 빼어난 풍광을 자랑한다. 특히 경호루鏡湖樓·영호정暎湖亭과 같은 아름다운 누정과 거기에 노송과 버들이 물과 어우러지면서 수려한 경관을 이루어 예부터 수많은 시인과 묵객들이 찾았다.

충청도를 호수의 서쪽이라 하여 호서 지방湖西地方이라 불렀는데 그 기준이 바로 의림지다. 의림지는 제천 용두산 남쪽 기슭 아래쪽에 자리 잡고 있다. 원래는 '임지林池'로 불렀는데, 제천의 옛 이름인 의원현義原縣·의천義川의 '의義'자에 '임지林池'를 붙여 의림지義林池라 부르게 된 것이다. 한편 의림지는 의림호義林湖로 불리고 표기되었다. 남학명南鶴鳴(1654~1722)이 1686년 10월, 족숙 남계하南啓夏와 청풍, 단양, 영춘, 제천 등 사군四郡을 유람하고 1687년에 쓴 〈유사군기遊四郡記〉에 의림호義林湖라 하였다. 한편 제천 출신 박수검朴守儉(1629~1698)이 이곳에 퇴거하여 집을 짓고 살면서 스스로 호를 임호林湖라 한 후로는, 의림지를 임호林湖라 불렀다.

박수검은 자가 양백養伯이고 호가 만곡晚谷·임호林湖이며 본관은 의흥義

興이다. 제천 만지곡晚知谷에서 태어나 스스로 만곡자晚谷子라 하였으니 이는 대개 그가 태어난 만지곡의 이름을 취한 것이다. 만지곡은 현재 제천시 송학면 무도리이다. 그의 10대조 박을규朴乙規의 본래 성은 고려의 왕족이었던 왕씨王氏이다. 조선 개국과 함께 화를 피하고자 외가를 따라 박씨로 성을 바꾸고 단양으로 피난하였다. 7대조 박근朴瑾이 문과에 급제하여 영암군수를 지냈고, 그 후로는 모두 벼슬하지 않았다. 아버지는 박경심朴景諶이고 어머니는 문화유씨文化柳氏이다.

박수검은 어려서 조석윤趙錫胤·이영선李榮先에게 배웠고 34세인 1662년 진사가 되었다. 40세인 1668년 송시열에게 수학하였고 44세인 1672년 문과에 급제하여 성균관 학유成均館學諭·예조좌랑·호조정랑 등을 지냈다. 그 후 외직으로 무장현감茂長縣監·정천현감定川縣監과 안주판관安州判官을 거쳐 1687년 7월 괴산군수가 되었다. 이후 성균관 사예成均館司藝·예빈시 정禮賓寺正·좌우통례左右通禮를 역임하였다.

박수검은 중간에 1년 정도 경기도 광주로 귀양을 가기도 하고 해배 후 퇴거하는 등 우여곡절을 겪었으나 생을 마칠 때까지 줄곧 조정의 부름을 받았다. 52세인 1680년 경신대출척庚申大黜陟의 정국에서 원종공신原從功臣이 되었고, 1689년 기사환국己巳換局 이후로 벼슬에 뜻을 끊고 임호 아래에 집을 짓고 임호산인林湖散人이라 하였다. 이렇듯 환국의 소용돌이 속에서 임호는 자의든 타의든 서인의 입장이었다.

거문고 타던 노인 신선되어 간 후에도　　　　　琴翁仙去後
천 년 세월이 의림의 호수와 산에 있구나.　　　千載有湖山
수려한 경치 벗할 만하니　　　　　　　　　　秀色如堪結
띠집을 엮어 이곳에서 늙으리라.　　　　　　　誅茅老此間

박수검의 〈임호에서 운을 불러 읊다林湖呼韻〉로 『임호집林湖集』에 전한다. 박수검은 1689년 기사환국이 일어나자 이듬해인 1690년 벼슬을 그만 두고 고향 제천으로 내려왔다. 그의 나이 62세 때이다. 이후 벼슬할 생각을 끊고는 임호 아래에 집을 지었다. 그곳에서 근방의 학동들을 모아 가르치고 깨우치는 것을 일삼으며 이로써 산수에서 늙을 계획을 한 것이다. 1구의 금옹琴翁은 우륵于勒을 말한다. 이곳에는 우륵과 관련된 이야기가 많이 전한다. 특히 우륵당于勒堂을 짓고자 할 정도로 우륵을 향한 추념追念의 마음이 크던 그였기에 의림지는 제천 어느 곳보다도 마음이 가던 곳이었다. 더구나 의림지의 수려한 경치는 그를 이곳으로 부르기에 충분했다.

박수검 사후 1827년 의림지를 즐겨 찾던 그를 기리기 위하여 의림사義林 祠를 창건하여 제향하였다. 이후 1857년 의림사를 중수하였고 1871년(고 종 8) 철폐되었다. 이의현李宜顯(1669~1745)은 〈묘갈명墓碣銘〉에서, 박수 검이 너그럽고 후덕하며 질박하고 정직한 인품에다가 평소 성품이 두터워 그리 따지는 것이 없는 듯하였으나 일을 만나면 의리로써 결단하여 매우 엄격하였다고 평가하였다.

임호에서 벗들과 시를 나누다

박수검은 원근에서 가르침을 청하러 몰려든 이들과 강학을 하는 틈틈이 임호 가에서 소요하며 시를 지었다.

오늘 저녁 한 동이 술을 놓고 있으니	今夕一尊酒
마치 꽃 마주할 기약이라도 있었던 듯하네.	對花如有期
말 나누다 산색이 어두워져도	語來山色老
취하여 돌아갈 일 잊고 달빛만 읊네.	歌月醉忘歸

박수검의 〈이일경의 시에 차운하다次李一卿韻〉이다. 한 동이 술을 가운데 놓고 이런저런 이야기를 주고받는다. 마치 꽃 마주할 기약이라도 있었던 양. 그러다 산색이 어두워져도 돌아갈 생각 않고 달빛만 노래한다는 것. 이처럼 이 무렵 박수검은 진사 이일경李一卿과 더불어 서로 마음을 아는 벗[知心之友]이 되어, 임호 가에서 함께 소요하며 풍월風月을 소재로 시를 창수唱酬하였다.

이일경은 이수성李守誠(1633~ ?)이다. 이수성은 자가 일경一卿이며 본관은 원주原州이다. 1662년 진사시에 박수검·신중길申仲吉과 함께 합격하였다. 아버지는 선무랑宣務郎 이덕구李德久이고 형제로 이수양李守讓·이수언李守言이 있다. 박수검의 문집에는 이일경의 원운元韻에 차운한 것이 많고, 때로는 그 원운을 부기하기도 하였다. 박수검은 〈사군자시병서四君子詩幷序〉에서, 나와 동년인 진사 이수성 선비는 고향 동산에 자취를 묻고 시 쓰기에 마음을 두었는데, 대체로 시로 인하여 곤궁해진 사람, 그리고 곤궁으로 인하여 시가 공교로워진 사람이라고 하였다. 이수성은 의림호 인근 용두산 자락에 거주하였다. 1691년에는 박수검과 이수성이 각각 가르치는 학도들을 모아 글 겨루기를 한 적도 있다. 이렇듯 이수성은 박수검과 함께 가까이 오가며 매우 많은 시를 화창한 벗이다.

얼음판 위에서 경쾌하게 썰매 달리니	氷腹爭馳雪馬輕
옥가루가 앞길에 수북이 쌓이네.	瓊沙屭贔漲前程
멀리 은하수로 가는 신선의 배인양 황홀하고	銀河怳惚星槎逈
온 세상이 영롱하고 평평한 백옥이라네.	白玉玲瓏世界平
그림자에 놀란 물고기 번개처럼 지나가고	鮫室影忙飛電過
시끌벅적 소리에 학이 급히 날아오르네.	鶴汀聲雜駕飆行
다시 남은 흥 끌어안고 선대에 올라	更攜餘興仙臺畔
해지도록 만고의 정을 담은 술잔을 기울인다.	落日啣杯萬古情

박수검의 〈임호의 썰매 놀이林湖雪馬戲〉이다. 이때 벗 이 아무개와 함께 놀았다고 하였다. 수련과 함련에서는 의림지 얼음 위에서 경쾌하게 썰매 타는 모습을 그렸다. 썰매를 지칠 때마다 옥가루처럼 부서져 쌓이는 얼음, 백옥같이 영롱한 빙판에서 멀리 은하수로 가는 신선의 뗏목인 양 썰매를 타는 황홀함에 대해 노래하였다. 성사星槎는 은하수로 가는 신선의 뗏목이다. 경련에서는 썰매 타는 그림자에 얼음 밑의 물고기가 놀라 빠르게 지나가고, 시끌벅적한 소리에 놀란 호수 위의 학이 급히 날갯짓을 한다는 것. 미련에서는 남은 흥은 우륵이 가야금을 탔다는 선대仙臺, 곧 우륵대에 올라 해가 지도록 술잔을 기울인다고 말한다. 운자는 정程, 평平, 행行, 정情이다.

가벼운 북풍에 채찍 재촉하고	征鞭催拂北風輕
교외 들판 돌아보며 가는 길.	回望郊原是去程
하늘에 닿은 치악산에 찬 눈이 쌓이고	雉岳天連寒雪擁
해 지는 용문산에 저녁 구름 깔려 있겠지.	龍門日落暮雲平
높고 낮은 다리는 지팡이 짚고 건너가고	高低橋上攜笻渡
길고 짧은 역참 길은 말에게 맡겨 가겠지.	長短亭邊信馬行
호산 베개에 엎드린 채 전송도 못하고	伏枕湖山不相送
멀리 안개 낀 나무에 이별의 정 걸어두네.	遠憑烟樹掛離情

박수검의 〈다시 앞의 운을 밟아서 지평으로 돌아가는 친구 이씨를 전송하다(又步前韻, 送李友□還砥平)〉이다. 앞의 운은 〈임호의 썰매 놀이林湖雪馬戲〉에 쓰인 정程, 평平, 행行, 정情이다. 이씨 친구가 누구인지 확실치는 않지만, 지평砥平으로 돌아간다고 하였으니 경기도 양평에 사는 친구임은 분명하다. 문집에 〈양강에 머물 적에 이웃 벗의 시에 차운하다寓楊江時, 次隣友韻〉 2수가 있다. 양강은 경기도 양평으로 이곳에 머물 때 지은 것이니, 아마도 경기도 광주에 유배되었던 1677년 그 무렵에 교유했던 인근 양평의

벗인 듯하다. 그 후로도 지속적으로 시를 주고받은 것으로 보인다. 〈이씨 벗의 시에 차운하다次李友韻〉 제하의 시가 몇 편 더 있는데, 시 내용을 보면, 이씨 친구는 용문산 근처에 살았다. 박수검은 그 당시 지은 시에서, 북쪽 이웃이 한가롭게 차지한 곳이 마치 별세계 같아 부럽다고까지 하였다.

한겨울에 제천에 사는 벗을 찾아 의림지에서 썰매도 타며 며칠 머문 뒤 집으로 돌아가는 친구를 전송하는 내용이다. 제대로 전송도 하지 못하고 이별의 정을 멀리 안개 낀 나무에 걸어둔 채 침상에서 고향 집으로 돌아가는 친구의 모습을 상상한다. 가볍게 부는 바람에 손에 든 채찍을 재촉하겠지. 저만치 가다가는 잠시 고개 돌려 제천의 들판을 바라볼 거야. 친구가 가는 길에는 하얗게 눈 덮인 치악산이 보일 테고, 저물녘에는 구름이 깔린 용문산에 이르겠지. 지팡이 짚고 때론 말을 타고 말이지.

객이 와서 묻노니, 너 임호의 물아	客來問汝林湖水
천고의 시인들 얼마나 보았더냐.	千古騷人閱幾何
오늘 문재가 뛰어난 이들이 모이는 이곳	今日文星相聚地
다시금 멋진 경치 넉넉히 더하는구나.	却添形勝十分多

박수검의 〈벗들과 임호에서 노닐며 운자를 부르다與諸益遊林湖呼韻〉이다. 3구의 문성文星은 문운文運을 주관한다는 문창성文昌星 혹은 문곡성文曲星으로, 문재文才가 뛰어난 인사를 비유하는 말이다. 오늘 의림지에 모이는 친구들은 하나같이 글재주가 뛰어난 이들이다. 그중에 한 친구가 임호의 물에 묻는다. 오랜 세월 이 자리에서 시인들 몇 명이나 살펴보았느냐고. 시인들 몇이나 검열해보았느냐고. 그리고는 오늘 여기 모인 이들도 매우 뛰어난 이들이니 십분 멋진 풍광으로 이 사람들을 지켜보라는 것이다.

지팡이 짚고 느지막이 무하유의 경계에 드니	攜筇晚入境無何

성기고 게으른 나 탄식하며 연잎이 나부끼네.　歎我疎慵獵獵荷
구름에 가린 붉은 해 빛살 뚫어 뻗치고　雲日掩紅光自透
물에 잠긴 푸른 하늘 그림자 서로 닿아있네.　水天涵碧影相磨
이 저녁 보는 글씨 작은 줄 알았는지　須知此夕論文細
오히려 어젯밤보다 달빛이 많구나.　猶勝前宵得月多
물결 밑 고기 모래 위 백로 볼수록 더 좋아　魚浪鷺沙看更好
그대 위해 붓 잡고 시 한 수 읊노라.　爲君操筆一吟哦

　박수검의 〈의림호에서 차운하다義林湖次韻〉이다. 자주自註에 "원시에 '물고기 잔물결에 뛰고 해오라기 맑은 모래밭에 잠드네'라는 구절이 있다原韵, 有魚跳細浪, 鷺宿淸沙之句"라고 하였다. 수련의 '무하유無何有'는 '무하유지향無何有之鄕'을 줄인 말로 『장자莊子』「소요유逍遙遊」의 구절을 취한 것이다. 아무것도 없이 끝없이 펼쳐진 적막한 세계로 장자가 설한 이상향이다. 의림지를 마치 상상 속의 절경인 것처럼 묘사하였다. 함련에서는 저물녘 의림지의 모습을, 이어 경련에서는 지난밤보다 더 밝은 의림지의 달빛을 그렸다. 미련에서는 물결 밑의 물고기와 모래 위의 백로가 노니는 모습이 볼수록 좋아 친구를 위해 시 한 수 짓는다는 것. 전체적으로 의림지에서 한가롭게 소요하면서 유유자적하는 삶을 노래하였다.

넓고 넓은 비늘 물결 불어난 푸른 못에　浩浩鱗波漲綠池
거울 속 산 그림자 들쭉날쭉 뒤집혔구나.　鏡中山影倒參差
늦봄의 살구꽃 바람에 어지럽게 날리고　風花亂落春深杏
비온 뒤 실버들 안개에 낮게 드리웠네.　烟柳低垂雨後絲
가벼이 노 젓는 물가에 갈매기 조용히 떠있고　幽渚棹輕鷗泛穩
옛 단 늙은 소나무에 학 돌아오는 것 늦구나.　古壇松老鶴回遲
피리 소리에 금 술잔 가득 채우고　紫蕭聲轉金盃滿
고을 길 동쪽 서쪽을 취하여 알지 못하네.　縣路東西醉不知

박수검의 〈을해년 늦봄 임호에서 노닐며 짓다乙亥暮春, 遊林湖作〉로 1695년에 지은 것이다. 늦은 봄날 아름다운 의림지의 정경을 노래하였다. 불어난 푸른 못에 비늘 같은 물결 일렁이니 거울같이 맑은 못에 산 그림자가 거꾸로 잠겨 들쭉날쭉한다. 살구꽃은 바람에 어지러이 떨어지고 비 온 뒤 버들은 안개를 머금어 더욱 낮게 드리웠다. 조용히 물가에 떠있는 갈매기 또한 하나의 풍경이 되니 시인 또한 취하여 이 모든 것과 하나가 된다.

우륵대에 올라 임호를 보다

의림지 주변 곳곳에는 우륵대于勒臺·연자암燕子巖 등 우륵과 관련된 곳이 많다. 이와 같은 우륵 관련 이야기는 오랜 세월 전승되어 오늘날에 이르고 있다. 특히 박수검은 우륵을 향한 추념으로 의림지 동쪽 우륵이 살았다는 옛터에 우륵당을 짓고자 하였다. 그러나 그럴 힘이 없어 1691년에 〈우륵당중건권유문于勒堂重建勸諭文〉을 지어 재력이 있는 이들을 모으는 데에 뜻을 두었으나 끝내 짓지는 못하였다.

한가한 날 신선이 머물던 대에 올라	暇日仙臺上
허공에 기대 푸른 못을 내려다본다.	憑虛瞰綠池
깊은 물은 누워있는 용의 집이요	水深龍臥宅
늙은 소나무 가지엔 학이 깃들었네.	松老鶴棲枝
황화절을 맞아 백주를 즐기니	白酒黃花節
빈산에 해 떨어지는 때라.	空山落照時
좋은 날 보내기 아까워	良辰足可惜
취하여 달을 노래하니 돌아가기 더디네.	歌月醉歸遲

박수검의 〈을해년 중양절 우륵대에 오르다乙亥九九, 登于勒臺〉이다. 1695

년 중양절에 신선이 머물던 대에 올랐다. 여기서 신선은 우륵于勒을 그리고 선대仙臺는 우륵대于勒臺를 가리킨다. 이곳에 오르면 의림지가 한눈에 들어온다. 의림지의 깊은 물은 그 속에 누워있는 용의 집이 되고 주변의 늙은 소나무 가지는 학의 보금자리이다. 해 질 무렵 우륵대에서 중양절을 맞아 막걸리를 마시니 이 좋은 날을 어찌 그냥 보낼까. 취하여 달을 노래하다 보니 집으로 돌아가는 것이 자꾸만 늦어진다는 것. 중양절 등고登高의 풍습과 정취를 엿볼 수 있는 작품이다.

임호의 동쪽 언덕 옛 신선이 머물던 대	林湖東畔古仙臺
봄바람에 술을 들고 객이 올라왔네.	載酒春風客上來
겹겹이 골짜기는 높고 낮게 연하를 가두었고	曆壑煙霞高下鎖
저문 방죽에 복사꽃과 오얏꽃은 얕고 깊게 피었네.	晚堤桃李淺深開
하늘 빛 거꾸려져 노 젓는 물결에 일렁이고	天光倒漾凌波棹
솔 그림자 성기어 좋은데 달을 바라보며 술을 마시네.	松影和疎飲月盃
요동의 학 천년이 되도록 오히려 돌아오지 않으니	遼鶴千年猶未返
되려 산을 나가는 시냇물을 재촉하지 마소.	莫教流水出山催

박수검의 〈우륵대에서 운자를 부르다于勒臺呼韻〉이다. 경련의 음월배飲月杯는 술을 마시면서 달을 감상하는 술잔이라는 뜻으로, 달을 바라보면서 술을 마시는 것을 말한다. 미련의 '요동의 학[遼鶴]'은 한나라 때 요동 사람 정영위丁令威가 영허산靈虛山에서 도를 닦아 신선이 되어서는, 천년이 지난 뒤에 학이 되어 돌아와 화표주華表柱에 앉아 시를 지었다는 이야기를 인용한 것이다. 그런데 천년이 지나도록 요동의 학이 오히려 돌아오지 않았다고 하였다. 여기서는 우륵이 신선이 되어 떠난 뒤로 돌아오지 않는다는 것이다.

의림지의 풍광을 오래 못 봐 슬펐는데	湖上風煙悵久違

백발이 되어 옛 낚시터에 거듭 찾아 왔네.	白頭重訪舊漁磯
거문고 타던 신선은 소식이 없고	彈琴仙子無消息
우뚝 솟은 임소정은 시비가 분분하네.	臨沼高亭有是非
모래톱에 물이 불어나니 비 지난 것을 알겠고	沙觜水生知雨過
나뭇가지에 꽃이 시드니 봄이 가는 것을 보겠네.	樹梢花盡見春歸
물결 위 갈매기 짐짓 가까이 날아드니	波鷗故故飛相近
거칠고 게을러도 물욕 점차 사라짐을 스스로 믿는다네.	自信疎慵漸息機

김이만金履萬(1683~1758)의 〈의림지에서義林池作〉로 『학고집鶴皐集』에 전한다. 김이만은 자가 중수仲綏이고 호는 학고鶴皐·동애東厓이며 본관은 예안禮安이다. 1683년 제천 단곡檀谷에서 태어나 22세인 1704년 오상렴吳 尙濂과 함께 과천 청계산 부근에 퇴거해 있던 이서우李瑞雨를 찾아가 수업하였다. 1713년 대과에 합격하고 이듬해 가주서를 시작으로 병조좌랑, 공조좌랑, 서천군수 등을 지냈고, 1756년 통정대부에 오르고 첨지중추부사가되었다. 그 사이 벼슬에서 물러나 있었던 10년 정도는 고향 제천에서 지내며 지인들과 시교詩交를 나누고 자신이 지은 시를 편집하기도 하였다. 오상렴을 비롯하여 이서주李瑞胄·이익李瀷·박사휴朴師休 등과 교유하였다.

김이만이 벼슬에서 물러나 고향 제천으로 돌아와 지은 작품인 듯하다. 수련에서 의림지의 풍광을 오래도록 보지 못해 슬펐다고 하니 말이다. 미련에서도 물욕이 점차 사라짐을 스스로 믿는다고 하였다. 백발이 되어 세상 명리名利를 멀리한 채 의림지에서 갈매기와 벗하며 살겠다는 뜻을 드러낸 것이다. 한편 시 끝에, "의림지 북쪽 연자암은 세상에 전하기로 우륵이 거문고를 타던 곳이라 하고, 의림지 남쪽 임소정은 이때 고을 사람들의 훼철하자는 논의가 있어, 3, 4구에 언급하였다池北燕子巖, 世傳于勒彈琴處, 池南臨沼亭, 邑人時有毀撤之議, 三四及之."라고 하였다. 우륵대와 함께 연자암도 우륵 관련 전설이 전해지고 있음을 알 수 있다.

의림지의 사계절 정취

의림지는 그 압도하는 규모와 주변 풍광이 아름다워 누구나 한번은 찾는 그런 곳이다. 더구나 의림지의 사계절 정취는 왜 이곳이 사람들의 발길이 끊이지 않는지 알 수 있게 한다.

천 경 넓이의 푸른 못	滄池千頃寬
그 깊은 곳의 물결이 먹빛 같구나.	深處波如墨
정녕 비상한 물고기 있어	定有非常鱗
구름과 우레에 돌연 날개 돋겠네.	雲雷忽傳翼

이서우李瑞雨(1633~1709)의 〈김밀양 봉지 제천십육경金密陽鳳至堤川十六景〉 중 '의림지義林池'로 『송파집松坡集』에 전한다. 이서우는 자가 윤보潤甫이고 호는 송곡松谷·송파松坡이며 본관은 우계羽溪이다. 허목許穆의 문인으로 그에게 시문을 인정받았다. 채제공蔡濟恭은 이서우에 대해, "우리들의 시맥詩脈은 호주湖洲 채유후蔡裕後, 동주東州 이민구李敏求 이후로 오직 송곡이 그 정통을 얻었으나, 송곡의 시는 정교하고 치밀하기만 할 뿐 원대한 운치가 적다."라고 평가한 바 있다.

위 시는 김봉지金鳳至(1649~?)의 〈제천십육경堤川十六景〉 중 '의림지義林池'에 차운한 것이다. 1구의 경頃은 밭 넓이 단위로 1경頃이 100묘畝이니, 넓은 의림지의 규모를 표현한 것이다. 그 넓은 의림지 깊은 곳은 물결이 마치 먹빛처럼 검다. 그 심처에는 예사 물고기가 아니라 구름과 우레에 돌연 날개가 돋쳐 날아오르는 정녕 비상한 무언가가 살 것만 같다.

취하여 모자 기운채 봄날 들판에서 말을 타니	騎馬春郊醉帽斜
어느새 호수 근처에 이르렀네.	看看忽已及湖涯

봉황이 나는 듯한 높은 정자는 유인의 즐거움이고	高亭鳳翥遊人樂
용이 넘어진 듯한 큰 나무는 지사의 탄식이라네.	大樹龍顚志士嗟
넓은 저수지는 막 불어난 물을 담을 만하고	堤闊恰容新漲水
깊은 골짜기엔 오히려 뒤늦게 피는 꽃이 있구나.	壑深猶有後開花
외로운 배에 햇빛이 금빛으로 부서지니	孤舟蕩日金光碎
은하수의 관월사를 상상한다.	想像銀河貫月槎

김이만의 〈임호에서 놀며遊林湖〉이다. 김이만은 이서우의 제자이다. 위 시는 봄날 의림지의 정취를 보여준다. 시인은 이미 술에 취한 채 의림지를 찾아간다. 머리에 모자는 비스듬하고 봄 들판을 말을 타고 간다. 어느새 의림지에 도착하였다. 유람객들은 둑에 있는 높은 정자에서 즐기고 여기저기 큰 나무가 쓰러져있다. 드넓은 호수엔 막 불어난 물이 가득하고 깊은 골짜기 응달진 곳엔 늦게 핀 봄꽃이 더러 보인다. 호수 한가운데 외롭게 떠 있는 배에 금빛 햇살이 부서지니 은하수의 관월사를 상상하게 한다. 관월사 貫月槎는 '달을 꿰는 뗏목'이다. 요 임금 때에 서쪽 바다에 거대한 뗏목이 떠있는데, 그 뗏목 위에 빛이 비쳐서 마치 별이나 달처럼 커졌다 작아졌다 하였기에 사람들이 그렇게 불렀다고 한다.

푸른 숲 그늘에 내 낀 마을 보일락 말락	烟村明滅綠林陰
꽃이 가득한 맑은 못에 산 그림자 잠겼네.	花滿淸潭山影沉
빈 배는 진종일 한가로이 오가고	虛舟盡日開來往
때로 물 속에서 뛰어오르는 물고기 있네.	時有遊魚躍水心

이서李漵(1662~1723)의 〈의림지義林池〉로 『홍도유고弘道遺稿』에 전한다. 이서의 자는 징지澄之이고 호는 옥동玉洞·옥금산인玉琴散人·청포淸浦이며 본관은 여주驪州이다. 윤두서尹斗緖·이만부李萬敷·심득경沈得經·최원경崔元慶 등과 교유하였다. 이서는 당대의 유력한 남인 가문 출신으로 생부 육우당六

寅堂 이하진李夏鎭(1628~1682)과 중형이 정치적 파란을 겪어 가문이 몰락하는 상황에서 세상의 명리를 등지고 은일하였다. 그리고 문예로 성가聲價가 높았던 가학家學의 전통을 경학經學 중심으로 바꾸어 아우 성호星湖 이익李瀷(1681~1763)에게 영향을 주었다.

위 시는 35세인 1696년 이만부 등과 호서 사군을 유람할 때 지은 것이다. 푸른 숲 그늘에 가려 보일 듯 말 듯 의림지 주변의 내 낀 마을, 여름꽃이 가득한 맑은 의림지에 종일 빈 배만 한가로이 오가는 모습, 때때로 그 고요를 깨트리듯 물속에서 뛰어오르는 물고기 등 여름날의 한가롭고 생동감 넘치는 의림지의 풍광을 묘사하였다.

짙게 화장한 가을 산 눈썹을 그린 듯하고	濃抹秋山似畫眉
둥근 못은 푸른 유리를 평평하게 깔아놓은 듯 하구나.	圓潭平布碧琉璃
장차 대소로 제물을 논한다면	如將小大論齊物
연산이 묵지를 둘렀다 말하리.	直道硯山環墨池

김정희金正喜(1786~1856)의 〈의림지義林池〉로 『완당전집阮堂全集』에 전한다. 가을날 용두산과 의림지의 모습을 형상화하였다. 1구의 짙게 화장한 가을 산은 용두산을, 2구의 둥근 못은 의림지를 말한다. 3, 4구에서 굳이 크고 작은 것으로 제물을 논한다면 연산硯山이 묵지墨池를 둘렀다 말하겠다 하였다. 연산은 벼루이고, 묵지는 벼루의 복판에 조금 오목한 곳으로 물을 담아 먹을 갈아 먹물을 보관하는 데를 말하는데, 연지硯池라고도 한다. 한편 묵지는 연못을 말한다. 저명한 서예가인 후한의 장지張芝와 진나라의 왕희지王羲之가 못가에서 오랫동안 글씨를 연습하니 못물이 검게 되었다는 이야기가 있다. 여기서 연산은 용두산을 묵지는 의림지를 말한다. 그리하여 4구의 연산이 묵지를 둘렀다는 것은 대소의 차원에서 말할 때 용두산이 의림지를 품고 있다는 것이다.

의림지 밖의 산은 푸르고	義林池外山蒼然
의림지 안의 하늘은 둥글다.	義林池中天正圓
겨울날 의림지의 물이 얼었으니	玄冬波結義林池
뚜렷이 나는 교룡의 머리 위를 걸어간다.	耿耿我行蛟龍顚
나부끼는 눈꽃도 내려오려 하지 않고	雪花飄瞥不肯下
비스듬한 놀란 새도 감히 앞서지 않네.	驚鳥欹斜無敢前
눈에 보이는 것이 참으로 수정 쟁반이니	極目眞箇水晶盤
쟁반 위에 앉아 밝은 달 떠오르길 기다리네.	盤上坐待明月懸

안석경安錫儆(1718~1774)의 〈의림지에서 계화와 함께 얼음을 밟다義林池, 與季華踏氷〉로 『삽교집霅橋集』에 전한다. 안석경은 자가 숙화叔華이고 호는 삽교霅橋·완양完陽·탁이산인卓異山人이며 본관은 순흥順興이다. 임배후林配垕·민백순閔百順·성대중成大中과 교유하였다. 충주 가흥可興 출신으로 1728년 이인좌의 난을 피해 제천의 도촌陶村으로 거처를 옮겼다. 1737년 공조좌랑으로 부임하는 부친을 따라 서울로 갔다가 27세인 1744년 제천현감으로 부임하는 부친을 따라 제천으로 왔다. 과거에 응시했으나 낙방하였고, 이해 정공술鄭公述과 의림지를 유람하였다.

의림지의 겨울 풍경을 노래하였다. 함련의 의림지의 물이 꽁꽁 얼었으니 교룡의 머리 위를 걸어간다는 표현이 재미있다. 나부끼는 눈꽃도 얼어 내려오려 하지 않고 머리 갸웃한 새도 감히 앞설 생각을 하지 못한다. 그렇게 꽁꽁 얼어버린 한겨울의 의림지. 눈에 보이는 것은 온통 수정 쟁반이다. 그 수정 쟁반 위에서 달이 떠오르기를 기다리는 시인의 정취를 느낄 수 있다.

의림지의 가을 풍경

다백운루

雲樓

구담봉

단양 산 위에는 흰 구름이 많다,

다백운루多白雲樓

산수를 유람하며 문장으로 울분을 풀다

단양 구담에 다백운루多白雲樓를 지은 이는 이인상李麟祥(1710~1760)이다. 이인상은 이곳 이화촌梨花村에 자리 잡고 살면서 구담에 운루雲樓와 부정桴亭을 지었다. 산수의 경치 좋은 곳을 차지하여 노년을 마치려는 생각이 있었기 때문이다. 물론 지금은 흔적조차 찾아볼 수 없다.

이인상은 자가 원령元靈이고 호는 능호凌壺·보산자寶山子이며 본관은 전주全州로 조선후기 문인서화가이다. 3대에 걸쳐 대제학을 낳은 명문가 출신으로 고조가 효종 때 영의정을 지낸 이경여李敬輿(1585~1657)이나 증조 이민계李敏啓가 서자였기 때문에 문과에 응시할 수 없었다. 이러한 출신의 한계는 그를 현실과 이상 사이에서 고뇌하게 하였다. 그는 평소 세상을 얕보며 홀로 우뚝 서서 산수를 자유로이 유람하며 문장으로 울분을 풀었다. 사대부들의 잘못을 보면 이따금 꾸짖고 욕하면서 곁에 사람이 있는 것도 개의치 않았다. 사람됨이 강직하고 곧아 마음에 맞는 사람이 드물었고 세상에 아부하며 출세하려 하지 않았다. 사람들과 더불어 말을 할 때 엄정하고 법도를 지키니 모두가 공경하였다.

1735년 진사시에 합격하고 이듬해 음보로 한양의 북부참봉北部參奉을 지낸 후에 외직으로 나가 사근도 찰방沙斤道察訪이 되었다. 1736년 태백산을 유람하고 기문을 짓고 이듬해 금강산을 유람하였으며 다음 해에는 여주 일대를 유람하였다. 송문흠宋文欽·신소申韶·이윤영李胤永과 자주 어울리며 교유하였는데, 1739년 임매任邁·이윤영 등과 서호西湖에서 결사結社하고 시를 수창하였다. 1743년에는 송문흠과 황경원黃景源이 백련동白蓮洞 서재로 내방하였고, 이듬해에는 오재순吳載純·이윤영·윤면동尹冕東과 계산동桂山洞에서 독서하였다. 39세인 1748년 8월에는 진주 촉석루를 시작으로 남해 금산의 음성굴音聲窟을 유람하는 등 평소 산수 유람을 좋아하였다.

1750년 음죽현감陰竹縣監이 되었는데 관찰사의 심기를 거슬려 얼마 지나지 않아 관직을 버리고 떠났다. 법을 엄격히 시행하면서 권세 있고 지체 높은 이들에게 휘둘리지 않는 그의 성정으로 충분히 있을 만한 일이었다. 1752년 12월 가장 가까운 벗인 송문흠을 잃었고 3년 후에 신소를 잃었다. 그로부터 2년 후인 1757년에는 부인 덕수장씨德水張氏를 잃었다. 장씨는 문충공文忠公 장유張維(1587~1638)의 현손이며 장진욱張震煜의 딸이다. 그리고 1759년 이윤영도 잃었다. 이처럼 이인상은 7~8년 사이에 부인과 가까운 벗을 모두 잃고 그 또한 1760년 51세의 나이로 생을 마쳤다.

이인상은 정산定山 오재소吳載紹에게 수학하며 구류九流와 백가서百家書를 두루 섭렵하였다. 또한 어려서부터 대의大義를 지킨 고조부 이경여의 글을 읽고 자란 까닭에 그 또한 노론의 숭명배청崇明排淸 사상을 고수하였고, 학통은 김창흡金昌翕과 이재李縡로 이어지는 이기절충론理氣折衷論을 이어받았다. 서출이었으나 시문과 학식이 뛰어나 당시 문사들의 존경을 받았다. 특히 회화에 뛰어나 조선후기 문인화의 한 맥을 형성하였고, 전서篆書와 전각篆刻에도 뛰어나 후대의 서화가들에게 큰 영향을 끼쳤다.

구담에 다백운루를 짓다

구담봉龜潭峰은 단양팔경의 하나이다. 기암절벽의 형태가 거북을 닮아 구봉龜峰이라 하고, 구봉의 주위를 에워싼 못 속에 비친 바위가 거북의 형태를 띠고 있어 구담龜潭이라 하니, 둘을 합해서 구담봉龜潭峰이라는 이름을 얻었다. 이곳은 예로부터 수많은 학자와 시인 묵객이 그 절경을 찬미하였다.

1548년 봄에 단양군수가 된 이황李滉(1501~1570)은 정무의 틈을 타 단양의 기이한 산수를 두루 둘러보았다. 여름 5월이 되어서야 구담이란 곳을 본 이황은, 앞서 본 것은 기이함이 되지 못하고 『여지승람輿地勝覽』에 실려 있는 것과 앞 사람의 기술에 실려 있는 것이 오히려 갖추지 못함을 알았다고 하였다. 이어 구담을 묘사하기를, 산봉우리는 그림 같고 골짜기는 서로 마주 벌어져 있는데, 물은 그 가운데에 괴어서 넓고 맑고 엉키고 푸르러 거울을 새로 갈아서 공중에 걸어 놓은 것 같다고 하였다. 그가 1548년 6월에 지은 〈유람할 만한 단양의 산수에 대한 속기丹陽山水可遊者續記〉에 있는 이야기이다. 한편 이색의 후손으로 『토정비결』을 지은 이지함李之菡의 형 이지번李之蕃(?~1575)은, 1556년 이황의 권유로 벼슬을 버리고 구담봉에 은거하였다. 학문을 닦으며 청유淸遊하는 그를 가리켜 사람들이 구선龜仙이라 불렀는데, 그의 구옹龜翁이라는 호 또한 구담봉과의 인연에서 비롯된 것이다.

조화옹이 기묘한 경치 모아놓은 곳	造化鍾奇勝
이름 내건 것이 본래 헛되지 않구나.	標名故不虛
구름은 시초(蓍草) 지킨 곳인 듯하고	雲疑守蓍處
강은 낙서(洛書) 지고 나온 물과 같네.	江似負書餘
가는 배에 푸른 산 다가오는데	綠嶂行舟逼

벼랑에 드문드문 매달린 꽃.	危花絶岸疎
퇴도의 흥취 아련히 떠올릴 따름	長懷退陶興
토정께서 살던 곳 알 수 없어라.	難問土亭居

김창협金昌協(1651~1708)의 〈구담龜潭〉이다. 조화옹이 만든 기묘한 경치 구담, 이름에 거북 '구龜' 자를 내건 것이 본래 헛되지 않다고 하였다. 구체적으로 이곳의 구름이 시초蓍草를 지킨 곳인 듯하다는 것. 시초는 상서로운 풀로 길흉을 점칠 때 사용하는 것이다. 한 뿌리에서 백 줄기가 자란 시초는 그 밑에 반드시 신구神龜가 지키고 있고 그 위에는 항상 푸른 구름이 덮고 있다는 데서 인용한 것이다. 또한 낙서洛書는 하우夏禹가 낙수洛水를 다스릴 때 신구가 등에 지고 나왔다는 아홉 개의 반점으로, 『서경書經』홍범구주洪範九疇의 근간이 된 것이다. 곧 구담을 낙수에 견주어 한 말이다. 퇴도退陶는 이황이다. 그가 단양군수로 있을 적에 구담을 유람한 적이 있으므로 거론한 것이다. 토정土亭은 이지함李之菡이다. 그의 형 이지번李之蕃이 구담에 은거하였고, 이지함 또한 1548년 보령으로 옮겨 살기 전 구담과 수산水山에 거주한 적이 있다.

평소 산수 유람을 즐겼던 이인상은 단양에 이름난 산수가 많다는 것을 익히 알고 있었다. 그리고 기회가 되어 실제 단양의 구담을 유람하고 이곳에 누각을 지었다. 1751년에 지은 이인상의 〈부정기桴亭記〉에, "구담에 이르면 강과 산이 맑고 웅장하여 사람으로 하여금 슬프게도 기쁘게도 하는데, 내가 일찍이 구담의 남쪽 언덕에 작은 누각을 짓고 살았다至于龜潭而江山清壯, 令人悲喜, 余嘗築小樓于潭之南岸而居之."라고 하였다. 이어, "그것을 보니 끊어질 듯 높은 것이 속세에서 떨어져 있어 구름이 나옴이 많았다. 드디어 도홍경이 은거하며 지은 시를 취하여 누각에 표하기를 '다백운'이라 하였다躋而觀之, 絶高而離塵, 出雲爲多. 遂取陶隱居詩, 標樓曰多白雲."라고 하였다.

이로써 다백운루多白雲樓는 1751년보다 한참 전에 지었음을 알 수 있

다백운루가 있었던 구담

다. 그렇다면 구체적으로 언제일까? 이인상이 1757년에 지은 〈산천정기사山泉亭記事〉에 그 단서가 있다. 이 글에 의하면, 1743년 가을에 이인상은 송문흠과 함께 단양을 유람하였다. 이때 단양군수로 있던 이규진李奎鎭(1688~1760)이 함께하였다. 세 사람은 배를 타고 구담으로 내려가 모래사장에서 술을 마시고 즐거움이 다하여 돌아왔다. 이때 이인상과 송문흠이 배 위에서 함께 시를 지어 이 군수에게 사례하였다.

물 고인 넓은 구담	積水龜潭濶
봉우리 모여 빽빽이 솟은 옥순.	連峰玉筍稠
강과 산이 이처럼 큰데	江山於此大
구름 해에 시름 절로 이네.	雲日自生愁
노인은 물고기 잡아 버들가지에 꿰고	谿叟魚穿柳
군수는 배에 가득 술을 싣누나.	使君酒滿舟
서로 장차 격의 없이 대하며	相將簡禮數
모래사장에서 술을 마신다.	洗勺在沙頭

이인상의 〈구담의 배 안에서 송사행과 더불어 함께 지어 이 단양 규진에게 사례하다龜潭舟中, 與宋士行共賦, 謝李丹陽奎鎭〉이다. 이규진은 이식李植의 증손이며 목곡牧谷 이기진李箕鎭의 동생이다. 1721년 진사가 된 후 광릉참봉光陵參奉과 장악원 첨정을 거쳐 1740년 12월 단양군수가 되었다. 1743년 가을에 이인상과 송문흠이 단양에 가서 군수 이규진을 만나 그의 도움으로 배를 타고 구담봉과 옥순봉을 유람한 흥취를 노래한 것이다.

이로써 이인상이 구담에 다백운루를 지은 것은 송문흠과 함께 유람차 단양에 갔던 1743년으로 생각된다. 이때 이 군수와 배를 타고 구담을 둘러본 것이 이곳에 누각을 짓게 된 결정적인 계기가 되었던 것이다. 오래 전 이황이 구담을 처음 보고 놀랐던 것처럼 이인상 또한 한 번 보고 마음에 들었던 것이다. 이런 인연으로 구담에 누각을 지었으나 항상 머물 수 있는 곳은 아니었다. 그렇기에 계속해서 살 수는 없고 1년에 한 번 이르는 곳이라 한 것이리라. 어쨌든 그의 구담 은거에 대한 뜻은 온전히 이루지 못하였지만 누각을 짓고 17년 정도는 서울과 단양을 오가며 생활하였으니 어느 정도 뜻을 이루었다고 하겠다.

한편 이인상의 〈부정기〉로 산수 유람을 좋아해 전국을 두루 다녔던 이인상이 특히 구담에 마음이 갔던 이유도 알게 되었다. 평소 구름 보는 것을 좋아한 그인데, 구담이야말로 구름을 자주 볼 수 있기 때문이다. 거기다 누각의 이름 '다백운多白雲'이 도홍경陶弘景의 시에서 따온 것임도 알 수 있다. 도홍경은 양 무제梁武帝에게 산중 재상으로 존숭되었던 선가仙家의 은자이다. 도홍경의 〈조서로 산중에 무엇이 있느냐고 물으시길래 시를 지어 답하다詔問山中何所有, 賦詩以答〉에, "산중에는 무엇이 있느뇨, 산 위에는 흰 구름이 많아라. 그저 나 혼자 즐길 뿐, 그대에게 줄 수는 없도다山中何所有, 嶺上多白雲, 只可自怡悅, 不堪持贈君"라고 하였는데, 2구의 '다백운多白雲' 세 글자를 취하여 누각 이름을 삼은 것이다.

서루書樓의 이름에 '구름[雲]'이 들어간 좀 더 속 깊은 이야기는 〈다백운루기多白雲樓記〉에 보인다. 평소 구름 보는 것을 즐기는 이인상이지만 그 즐기는 까닭을 스스로 말하지는 않는다. 왜 그랬을까? 그는 홀로 웃으며 다음과 같이 말하였다.

구담은 계속해서 살 수 있는 곳이 아니고, 구름을 좋아하나 늘 만날 수 있는 것은 아닌데, 이것을 근심이라 할 수 있나? 무릇 때맞춰 비가 내려 만물이 무성한 것은 천지의 마음이고 구름의 오묘한 작용이다. 그러나 사방팔방 같은 구름이 흡족하게 비를 내려도 풀 한 포기 나무 하나도 오히려 그 혜택을 입지 못하는 것이 있어 군자가 또 그것을 근심하니 근심이 그칠 때가 없다.

龜潭不可以恒居, 好雲不可以恒遇, 斯爲可憂耶. 夫時雨降而萬物滋茂者,
天地之心, 而雲之妙用也. 然八荒同雲, 霑然下雨, 而一草一木, 猶有不被其
澤, 則君子又憂之, 其憂無已時矣.

그렇다, 이인상은 평소 구름 보는 것을 즐기지만 그 즐기는 까닭을 말할
수는 없다고 하였다. 무언가를 즐긴다는 것은 온전히 즐기는 것을 말한다.
그런데 그는 그러지 못하였다. 늘 마음 한편에 근심이 있어서이다. 구담에
서 계속 살 수 없다는 것과 좋아하는 구름을 늘 만날 수 없다는 것은 그에
게 근심이라고 할 순 없다. 다만 그에게 근심인 것은, 같은 구름이 사방팔
방 흡족하게 비를 내려도 그 혜택을 입지 못하는 풀 한 포기 나무 한 그루
가 있다는 사실이다. 이 엄연한 현실 앞에서 근심 많은 군자는 즐기는 이유
를 말할 수 없다는 것이다. 이것은 시문과 학식이 뛰어나 당시 문사들의 존
경을 받았지만, 서출인 관계로 본과에 이르지는 못하고 음보로 한미한 벼
슬에 그쳐야 했던 그였기에, 누구보다도 비의 고른 혜택을 누릴 수 없는 세
상 그 누군가에 대한 동병상련이 아니었을까?

한편 이어지는 글을 보면 이인상이 구름을 보는 즐거움에 대해 말하지
않는 진짜 이유가 드러난다.

내가 그래서 유독 갠 구름을 좋아하니, 갠 구름은 밝고 흰빛의 기묘한 변
화가 많아 온갖 형상이 드러난다. 이때 바로 천지의 마음을 보면 조용한 것
이 움직임이 없으니 만물이 때를 기다리는 것이다. 나의 즐거움 또한 말하
지 않는 것에 있으니 무엇을 근심할 것인가. 그러나 구름이 나오는데 일정
한 때가 없으니 마음에 맞는 때를 만나기 어렵고, 일에 응수하는 것이 무궁
하니 나의 근심과 즐거움도 상황에 따라 변한다. 비록 좋은 구름이 없을지
라도 어느 겨를에 근심할까. 무릇 산과 바다의 경치를 보는 것이 비록 아름
답지만, 만일 늙어 죽도록 고요히 앉아 매일 보면 유동하는 기이한 변화는
오히려 빛나는 하나의 사물인지라 사람으로 하여금 싫증이 나게 할 것이

다. 오직 기장의 맛과 선비의 복색으로 도의를 이야기하고 경사를 읽고 토론하는 일을 한다면 정신이 몸에 충만하여 가히 곳에 따라 편안하고 영원토록 싫어함이 없을 것이다. 운루가 비록 아름다우나 그 즐거움을 바꿀 수는 없다.

余故獨喜晴雲, 晴雲多皓白奇變, 而衆象呈露. 于此之時, 正觀天地之心, 貌然無動, 而萬物待時. 余樂亦在于不言, 夫何憂哉. 然雲出無時, 而難遇會心之時, 事應無窮, 而吾之憂樂, 隨遇而變矣. 雖無好雲, 何暇憂焉. 夫山海泉石之觀雖美, 若使終老靜坐, 繼日以觀, 則其奇變流動者, 反爲塊然一物, 而令人厭射. 唯梁穀之味, 布韋之服, 道義經史之業, 神逸體充, 可以隨地而安, 恒久而無射. 雲樓雖美, 無以易其樂矣.

이인상은 자신의 즐거움은 말하지 않는 것에 있다고 하였다. 그에게 즐거움은 따로 있었던 것이다. 산과 바다의 경치를 보는 것이 아름답다 해도 만일 늙어 죽도록 앉아서 매일 본다면 싫증이 날 것이라 하였다. 이에 반해 맑고 가난한 선비의 음식과 복색으로 도의道義와 경사經史의 일에 종사한다면 정신이 충만하여 어딜 가든 편안하고 영원히 싫어함이 없을 것이라는 것이다. 그래서 운루가 비록 아름다우나 그 즐거움을 바꿀 수 없다는 것. 이제야 그가 기문의 초입에서 구름을 좋아하나 즐기는 까닭을 말할 수 없었던 이유가 확연해진다. 그가 '말하지 않는 즐거움'은 바로 도의를 이야기하고 경사를 읽고 토론하는 일인 것이다. 왜 아니 그렇겠나, 그는 타고난 학자요 선비였던 것을. 그래서일까, 황경원黃景源(1709~1787) 또한 구담에 서루를 짓고 은거하겠다는 이인상에게 어느 날 보낸 편지에서, 산수를 좋아하여 장차 단양에서 노닐려 하는데, 굳이 단양에 들어가지 않아도 육경六經에 진선眞仙이 있으니 뭐하러 구담과 도담 사이에서 배를 타고 신선이 되는 방법을 구하겠냐고 한 바 있다. 신선과 문장, 이 두 가지는 도는 서로 어긋나나 정精과 기氣가 밝게 빛나 사라지지 않는 것은 같다는 것이다.

이인상은 오악五嶽·삼호三湖·황산黃山·안탕鴈宕 등의 승경에 마음을 달려

구해九海 밖에 범람하여 봉래산과 영주산의 선인仙人·진인眞人의 보금자리를 구하려는 것은 기욕嗜慾이 날로 심하고 타고난 바탕이 날로 얕아지니 돌아보면 수고로운 일이라고 하였다. 중국의 이름난 산과 호수를 찾아 헤매는 것 자체가 부질없고 수고로운 일이라는 것이다. 또한 구담의 여러 봉우리가 기이하나 그 변하고 움직이는 것을 헤아릴 수 없어 구름에 미치지 못하고, 구름의 기이한 변화는 맑게 갠 따스한 날에 영원히 즐길 수 있는 것만 같지 못하니, 종신토록 육신을 부려 나의 즐거움과 바꾸는 것이 무슨 소용이냐고 하였다.

이인상은 맑은 날 보내오는 좋은 구름을 가두려 구담 위에 다백운루를 지었다. 한 해에 한 번 이르는 곳이지만 그곳에서 구름 같은 뭇 봉우리를 보고 또 밭을 갈아 먹고 칡을 채취하여 옷 해 입고 유유자적 한가로이 책을 읽고 이치를 음미하니 대개 그 즐거움을 바꿀 수 없다고 하였다. 또 이왕이면 청운晴雲·호운好雲을 만나고 싶다고 하였다. 일없이 홀로 앉아 갠 하루를 우연히 얻고 좋은 구름이 때때로 일어나는 것을 만나 뭇 형상이 드러나는 것을 보며 천지의 마음을 증험할 수 있으니 말이다. 맑게 갠 구름, 좋은 구름은 뭇 형상을 환히 드러낸다. 그렇게 본인 또한 세상에 환히 떳떳이 드러나길 바라는 것이다.

누각을 다듬고 깎았으나 왜소하고 누추하여 지나가는 자가 웃었으나 나는 오히려 스스로 즐겼다. 생각하니 나는 중화의 성할 때를 보는 데 미치지 못하고 능히 사해에 두루 노닐지 못하며 천하의 선비와 교유하지 못하니 학식이 부족하고 계책이 없어 세상을 좋게 하고 백성의 어른 노릇을 할 수 없어, 이에 거친 산의 한 작은 누각으로 돌아가 의지하는 바이니 마음 씀이 진실로 작다고 할 것이다. 내가 일찍이 남쪽으로 지리산에 오르고 동으로 금강산에 들어갔으며 태백산에 올라 큰 바다의 물에 임하고 바야흐로 몰운대와 해운대를 보고 오산에 올라 연나라와 조나라의 기풍을 보았는데, 늙어 쓸모없는 몸으로 끝내 정을 부칠 곳이 없고 하루하루 도성 문에서 멀어지니 그 마음 더욱 슬프다. 운루가 있지 않으면 필경 그 슬픔을 풀지 못했을 것이다.

樓固樸斲而矮陋, 過者笑之, 而余猶自娛焉. 念余不及覩中華盛時, 不能遊遍四海, 不得交天下士, 寡學無術, 不可以善世長民, 而乃以荒山一小樓爲依歸之所, 用心固小矣. 余嘗南登智異, 東入金剛, 登太白臨大瀛之水, 放觀于沒雲海雲之臺, 登烏山望燕趙之風烟, 而到老澆落, 竟無所托情, 日遠都門而其心益悲. 不有雲樓則竟無以解其悲者

이인상의 〈부정기〉 중 다백운루 관련 부분이다. 윗글 중 "늙어 쓸모없는 몸으로 끝내 정을 부칠 곳이 없고 하루하루 도성 문에서 멀어지니 그 마음 더욱 슬프다. 운루가 있지 않으면 필경 그 슬픔을 풀지 못했을 것이다."라고 한 대목을 보자. 1743년 백련동 서재에 내방한 송문흠과 함께 단양 구담을 유람하고 그곳에 다백운루를 짓고 1750년 음죽현감이 되기까지 이인상은 달리 외부 활동을 하지 않았다. 그래서 하루하루 도성 문에서 멀어진다고 한 것이다. 그 답답하고 우울한 때에 그래도 1년에 한 번이지만 그나마 운루가 없었으면 그 슬픔을 풀 수 없었을 거라는 그의 말이 아프게 들리는 이유이다.

복사꽃 물을 스치면	桃花拂水
작은 조각배에 술을 싣는다.	扁舟載酒
흐르는 물에 가볍게 지나는 배	水流舟輕
꽃이 환하게 눈에 비치네.	花照眼明

이인상의 〈운루구해雲樓九解〉 중 '화수삼해花水三解'의 첫 번째이다. 해解는 마디[節]란 의미로 시가詩歌나 악곡樂曲의 한 장절을 이른다. 이인상은 일찍이 명나라 주지번朱之蕃의 글을 꿰어 〈사언시구해四言詩九解〉를 짓고 종소리에 맞춰 노래한 바 있다. 〈운루구해〉는 석종삼해石鐘三解·화수삼해

花水三解·해초삼해海樵三解로 이루어졌다. 그는 우연히 얻은 푸른 돌을 깎아 종을 만들어 누각 가운데 걸었다. 다백운루에서 손수 만들어 걸어놓은 석종을 두드리며 그 종소리에 맞춰 노래하는 이인상을 상상해보라.

다백운루에서 벗들과 시를 나누다

이인상은 평소 시 짓기를 즐겼으나 성품이 진솔하여 남의 칭찬을 들으면 스스로 원고를 없애버리는 것이 많았다고 하였지만, 현재 그의 문집에는 400여 수의 시가 남아 있다.

백 겹의 푸른 산과 만 겹의 구름	百疊蒼山萬疊雲
구름 속 난간에서 천지의 조화로운 기운을 본다.	雲中軒檻望氤氳
봄비는 매일 밤 초목을 향기롭게 하고	春雨每宵薰草木
산빛과 구름 그림자 담박하여 구분할 수 없네.	山光雲影澹無分

이인상의 〈부정잡시桴亭雜詩〉 중 '다백운루多白雲樓'이다. 〈부정잡시〉는 '한미동閒美洞'부터 '부정桴亭'까지 칠언절구 총 22수이다. 2구의 인온氤氳은 하늘의 양의 기운과 땅의 음의 기운이 만나 조화를 이룬다는 말이다. 인온氤氳은 인온絪縕이라고도 한다. 백 겹의 푸른 산과 만 겹의 구름이 있는 곳, 그곳에 다백운루가 있다. 그곳 난간에 기대어 시인은 고요히 천지의 조화로운 기운을 본다. 천지의 기운이 합하여 만물이 자라남을 보고 그 만물의 조화를 통해 피아彼我의 구분을 잊는다.

깊은 산 어느 곳인들 흰 구름 없으리	何處深山無白雲
영롱하게 봉우리에서 나와 모두 상서롭네.	英英出岫總氛氳

| 높은 누각에 누운 은자를 감싸니 | 高樓爲護幽人臥 |
| 본래의 맑은 자태 한결 뛰어나구나. | 素質淸姿最十分 |

송문흠宋文欽(1710~1752)의 〈이원령의 부정잡영에 화답하다和李元靈桴亭雜詠〉 9수 중 '다백운루多白雲樓'로 『한정당집閒靜堂集』에 전한다. 그는 총 102편의 시를 남겼는데, 그 가운데 이인상과 차운한 시가 꽤 많다. 깊은 산 어딘들 구름이 없을까마는 그는 특히 구담의 봉우리에서 나오는 구름은 모두가 상서롭다고 하였다. 이어 그 구름이 누각에 누운 은자를 감싸니 본래 맑은 자태가 한결 뛰어나다는 것. 3구의 유인幽人은 물론 이인상을 말한다. 송문흠은 누구보다 이인상에 대해 잘 알았다. 물론 이인상에게도 가장 흠모하는 벗은 단연코 송문흠이었다.

송문흠은 자가 사행士行이고 호는 한정당閒靜堂이며 본관은 은진恩津으로 송준길宋浚吉의 현손玄孫이다. 이재李縡의 문인으로 임성주任聖周·이인상·황경원 등과 교유하였다. 24세인 1733년 사마시에 합격하고 1736년 화양동 암서재에서 형 송명흠宋明欽 그리고 임성주와 독서하였다. 1743년에는 황경원·신소 등과 함께 백련동白蓮洞으로 들어가 이인상의 서재에서 머무르며 시를 짓기도 하였다. 1747년 12월 문의현감이 되었고, 1751년 방산方山에 거처할 곳을 구하여 한정당閒靜堂이라 하였다.

흰구름 저물녘에 수려한 빛을 띠고	白雲夕秀色
단학에 우뚝 솟은 외로운 정자.	丹壑起孤亭
물 속의 달은 본래 자취가 없고	水月元無跡
꽃 같은 눈은 크게 형체가 있지.	花雪太有形
찬란하게 산 위에 나타나니	英英山上出
아침저녁으로 경서 보는 자리 비추네.	朝暮照看經

이윤영李胤永(1714~1759)의 〈원령과 사행의 부정잡영에 화답하여 주다和贈元靈士行枰亭雜詠〉 17수 중 여섯 번째 '다백운루多白雲樓'로 『단릉유고丹陵遺稿』에 전한다. 2구의 단학丹壑은 다백운루가 있는 골짜기이자 적색赤色이 어린 산골짜기로 선경을 뜻하기도 한다. 여기서는 1구의 석양에 붉은빛을 띤 구름과 그로 인해 전체적으로 붉은빛을 띤 골짜기로, 그 자체가 하나의 선경을 방불케 한다. 거기에 우뚝 솟은 다백운루, 그리고 찬란하게 산 위로 솟아오른 달이 아침저녁으로 경서 보는 자리를 비춘다는 대목은 자연과 인간의 오묘한 조화마저 느낄 수 있다.

이윤영은 자가 윤지胤之이고 호는 담화재澹華齋·명소선생明紹先生·단릉산인丹陵山人·단구처사丹丘處士이며 본관은 한산韓山이다. 김종수金鍾秀·윤상후尹象厚·이인상 등과 교유하였다. 20세인 1733년 윤심형尹心衡에게 수학하였고, 1736년 동생 이운영李運永의 혼인을 계기로 사돈 관계인 임매任邁와 교유를 시작하였다. 26세인 1739년 7월에는 동생 이운영, 이인상, 임매 등과 서지西池에서 연꽃을 감상하며 문회文會를 가지기도 하였다. 38세인 1751년 부친이 단양군수로 부임하는 것을 계기로 단양에 거처를 마련하고 은거하며 지인들과 단양, 충주 등의 명승을 유람하였다. 그리고 1753년 봄 단양 사인암舍人巖에 서벽정棲碧亭을 세웠다.

일찍 산으로 돌아갈 것을 그대에게 권하노니
십중팔구는 맑은 한가로움이 있을 것이네.
거문고와 책과 강에 내리는 촉촉한 비
닭과 개와 골짜기에 깃든 구름.
호방한 기운 바위 끝에서 나오고
은은한 향기 잣나무에서 듣는다.
이 가운데 즐거운 일이 많으니
숲 아래에서 경문을 외는 거라네.

勗爾還山早
清閒八九分
琴書江潤雨
雞犬洞棲雲
逸氣巖稜出
微香栢樹聞
此中多樂事
林下誦經文

이윤영의 〈다백운루. 원령과 더불어 운자를 뽑아 함께 짓다多白雲樓. 與元靈拈韻共賦〉로 『단릉유고』 「단릉록丹陵錄」에 전한다. 「단릉록」에 실린 134제는 1751년부터 1755년 무렵까지 단양에서 은거할 때 지은 시편들이다. 위 시는 1751년 이윤영이 구담으로 이인상을 찾아가 머물며 그와 함께 운자를 뽑아 다백운루를 소재로 10수의 시를 지은 것 중 일곱 번째 작품이다. 운자는 분分·운雲·문聞·문文이다.

수련에서, 일찍 산으로 돌아갈 것을 권한다고 하였다. 십중팔구 '맑은 한가로움[淸閒]'이 있을 것이기 때문이다. 마침 이때 이인상은 음죽현감에서 물러났다. 그런 그가 다백운루에서 지내게 되면 거문고와 책을 즐기며 가끔 강에 내리는 촉촉한 비를 보는 즐거움이 있을 것이다. 멀고 가까운 곳에서 들리는 닭과 개 소리를 듣고 골짜기에 깃든 구름을 보는 즐거움은 덤이다. 더구나 바위 끝에서 나오는 호방한 기운을 느끼고 때로 잣나무에서 은은한 향기를 들을 수 있음에랴. 무엇보다도 숲 아래에서 경문을 외는 것도 즐거운 일 중의 하나이다. 이 모든 것이 바로 시인이 말하는 '청한'이니, 이것을 온전히 즐길 수 있는 곳이 바로 구담이고 다백운루라는 것이다.

부정을 만들어 구담의 십리 승경을 유람하다

이인상은 1743년에 다백운루를 짓고 그곳에 정을 부쳤다. 전국의 명승을 다 돌아본 그였지만 정작 마음으로 짚은 회심會心의 장소, 그곳이 바로 구담이고 다백운루였던 것이다. 그러나 다백운루는 즐기는 것에 한계가 있었다.

그러나 구담의 위 아래 십리는 모두 좋은 봉우리인데 물 위에 뜬 집이 아니면 그 승경을 제대로 구경할 수 없다. 운루는 단지 그 한 면을 점하여 정지됨을 보나 그 움직임을 보지 못하고 일정함을 보나 그 변화를 볼 수는 없다. 보는 것에 한정이 있고 마음에 통하지 않는 것이 있으니 구담은 또 나의 슬픔을 더한다. 내가 장차 나무를 베어 뗏목처럼 묶으니 사방 여덟 자이다. 중간에 하나의 기둥을 세우고 다섯 개의 들보를 얹어 띠풀로 덮고는 부정(桴亭)이라 이름하였다.

然龜潭上下十里皆好峰, 非浮家泛宅, 不可以窮其勝. 而雲樓只點一面, 見其靜不見其動, 見其常不見其變. 目力有窮而心有所不通, 卽龜潭又增余之悲矣. 余將伐木束筏, 四方八尺. 中卓一柱, 架以五樑, 覆以草茅, 名之曰桴亭.

1751년에 지은 이인상의 〈부정기桴亭記〉 중 일부이다. 이인상이 회심의 장소에 지은 다백운루, 그러나 다백운루에서 즐기는 것만으로는 부족하였다. 왜냐하면 구담의 위 아래 십리에는 좋은 봉우리가 많기 때문이다. 그래서 생각해낸 것이 부가범택浮家泛宅, 곧 '물 위에 뜬 집'이다. 부가범택은 배를 집으로 삼아 물 위를 떠돌며 사는 생활을 말한다. 『신당서新唐書』「은일전隱逸傳」 장지화張志和에, 장지화가 안진경顔眞卿에게 "나의 소원은 배를 집 삼아 물 위에 살면서 소계苕溪와 삽계霅溪 사이를 왔다 갔다 하는 것이다願爲浮家泛宅, 往來苕霅間."라고 말한 고사가 있다. '부桴'는 뜨게 하기 위해 짜 엮은 나무로 뗏목의 뜻이 있다. 그리하여 부정桴亭은, 물에 띄우기 위해 만든 뗏목에 기둥을 세우고 들보를 얹은 다음 띠풀로 지붕을 덮은 '물 위에 띄운 초정草亭'이다. 뗏목 정자, 물에 둥둥 떠다니는 초정이라니 이 아니 신박한가. 현재 많은 사람들이 구담봉과 옥순봉을 보기 위해 이용하는 장회나루의 충주호 유람선의 전신이 바로 이인상이 만든 부정이 아닌가.

이인상은 매번 한가한 날에 어린 종에게 명하여 누각 아래로 내려가 앞 강에서 배를 젓게 하였다. 배를 느리게 저어 거슬러 올라 좌우에 펼쳐진 연자산燕子山과 적성산赤城山의 여러 봉우리를 번갈아 맞이하였다. 또한 댓순 같기도 하고 꽃봉오리 같기도 하고, 옥을 심어놓은 것 같기도 하고 홀을

구담봉 아래의 유람선

잡고 있는 것 같기도 하고, 타는 불꽃 같기도 하고 터지지 않은 꽃송이 같기도 하고, 무너진 구름 같기도 하고 일어난 구름 같기도 하고, 사람이 서있는 것 같기도 하고 짐승이 달리는 것 같기도 한, 마치 환영幻影과도 같은 황홀한 만물의 형상을 보았다. 이루 형언하여 이름 지을 수조차 없는 수많은 경치를 맘껏 유람하며 가슴 속에 담았다.

뱃노래 절도 없어 음악이 도리어 근심이 되고	棹歌無節樂還愁
잔잔한 바람에 부정이 지나가니 물결이 움직였다 그쳤다 하네.	風靜行桴浪動休
경쇠 치던 양이 바다로 들어간 것이 몇 해나 되었나	磬襄入海知何歲
뽕나무 찾던 길쌈하던 여인이 이미 백발이 되었다네.	麻女看桑已白頭

　이인상의 〈부정잡시桴亭雜詩〉 중 '부정桴亭'이다. 3구의 '경쇠 치던 양襄이 바다로 들어갔다'는 것은 양이 은거하였음을 말한다. 주나라 왕실의 예악이 쇠미해지자 악관들이 은거하였는데, 경쇠를 치던 양도 그중 한 사람이다. 여기서 양은 시인 자신을 말한다. 구담에 은거한 자신이 이미 백발이 되었다는 것이다. 앞서 얘기했듯 이인상은 운루에 석종을 만들어 걸고는 종을 치면서 그 소리에 맞춰 노래를 부르곤 하였다. 시는 물론 음악에도 조예가 깊었던 그였다.

옥순봉 아래 중고에 정사와 산천정을 짓다

　이인상은 구담에 다백운루를 지은 것으로는 만족하지 못하고 몇 해 뒤 옥순봉 아래에 집과 정자를 지었다.

　　그 후 8년 내가 옥순봉 아래 중고(中皐)에 기대 집을 지었으니 바로 채운봉(綵雲峰)을 마주 대한다. 그 물을 이름하여 운담(雲潭)이라 하였으니 오로봉(五老峰)·현학봉(玄鶴峰) 등 여러 봉우리가 운담의 북쪽에 빙 둘러있고, 구봉·옥순봉 등 여러 봉우리는 중고(中皐)의 좌우에서 서로 비친다. 내가 자못 기술한 것이 있는데 산중의 즐거운 일을 말한 것으로 송사행에게 입산을 권하며 보내주었다. 내가 또 강가에 꽃과 나무를 섞어 심어 이로써 가림막을 삼았으나 강 언덕에 연을 심을 못이 없어 근심하였다. 신미년 가을, 내가 설성(雪城)으로부터 산에 들어가 문득 중고 아래에서 땅속의 물줄기를 얻었으니 달고도 차가운 것이 사람에게 맞았다. 샘물의 원줄기의 남은 흐름을 트니 가히 못을 파 연을 심을 만하여 내가 매우 기뻐 장차 송사행에게 편지로 알렸다. 임신년 겨울 사행이 병이 들어 죽었는데, 내가 그의 유고를 검토하다 내게 부치려고 했던 시 한 편을 얻었다. 그 시에, "능호관 주인은 연꽃을 사랑함이 간절했으나 늙어가매 반 묘라도 팔 정원이 없네. 운담 가까운 곳에 새로 집을 지었으니, 산 아래 샘이 있음을 알지 못하는 것이 아닌가". 아아! 다른 날 못 가득 연을 심고 〈산천(山泉)〉 시를 읊으니 누가 다시 감상할 자 있겠나? 내가 읽고 눈물을 흘리며 드디어 중고의 연못 위에 작은 정자를 짓고 '산천(山泉)'이라 편액하여 송사행의 시에 담긴 뜻을 실현하였다.

其後八年, 余築精舍於玉筍峰下倚中皐, 正對綵雲峰. 名其水曰, 雲潭, 五老玄鶴諸峰環列潭北, 龜峰玉筍諸峰映帶于中皐左右. 余頗有紀述, 道山中樂事, 寄示宋子勸入山. 余又臨江雜植花樹以翳之, 而特患江岸無池種荷. 辛未秋, 余自雪城入山, 忽得泉脉於中皐下, 甘洌宜人. 疏其餘流, 可以鑿池種荷, 余甚喜, 將書告宋子. 壬中冬, 宋子遽病歿, 余檢其遺稿, 得一詩將寄余者. 其詩曰, "凌壺觀主愛蓮苦, 老去無庭鑿半畝, 近向雲潭新卜宅, 不知山下有泉否". 嗚呼! 他日種荷滿池, 諷吟山泉之詩, 孰復有賞音者. 余讀之出涕, 遂擬築小亭於中皐荷池之上, 扁曰山泉, 以實宋子詩意.

이인상의 〈산천정기사山泉亭記事〉 중 일부이다. 1743년 구담을 유람한 후 그곳에 다백운루를 지었고 그로부터 8년이니 1751년이다. 이해에 그는 옥순봉 아래 중고中皐에 집을 지었다. 또한 꽃과 나무를 심어 적절히 가림막으로 삼았는데 강 언덕에 연을 심을 못이 없는 것이 근심이었다. 그러던 중 그해 가을 음성으로부터 옥순봉에 들어갔는데 중고 아래에서 우연히 땅

속의 물줄기를 발견해 못을 파고는 연을 심을 생각에 그 기쁜 마음을 편지에 담아 송문흠에게 보냈다. 그러나 애석하게도 그가 가장 아끼던 벗은 이듬해 12월 병을 얻어 죽고 말았다. 이인상은 송문흠이 죽고 난 후 그의 유고를 정리하다 우연히 자기에게 보내려고 했던 〈산천山泉〉이란 시 한 편을 얻었다. 이에 못 가득 연을 심고는 친구가 부치지 못했던 시를 읊으며 눈물을 흘렸다. 그리고 1757년 드디어 중고의 연못 위에 작은 정자를 짓고 '산천山泉'이라 편액하였다.

그렇다면 이인상이 정사와 산천정을 지은 옥순봉 아래 중고中皐는 어떤 곳일까?

푸른 솔 흰 모래가 있는 작고 둥근 언덕	松靑沙白小圓丘
완연히 천 년을 푸른 물 베개하였구나.	宛轉千年枕碧流
뭇 봉우리의 수려한 빛과	看取衆峰多秀色
강 가운데서 종일 외로운 배 일렁임을 보네.	湖心終日漾孤舟
둥글고 수려한 중고가 있어	圓秀中皐在
고결하고 지조 굳은 은사가 찾네.	幽貞隱士求
띠풀 집으로 세상을 피하고	茅茨與世避
약초로 몸을 도모한다.	芝朮爲身謀
휘파람 불며 때로 흥을 타니	舒嘯時乘興
구름이 나뭇 잎 날리는 가을이라.	雲飛木葉秋

위 첫 번째 시는 이인상의 〈부정잡시〉 중 '중고中皐'이고, 두 번째 시는 이윤영의 〈원령과 사행의 부정잡영에 화답하여 주다和贈元靈士行桴亭雜詠〉 중 '중고中皐'이다. 중고는 푸른 소나무와 흰 모래가 있는, 옥순봉 아래에서 오랜 세월 푸른 물을 베개 삼아 누워 있는 작고 둥근 언덕이다. 그곳에서 뭇 봉우리들의 수려한 빛과 종일 강 한가운데서 일렁이는 한 척의 배를 바

라본다. 이러한 곳을 고결하고 지조 있는 은사가 찾지 않을 까닭이 무엇인가? 지초와 창출 같은 약초로 몸을 돌보고 때로 휘파람 불며 흥을 타는 은사의 작은 초가가 있는 곳이 바로 중고인 것이다.

한편 이인상은 중고 아래 물이 고인 곳을 '운담雲潭'이라 이름지었다.

무수한 바윗돌 푸른 물에 잠겨 있고	無數雲根浸綠波
예사로 빛나는 기운 신선의 뗏목을 덮었네.	尋常光氣覆仙槎
허공 중에 나타났다 사라지니 못이 무슨 관계리요	空中興滅潭何與
단지 맑고 투명한 것을 허락하니 살펴주는 것이 많구나.	只許澄明照納多

송문흠의 〈이원령의 부정잡영에 화답하다和李元靈枎亭雜詠〉 중 '운담雲潭'이다. 1구의 운근雲根은 벼랑이나 바윗돌을 뜻하는 시어이다. 2구의 '예사로 빛나는 기운'은 구름을 말한다. 그 구름이 이인상이 타고 다니는 신선의 뗏목, 곧 부정을 덮고 있다는 것. 그러나 구름은 허공 중에 나타났다가도 이내 사라지니 못이 무슨 관계리요만, 못에 비친 모습을 보고 그 못이 맑고 투명하다는 것을 아니, 그만큼 구름이 살펴주는 것이 많다는 것이다. 그래서 그곳이 운담, 곧 '구름 못'인 것이다.

백 두락이나 널찍한 맑은 못	淸潭寬百頃
물 기운 뭉쳐 구름 되었네.	水氣結爲雲
빽빽이 기이한 봉우리의 모습	欝欝奇峯象
드리운 전서체의 글	垂垂占篆文
깊은 물로 색상을 엿보고	波心窺色相
텅빈 흰빛으로 마음을 증험한다.	虛白驗天君

이윤영의 〈원령과 사행의 부정잡영에 화답하여 주다和贈元靈士行枎亭雜詠〉 중 '운담雲潭'이다. 운담의 깊은 물을 통해 색상을 엿보고 또 그 텅 빈

정사와 산천정이 있었던 옥순봉

흰빛의 구름을 통해 청정무욕의 맑고 깨끗한 마음을 증험한다고 하였다. 6
구의 허백虛白은 청정무욕의 경지를 뜻하는 말이다.『장자』「인간세人間
世」에, 텅 빈 방에서 하얀 광채가 뿜어 나온다虛室生白는 말이 있다.

나의 벗은 지금 황천에 있는데	我友今黃壤
빈터에 기둥 몇 개 남았구나.	空墟囊數椽
높은 풍모 한 길 바위에 남아 있고	高風留丈石
여운은 빈 배에 매어있네.	餘韵繫虛船
낚싯대 자루에 달이 걸리고	月掛漁竿把
전서 새긴 곳에 구름이 감돈다.	雲棲篆墨鐫
도도히 골짜기 물은 흘러나오고	滔滔出峽水
시든 풀은 가을 안개에 가리었네.	衰草掩秋烟

이민보李敏輔(1717~1799)의 〈운담에서 원령의 정자 터를 보고 감회가 있
어 짓다雲潭見元靈亭基, 感懷賦之〉로『풍서집豐墅集』에 전한다. 이민보는 자
가 백눌伯訥이고 호는 상와常窩·풍서豐墅·회심와會心窩이며 본관은 연안延
安이다. 이정귀李廷龜의 후손으로 신소申詔·조경趙璥 등과 교유하였다.

위 시는 1774년 단양 일대를 유람하다가 옥순봉 아래 중고 위에 있던 이
인상의 산천정 터를 둘러보고 그 감회를 적은 것이다. 이민보는 이인상이
죽자 만시를 지었는데, 사후 14년 만에 그의 자취가 남아 있는 곳에 직접
와본 것이다. 빈터에 달랑 기둥 몇 개만 남아 있는 모습에 새삼 쓸쓸함을
느낀다. 그저 한 길 높은 바위만이 그의 높은 풍모를 대신하고 있고 여운은
빈 배에 매여 있다. 여기저기 그가 새겨놓은 글씨에 구름이 감도는데 가을
안개에 가린 시든 풀이 더욱 그를 슬프게 한다.

서벽정

亭

사인암

단양 푸른 산에 살다,
서벽정棲碧亭

단양에 은거할 계획을 하다

단양의 산수를 좋아하여 사인암舍人巖 바위 사이에 서벽정棲碧亭을 짓고 단릉산인丹陵散人이라 자호한 이는 조선후기 문인화가 이윤영李胤永(1714~1759)이다. 이윤영은 자가 윤지胤之이고 호는 담화재澹華齋·명소선생明紹先生·단릉산인丹陵山人·단구처사丹丘處士이며 본관은 한산韓山으로 이색李穡의 14대손이다. 윤심형尹心衡의 문인이며 김종수金鍾秀·윤상후尹象厚·이인상李麟祥 등과 교유하였다.

이윤영이 본격적으로 단양에 거처를 정하고 산 것은 1751년(영조 27) 9월부터 1755년 서울로 떠나기 전까지이다. 이윤영의 단양 우거는 아버지 이기중李箕重(1697~1761)이 단양군수로 부임한 1751년이지만, 그의 단양과의 인연은 그보다 훨씬 앞선다. 그것은 이윤영의 평생을 관통하는 벗 이인상李麟祥(1710~1760) 때문이다. 당시 이윤영의 집은 서대문 밖 서지西池가에 있었다. 1738년 즈음부터 이인상과 만나 교유하기 시작하여 이듬해인 1739년 7월에는 이인상李麟祥·오찬吳瓚·송문흠宋文欽·임매任邁·김종수金鍾秀 등과 아회雅會를 열었다. 그 모임을 '서지문회西池文會'라 하였다.

서지 가에서 글을 지으려고 모이는 풍아로운 모임이라는 뜻이다. 이들은
틈이 날 때마다 모여 시를 수창하였다. 그리고 그로부터 4년 후인 1743년
에 이인상이 송문흠과 함께 유람차 단양에 갔다가 구담에 다백운루多白雲
樓를 지었다. 이때 이윤영은 이인상과 송문흠의 〈부정잡영桴亭雜詠〉 시에
화답하는 시를 17수 지어주었다. 그리고 이듬해인 1744년에는 오재순吳載
純·이인상·윤면동尹冕東과 계산동桂山洞에서 독서 모임을 하는 등 특히 이
윤영과 이인상은 문회나 여타 크고 작은 모임을 통해 자주 만났다.

　이처럼 평생의 지기인 이인상이 구담에 다백운루를 지은 1743년부터 단
양에 남다른 정이 있던 이윤영은 8년 후인 1751년 2월, 아버지가 단양군수
로 부임하는 것을 계기로 그 또한 단양에 거처를 마련하고 은거할 계획을
하였다. 당시 그와 함께 단양 은거를 계획했던 이는 윤상후尹象厚(1727~ ?)·
김상묵金尙黙(1726~1779)·김종수金鍾秀(1728~1799) 등이다. 모두 이윤영과
절친한 친구들이다. 이들은 1751년 2월 사실상 사전 답사를 겸한 단양 유람
을 하였다. 이때 이인상은 음죽현감으로 재직 중이라 2월에는 함께 하지 못
하였고 3월 3일 합류하였다. 이인상이 합류한 후 3월 10일 이들은 배를 타고
구담과 가은동을 유람하였다. 유람 관련 내용은 이윤영의 『산사山史』에 수
록된 〈구담기龜潭記〉와 〈가은동기可隱洞記〉에 자세하다.

석양에 옥순봉이 밝은데	夕陽明玉筍
두 소매 날리며 강을 지난다.	雙袂過江分
모자는 흰머리에 비스듬하고	席帽欹華髮
산 누각은 흰 구름에 가렸구나.	山樓掩白雲
임금과 어버이의 은혜에 보답하지 못했으나	君親恩未報
글 읽는 소리 장차 듣게 되겠지.	絃誦政將聞
십 년 후가 되지 않게 해야지	無使十年後
북산의 꾸짖는 글이 있으니.	北山有誚文

이윤영의 〈다백운루. 원령과 더불어 운자를 뽑아 함께 짓다多白雲樓. 與
元靈拈韻共賦〉로『단릉유고』「단릉록丹陵錄」에 전한다. 1751년 3월 10일
이인상과 배를 타고 구담을 유람하며 그의 다백운루에도 들렀다. 그리고
그와 함께 운자를 뽑아 다백운루를 소재로 10수의 시를 지었는데, 그중 열
번째 작품이다. 운자는 분分·운雲·문聞·문文이다.

석양에 배를 타고 옥순봉과 구담을 유람하며 흰 구름에 가린 다백운루를
바라본다. 비록 벼슬길에 나아가 임금과 어버이의 은혜에 보답하지는 못했
지만 남은 생은 이곳 단양에서 글 읽으며 보낼 생각이다. 이러한 단양 은거
의 뜻이 10년 후가 되지 않게 해야겠지. 왜냐하면 북산의 꾸짖는 글이 있을
테니 말이다. 미련의 북산초문北山誚文은 〈북산이문北山移文〉을 말한다.
남제南齊 때 주옹周顒이 처음에는 종산鍾山에 은거해 있다가 조서를 받고
는 바삐 나가서 해염현령海鹽縣令이 되었다. 후에 임기를 마치고 다시 종산
에 들르려 하자 전에 함께 은거했던 공치규孔稚珪가 산신령의 뜻을 가탁하
여 "여러 골짜기가 비웃고 많은 산봉우리가 꾸짖는다."는 내용의 〈북산이
문北山移文〉을 지어 다시는 찾아오지 말라고 한 고사를 인용한 것이다. 이
때 이인상 또한 음죽현감에서 물러나 아예 단양에 은거할 결심을 하였다.
그러니 이인상에게 중간에 그 뜻을 바꾸지 말라는 말이자, 이윤영 또한 스
스로 경계한 것이기도 하다.

구담 맞은편에 창하정을 세우다

이윤영은 1751년 3월 구담에 있는 이인상의 다백운루를 둘러보고 다음
과 같은 시를 지었다.

누각에 머무르며 주객을 잊으니	樓棲忘主客
화산을 나누어주어 일이 많구나.	多事華山分
푸른 물에 달이 가없이 비치고	積水無邊月
기이한 봉우리엔 태반이 구름이구나.	奇峰太半雲
잠룡은 어느 날에 쓰일까	潛龍何日用
학의 울음소리 저문 하늘에서 들리네.	鳴雀暮天聞
돌아와 좋은 곳 내 얻으니	爰得歸來好
교제를 끊고 비로소 글을 짓네.	息交始著文

이윤영의 〈다백운루. 원령과 더불어 운자를 뽑아 함께 짓다多白雲樓. 與元靈拈韻共賦〉 10수 중 두 번째 작품이다. 수련首聯의 '화산분華山分'은 마음이 맞는 두 사람이 경치 좋은 한 구역을 나누어 나란히 은거하는 것을 뜻한다. 이윤영이 구담에 있는 이인상의 다백운루를 찾았다. 그곳에서는 누가 주인이고 누가 객인지 잊을 정도다. 푸른 물에 가없이 달이 비치고 구름으로 뒤덮인 기이한 봉우리가 있는 그곳이 꽤 마음에 든 이윤영은, 구담의 반쪽을 나누어 줄 수 없겠느냐고 했을 테고, 이인상 또한 기꺼이 허락했을 터이다. 이렇듯 스스로 과거를 포기한 노론 명가 출신의 이윤영과 영의정까지 지낸 이경여의 서얼 후손 이인상은 구담에서 청류처사淸流處士의 삶을 공유하였다.

이윤영은 1752년, 부친이 가은봉可隱峰 아래 구담 맞은편에 지은 작은 정자에 주자의 "푸른 이내 붉은 성에 비치네蒼霞映赤城"라는 시구에서 취하여 이름을 '창하蒼霞'라 하였다. 그리고 편액의 글씨는 스승 윤심형尹心衡(1698~1754)에게 부탁하여 받았다. 윤심형은 조선후기의 문신으로 호는 임재臨齋이고 본관은 파평坡平이다. 1721년(경종 1) 정시 문과에 장원급제 후 정언에 재직 중 신임사화로 삭직되었다가 1724년에 영조가 즉위하고 노론이 집권하자 다시 벼슬에 나아갔으나 소론 인사의 죄를 추궁하다가 정미

환국 때 파직되었다. 1729년에 영조가 노론 사대신 중 조태채趙泰采·이건명李健命의 복관을 조치하였는데 처분이 공평하지 않다며 시골로 내려가서 종신토록 벼슬을 하지 않았다.

봄 강물 뜰 아래 가득하여	春江堦下滿
굽은 난간에서 손을 드리우니 맑구나.	垂手曲闌明
오래된 바위는 신선과 귀신이 섞인 듯하고	老石參仙鬼
기이한 봉우리는 눈과 구슬이 섞였네.	奇峯混雪瓊
천지는 내가 멋대로 노는 것을 용납하고	乾坤容我放
산수는 누각을 맑게 드러낸다.	山水著樓淸
달리 좋은 것이 없음을 스스로 웃으며	自笑無他嗜
구담에 백 번이라도 간다네.	龜潭百遍行

이윤영의 〈창하정에서 사정에게 답하다蒼霞亭, 答士正〉이다. 사정士正은 이격李格(1682~1759)이다. 이격은 자가 사정士正이고 호는 학곡鶴谷이며 본관은 양성陽城이다. 아버지는 증 호조참판 이영련李英蓮이고 어머니는 참봉 한여구韓汝龜의 딸이다. 1708년 문과에 급제하여 성균관 학유成均館學諭에 임명된 뒤 직장, 박사, 경상도사, 사헌부장령, 판결사 등을 지냈는데, 재직 중 청렴하고 강직하기로 이름이 높았다. 봄날 이격과 함께 창하정에 올라 소회를 읊은 것이다. 미련에서, 달리 좋은 것이 없어 구담에 백 번이라도 간다는 시인의 말에서 이윤영이 단양의 산수를 진정 좋아했음을 알수 있다.

한편 이윤영은 민우수閔遇洙(1694~1758)에게 창하정에 대한 짧은 기문을 청하였고, 민우수는 1753년 늦봄에 기문을 써주었다. 〈단구에 있는 이윤지의 두 정자에 대한 기문李胤之丹邱二亭記〉이 그것이다. 여기서 두 정자는 창하정蒼霞亭과 서벽정棲碧亭이다. 민우수는 젊은 시절 벗들과 함께 단양 유람을 다녀온 후 여러 차례 단양을 방문하였다. 이처럼 자신의 추억이 깃든 고장의 아름다움을 죽은 둘째 아들의 벗인 이윤영이 발견하고 그곳에 은거한 것을 기뻐하면서도 죽은 아들을 그리워하는 마음을 담아 기문을 써 주었을 것이다.

한 시대의 준걸한 고사 계시던 곳	高士一時傑
차가운 못 몇 구비가 맑구나.	寒潭數曲明
빈 정자 그림자는 그림처럼 움직이고	虛亭影動畫
남기신 글은 옥 두드리는 소리처럼 울리네.	遺唾響敲瓊
바퀴와 말은 지금 어느 곳에 머무를까	輪馬今何泊
구름과 넝쿨에 부질없이 더욱 맑구나.	雲蘿空復淸
이 풍진 세상 백발만 남았으니	塵寰餘白首
차마 배 타고 가지 못하겠네.	不忍駕舟行

이민보李敏輔(1717~1799)의 〈창하정은 윤지가 지은 것이다. 앞으로 구담을 마주하고 자리하여 매우 빼어나다. 생각하니 슬픈 마음이 일어 예전 시에 차운하다蒼霞亭, 胤之所築也. 前對龜潭占地特絶. 興想愴懷, 次其舊韻〉이다. 이윤영이 세상을 떠난 후 그가 머물던 창하정을 찾았다. 빈 정자 그림자만 그림처럼 움직이고 그가 남긴 글만 옥처럼 맑은 소리를 낸다. 흰 구름과 이리저리 뻗은 등 넝쿨이 부질없이 정자를 맑게 장식하는데, 정작 정자의 주인은 지금 어느 곳에 있단 말인가. 허연 머리로 찾은 창하정을 차마 뒤로하고 떠나기 어렵다. 이인상이 1754년에 지은 〈창하정상량문蒼霞亭上樑文〉이 있는 것으로 보아 창하정은 2년 후에 중건한 것으로 보인다. 그 후 여러 차례 중수하였으나 현재는 흔적도 찾아볼 수 없다.

사인암에 서벽정을 세우다

사인암舍人巖은 수려한 기암절벽으로 단양팔경 중 하나이다. 이윤영이 1750년 여름부터 1751년 9월 24일 사인암에 은거하기까지의 과정을 기록한 〈복거기卜居記〉를 보면, 1750년 여름 단양 유람을 마치고 돌아온 스승 윤심형을 찾아뵙는 자리에서 그가 동남의 산수 중에 가장 아름다운 곳을 물었고, 이에 윤심형이 오직 사인암의 한 조각 바위를 잊을 수 없다고 하는 대목이 있다. 이윤영은 그때부터 사인암을 가슴 속에 품고 있었다.

그러다 1751년 2월 2일 아버지 이기중의 단양군수 부임을 계기로 이윤영은 그의 산수에 대한 뜻을 이루게 되었다. 이윤영은 단양으로 떠나기에 앞서 윤심형을 찾았다. 그러자 윤심형은, 단양은 산수가 아름다울 뿐만 아니라 땅이 궁벽하고 가난하며 길이 험하고 깊어 가히 몸을 편안히 할 수 있는 곳이라고 하면서, 세도의 우려가 이와 같아 한 가지도 즐거운 것이 없으니 가서 숨어 살만한 곳으로 도모하라 하였다. 이에 이윤영은 그리하겠노라 하면서도 궁벽한 산골 깊은 골짜기라 동류 없이 혼자 가면 어찌 살겠냐고 하였다. 이때 이윤영이 단양에 함께 가고자 했던 이들은 이인상, 윤상후, 김상묵, 김종수 등으로 매우 절친한 사이다.

서울을 떠나 6일 만에 단양에 도착하였고, 20일 뒤인 2월 그믐에 윤상후尹象厚가 왔다. 윤상후는 윤심형의 장자이다. 당시 음죽현감으로 있던 터라 뒤늦게 3월 3일에 합류한 이인상과 함께 이윤영, 윤상후, 이운영은 조그만 배를 타고 구담과 가은동을 유람하며 연산鷰山과 구봉龜峯의 아름다움을 보았다. 이때가 3월 10일이다. 또한 여울을 따라 내려가 한벽루寒碧樓에 오르니 김상묵金尙默(1726~1779)과 김종수金鍾秀(1728~1799)가 약속대로 왔다. 김상묵은 자가 백우伯愚이고 본관은 청풍淸風이다. 1776년 7월 안동부사 등을 거쳐 대사간에 이르렀다. 안동부사로 있을 때에는 송사를 공정하게 처리하기로 명망이 있었다. 김종수의 호는 몽오夢梧로 이때 함께 유람하였다. 드디어 이들은 산수를 자유로이 유람하며 새벽빛이 이르도록 별별 이야기를 나누었다.

1751년 3월 24일~27일에는 사인암을 유람하였다. 이윤영의 〈사인암기述人巖記〉에, 사인암은 그 높이가 40길이고 동쪽을 향해 서 있다. 앞으로 시냇물이 흐르고 바위 아래의 돌은 울퉁불퉁한데 집 같기도 하고 섬돌 같기도 하고 편안한 침상 같기도 하고 상을 놓아둔 것 같기도 하다. 족히 8, 90명이 앉을 수 있다고 하였다. 또한 사인암은 붉으나 들피지지 않고 푸르나 칠한 것 같지 않아 청화 고아하고 오색 광채의 무늬가 서로 얽혀 물들거나 엉겨 붙은 흔적이 없으니 비록 화공으로 하여금 필묵과 단청으로 그리라 한들 그 모습을 본뜰 수는 없을 것이라 하였다. 그리고 사인암의 휘광은 바라보면 사랑스럽고 가까이 다가가면 공경스러워 종일 대하고 있어도 싫증나지 않고, 사인암의 기상은 평이하나 지극히 기이함을 발하고 고아한 가운데 순수한 아름다움이 있어 깊은 산 빼어난 골짜기 속에 있지 않아도 티끌 한 점 이르지 않는다 하였다. 역시 사인암의 주인다운 묘사다.

1751년 3월 23일 이윤영, 윤상후, 김상묵, 이운영, 오찬 등 5명이 잇달아 말을 타고 사인동述人洞으로 들어가 바위 아래 서당에서 쉬었다. 이튿날인 24일, 일행은 일찍 일어나 흐르는 물에 세수 하고 옷을 떨쳐입고는 선대仙臺에 오르고 비로소 사인암을 보았다. 이윤영은 사인암을 보는 순간 스승이 자기를 속이지 않았다고 하였다. 왜 스승이 전에 사인암의 한 조각 바위를 잊을 수 없다고 하였는지를 실제 와서 직접 자기 눈으로 보고 알게 된 것이다. 오랫동안 우두커니 서서 좌우를 두루 살펴본 이윤영이 김상묵에게, 나와 그대가 돈을 내면 훗날 함께 은거할 곳으로 가할 것이라 하자 김상묵이 선뜻 대답하여 승낙하였다. 또 윤상후를 불러, 선생의 명이 있었으니 굳이 멀리 다른 곳에서 구할 필요가 있겠느냐고 하였다. 세 집이 이웃

사인암 서쪽 석문

이 되면 족히 물 긷고 방아 찧을 수 있을 것이니, 세상을 피한 그윽한 곳이고 수석의 승경을 갖추었으니 이곳을 버리고 다른 것을 구할 수 없다는 것이다. 그러자 윤상후 또한 정말 내 마음과 맞다며, 우리 아버지께서도 장차 듣고 즐거워하실 것이라 하였다. 이에 덧붙여 사인암의 아름다움이 진실로 이미 다하였고 서쪽에 폭포가 있고 남쪽에 선대仙臺가 있으며 그 앞을 연장하여 긴 못을 만들어 연뿌리를 심고 그 곁을 일구면 가히 먹고 살 수 있을 것이라 하였다. 이처럼 이윤영, 김상묵, 윤상후 세 사람은 그 자리에서 함께 은거할 계획을 하였다. 그리고 이들 세 사람은 오찬吳瓚에게, 다른 날 적막한 물가에서 천 리 길을 수레를 몰아 바위 사립을 두드릴 자 그대 아니고 누구냐고 하였다. 오찬마저 그들의 계획에 끌어들일 참이었던 것.

이틀 후인 3월 26일 이인상이 왔기에 사인암 은거 계획을 말하니 그 또한 좋다고 하였다. 그러자 이윤영은, 내가 그대의 거처 곁에 작은 정자를 지었고 그대가 구담 위에 작은 누각을 지어 번갈아 손님과 주인이 되어 멋진 풍경을 관리하자는 것이 이번 생에 빈말이 아니길 바라며 드디어 큰 붓을 찍어 예서로 벽에 '윤지원령胤之元靈'이라 썼다.

이날 이인상까지 합류하여 여섯 명이 사인암을 둘러보았다. 이윤영은 〈사인암기〉 끝에 사인암에 대해 말하기를, 화표주華表柱처럼 우뚝 서서 장차 백조白鳥가 돌아올 듯하다 하였다. 집 떠난 지 천년 만에 도술을 배워 학으로 변한 정영위丁令威가 돌아가 앉은 고사를 인용한 것이다. 또한 울창한 적성赤城에 노을로 표지를 세웠다고 하였다. 적성은 중국 절강성 천태산 남쪽에 있는 산으로 토석의 색깔이 붉어 항상 노을이 낀 것 같아 손작孫綽의 〈유천태산부遊天台山賦〉에 "적성의 노을을 들어서 표지를 세운다赤城霞起而建標"한 바 있다. 이어 임종林宗이 사인암을 보면 절조가 곧아도 속세와 단절하지 않았다 할 것이라 하였다. 임종은 후한後漢의 고사高士 곽태郭泰의 자이다. 임종의 인품을 묻자 범방范滂이 "그는 세상을 피해 숨어도 개

310

지추介之推처럼 어버이의 뜻을 어기지 않고, 절조가 곧아도 유하혜柳下惠처럼 속세와 단절하지 않는 그런 사람"이라 하였다. 이처럼 이윤영은 역사 속의 인물들을 불러내, 만약 이들이 사인암을 본다면 어떻게 품평할지 즐거운 상상을 해본 것이다.

끝으로 자신은 감히 '승직준평 옥색금성繩直準平 玉色金聲' 여덟 자를 취하여 석장石丈을 위한 찬사를 바친다고 하였다. 이윤영이 뽑은 이 여덟 자에 김종수의 '앙지미고仰之彌高'와 이인상의 '위호무명巍乎無名'을 더하여 사인암에 대한 집찬集贊을 이루었다. '먹줄처럼 곧고 수평계처럼 바르며 옥빛을 띠고 쇠 소리를 내니 우러르면 더욱 높아 우뚝하여 뭐라 이름할 수 없는' 사인암의 모습을 이보다 잘 드러낼 수가 없다. 이윤영의 〈인암집찬人巖集贊〉에 전한다. 그리고 이때 새긴 글씨가 지금도 사인암 바위에 남아 있다.

1751년 8월 이윤영은 서울로 가서 윤심형을 뵈었다. 그리고 9월에는 김상묵이 보낸 돈과 본인이 모아둔 것, 그리고 이인상과 오찬이 조금 보탠 것으로 터를 마련하였다. 그리고는 "땅이 비어 사람을 기다리는 것 같으니 어찌 된 만남인가. 도모하지 않아도 마음이 같으니 어쩌면 그렇게도 신기한가."라고 하면서 글 읽는 선비가 아니면 가히 살 수 없다고 하였다. 이처럼 1751년 9월 24일에 지은 〈복거기卜居記〉에는 단양에 은거하기까지의 모든 과정이 상세히 기록되어 있다.

그렇다면 이윤영이 이곳 사인암 바위 사이에 서벽정棲碧亭을 지은 것은 언제일까?

사인암은 우뚝하고 빼어난 경관을 가지고 있는데 약간 서쪽으로 10여 걸음을 옮기면 입을 벌리고 열려 있는 석문이 있다. 여기에서 위로 걸어 올라 꼭대기에 이르면 돗자리처럼 평평하여 수십 명이 앉을 만하고 암벽이 둘러 있어 동천(洞天)의 모습을 띠고 있다. 벗 이윤지가 이곳을 찾아내어 작은

사인암에 새긴 인암집찬

정자를 짓고 '서벽(棲碧)'이라 명명하였으니, 이백(李白)의 시어(詩語)에서 취한 것이다. 사인암은 사군(四郡)의 명승지 중 하나여서 온 나라에 소문이 나 있지만, 서벽정은 윤지를 통해 드러나게 되었으니 또한 기다림이 있었던 듯하다. 윤지가 내게 짧은 기문을 지어 그 일을 기록해달라 청하니 때는 계유년 중동(仲冬)이다.

舍人巖有瓊奇絶特之觀, 而稍西而移十數步則有石門呀然而開. 登登而上, 以至其顚則平鋪如席, 可坐數十人, 而巖壁環擁有洞天之象. 友人李胤之得此而置小亭, 名之曰棲碧, 蓋取李白詩語也. 舍人巖爲四郡名勝, 聞於國中, 而棲碧則自胤之發之, 蓋亦有待也. 胤之請余作小記以識其事, 時癸酉仲冬也.

민우수의 〈단구에 있는 이윤지의 두 정자에 대한 기문李胤之丹邱二亭記〉 중 서벽정에 대한 것으로 『정암집貞菴集』에 전한다. 민우수는 김창협金昌協의 문인이며 윤경적尹景績의 사위이다. 1716년 호서의 산수를 유람하고, 권상하權尙夏에게 나아가 경전의 의심스러운 부분을 질문하였다. 1721년 옥사로 인해 처남 윤지술尹志述이 죽고, 둘째아버지 민진원閔鎭遠과 매부 김광택金光澤이 유배되어 일가에 화가 미치자 여주로 돌아가 학문에 전념하였다. 1728년 역란逆亂이 일어나자 모친을 모시고 제천으로 피난하기도 하였다.

이윤영의 부탁으로 1753년 음력 11월에 서벽정에 대해 기록한 짧은 기문이다. 민우수는 이윤영의 두 정자에 대한 기문을, 창하정은 1753년 늦봄에 그리고 서벽정은 같은 해 음력 11월에 각각 지었다. 이윤영이 1751년 9월에 사인암에 은거할 터를 마련하였고 창하정을 1752년에 세웠으니 서벽정은 1753년 봄에 지었을 가능성이 크다. 이윤영이 〈서벽정 봄날棲碧亭春日〉 5수를 남긴 것도 이를 뒷받침한다. 한편 위 기문을 통해 '서벽棲碧'이라는 정자의 이름은 이백李白의 시어에서 취했음을 알 수 있다. 다만 이백의 어떤 시를 가리키는지 정확하게 알 수는 없다. 아마도 〈산중문답山中問答〉의 '나더러 무슨 일로 푸른 산에 사냐기에問余何事棲碧山'에서 두 글자 '서벽棲碧'을 취해 정자 이름을 삼은 것으로 보인다.

민우수는 기문에서, 사인암의 약간 서쪽으로 10여 걸음을 옮기면 입을 벌리고 열려 있는 석문이 있고, 여기에서 위로 걸어 올라 꼭대기에 이르면 돗자리처럼 평평하여 수십 명이 앉을 만한데, 암벽이 둘러있어 동천洞天의 모습을 띠고 있다고 하였고, 이곳을 이윤지가 찾아내어 작은 정자를 지었다고 하였다. 현재 청련암 경내에서 사인암 옆으로 난 돌계단을 따라 올라가면 삼성각이 있다. 이곳이 그 옛날 서벽정 자리다.

구름은 주렴이 되고 안개는 기둥이 되어	雲爲簾箔霧爲楹
신선의 수레 부르니 방외의 인생이네.	鸞馭招邀方外生
문만 열면 푸른 빛 보내니 산 기운 가깝고	排闥送靑山氣逼
허공을 보면 흰빛이 생겨 햇빛도 밝아라.	窺虛生白日華明
솔솔 솔바람 소리에 차 달이기를 기다리고	松濤窓窣烹茶候
가로세로 바둑돌 놓는 소리난다.	玉子緯經打局聲
어두워 사다리 타고 내려가니 바람이 겨드랑이에 불고	暝下丹梯風滿腋
하늘에 치솟은 바위벽은 우뚝함을 다툰다.	齊天石筍競崢嶸
솔숲 안개 하늘거리는 곳에 정자 세우고	松嵐嫋嫋架空楹
거문고 뜯으니 맑은 달 떠오른다.	戲擲瑤琴澹月生
흐르는 물 푸르게 스며 이끼 벽 적시고	流水碧浸苔壁潤
이름난 꽃 발그레하니 동천이 밝구나.	名花紅暈洞天明
세상 사람들 나를 찾지만 응당 길이 없고	世人尋我應無路
신선의 허공 밟는 발걸음 소리만 들을 뿐.	仙子步虛若有聲
산새 울고 나니 구름은 시냇가에 피어오르고	山鳥啼殘雲出澗
돌난간의 시붓은 씩씩하고 장쾌하다.	石欄詩筆也崢嶸

이윤영의 〈서벽정 봄날棲碧亭春日〉 5수 중 첫 번째와 두 번째 작품이다. 첫 번째 시의 구름 주렴[雲簾]과 안개 기둥[霧楹], 난어鸞馭·방외方外·단제丹梯 등은 모두 신선·선계와 관련된 시어이다. 난어는 난새에 멍에를 멘 수레

서벽정이 있었던 곳에 자리한 삼성각

란 뜻으로 신선의 수레를 말하고, 단제는 산상山上의 승선로昇仙路를 가리킨다. 이윤영 스스로 선택한 은거이다. 사인암 서벽정의 봄날 풍광은 그 자체로 선계와 다름이 없다. 곧게 치솟은 바위들의 모양이 마치 줄지어 늘어선 죽순竹箭과 같은 사인암이다. 그곳 서벽정에 깃든 방외산인方外散人으로서의 이윤영의 삶은 선인仙人에 가깝다. 두 번째 시 또한 서벽정의 봄날 풍광을 읊은 것이다. 서벽정에 은거한 이윤영은 스스로를 선자仙子라 칭하였다. 그리하여 경련에서, 세상 사람들이 자기를 찾아오겠지만 응당 길이 없고 신선이 허공을 밟는 발걸음 소리만 들을 거라 한 것이다.

홍진은 들어갈 수 없는	紅塵不可入
별천지가 세상에 있구나.	天地別區存
높은 벼랑 세 겹으로 포위하고	雲壁圍三匝
솔바람에 온갖 시끄러운 소리 멎네.	風松息萬喧
푸른 담장이 넌출은 장막을 두른 듯하고	蘿靑幽似幄
흰 돌은 우묵하여 술동이 같구나.	石白窪爲樽
좋은 만남 어느 날에 이루어질까	惠好知何日
내 집에서의 만남을 잊지 않으리.	吾廬吾不諼

이윤영의 〈서벽정. 제천 어른의 시에 차운하다棲碧亭. 次堤川丈韻〉로『단릉유고丹陵遺稿』「단릉록丹陵錄」에 전한다. 제목의 제천 어른[堤川丈]은 당시 제천 현감 이재李在를 가리킨다. 이윤영이 1751년 제천을 여행할 때 당시 현감 이재와 차운한 시가 문집에 몇 편 있다. 이재는 이윤영의 친구인 이유수李惟秀(1721~1771)의 부친이기도 하다. 그러니 서벽정을 짓고 이재를 청한 것 같은데, 이재가 갈 수 없어 대신 아들 이유수 편에 시 한 수를 보냈고, 이윤영이 그 시에 차운한 것이다. 서벽정은 티끌 한 점 들어갈 수 없는 별천지이다. 높은 바위벼랑이 세 겹으로 둘러싸고 솔바람이 온갖 시끄러운 소리를 멎게 하는 그런 곳에 서벽정이 있다. 그런 좋은 곳에서 좋은

사람과 만남을 갖고 싶다. 그날이 언제일지 모르나 내 집에서 만날 날을 잊지 않겠다는 것.

이유수李惟秀(1721~1771)는 자가 심원深遠이고 호는 완이莞爾이며 본관은 전주全州이다. 선조의 9남인 경창군慶昌君 이주李珘의 5대손으로 1747년 문과에 장원한 뒤, 그해 정언이 되고 곧 지평을 거쳐 수찬이 되었다. 그러다 1751년에는 정언으로 당역자黨逆者 9인을 탄핵하다가 영남에 유배되었다. 그리하여 이해 2~3월의 단양 유람에 함께 하지 못하였다. 이듬해 유배에서 풀려난 뒤 1753년 단양으로 이윤영을 찾아가 만났다. 이때가 바로 서벽정을 짓고 얼마 지나지 않았을 때이다. 1754년 사은사의 서장관으로 청나라에 다녀왔고 1767년에 충청도관찰사가 되었으며 그 뒤 대사헌을 거쳐 형조판서에 이르렀다.

서벽정을 찾은 사람들

바위에 기댄 그림자 깃들고 　　　　倚巖棲影
소나무에 푸른 기운 돈다 　　　　松生碧氛
세상 경계를 단단히 하니 　　　　限世以鋛
삼뢰 소리 들리지 않네. 　　　　三籟無聞
거문고와 책으로 긴 하루 보내고 　琴書永日
의상은 구름 속에 누워 　　　　衣裳臥雲
맑고 선하게 몸을 닦으며 　　　　淸蕭飭躬
돌에 경문을 새긴다. 　　　　石勒經文

이윤영의 〈서벽정명棲碧亭銘〉이다. 전반부에서는 서벽정의 모습을 후반부에서는 서벽정에서의 일상을 이야기하였다. 사인암 바위에 기대 있는 정자의 그림자와 소나무에 도는 푸른 기운, 거기에 겹겹이 바위벽으로 둘러 세상과의 경계를 단단히 하였으니 그 어떤 소리도 들리지 않는 곳이 바로 서벽정이다. 삼뢰三籟는 인뢰人籟·지뢰地籟·천뢰天籟를 가리킨다. 인뢰는 사람이 울리는 소리로 악기의 소리이고, 지뢰는 대지가 일으키는 소리로 바람 소리이고, 천뢰는 인뢰와 지뢰의 근본이 되는 대자연의 소리이다. 이처럼 고요하고 고요한 서벽정에서 이윤영은 거문고와 책으로 하루를 보내고 구름 속에 누워 맑고 선하게 성정을 닦으며 돌에 경문을 새긴다고 하였다.

이윤영 사후 많은 이들이 서벽정을 찾았다. 그가 남긴 자취를 둘러보기 위함이다.

백 길이나 층층이 솟은 위로	百仞層層上
짧은 띠의 작은 정자 있네.	短茅留小亭
계단이 끝나는 곳에 여지가 있고	梯窮容有地
바위가 갈라져 문이 조금 열린 곳.	巖拆小開局
나무와 돌 속에 몸을 숨겨 살며	木石藏身世
연하 속에서 성령을 다스린다.	烟霞用性靈
어찌 이리 늙을 계획을 하였나	如何終老計
신선의 수레 아득하구나.	風馭邈冥冥

이민보李敏輔(1717~1799)의 〈서벽루는 인암의 남쪽 틈 한 조각 땅에 있다. 윤지가 남긴 자취를 슬퍼하다樓碧樓在人巖南罅一片地, 愴胤之遺跡〉로 『풍서집豐墅集』에 전한다. 이민보는 자가 백눌伯訥이고 호는 상와常窩·풍서豐墅·회심와會心窩이며 본관은 연안延安으로 이정귀李廷龜의 후손이다. 위 시는 1774년 단양 일대를 유람하다가 사인암의 서벽정을 둘러보고 그 감회를 읊은 것이다. 이윤영 사후 15년 만이다. 이민보는 이때 옥순봉 아래 중고 위에 있던 이인상의 산천정山泉亭 터를 둘러보고 그 감회를 읊기도 하였다. 〈운담에서 원령의 정자 터를 보고 감회가 있어 짓다雲潭見元靈亭基,

感懷賦之〉가 그것이다.

제목에 보이는 인암人巖은 사인암이다. 전반부는 서벽정이 자리한 모습을 드러내었다. 층층이 높은 솟은 바위 사이에 걸쳐 있는 서벽정, 계단이 끝나는 곳에 좁은 땅이 있고 그곳을 지나면 갈라진 바위가 마치 문의 모습을 하고 있는 곳에 서벽정이 자리하고 있다는 것. 후반부는 서벽정에서의 이윤영의 모습을 그렸다. 그곳에서 몸을 숨겨 살며 연하 속에서 성령을 다스리며 마치 신선처럼 살다 간 그를 말이다. 미련의 풍어風馭는 바람을 몰면서 타고 다니는 신선의 수레를 말한다. 이윤영의 죽음으로 아득히 멀어진 신선의 수레를 하염없이 바라보는 시인의 모습을 드러내었다.

비좁은 길 지나가니 고목 사다리 있고	偪側行過占木梯
옛 선현의 유적이 냇가 서쪽에 있네.	前修遺跡在川西
돌 위에 이름 남긴 사람은 어디 갔나	題名石上人何去
서벽정 앞에 새만 절로 울음 우네.	棲碧亭前鳥自啼
비온 후 떨어지는 꽃에 신선 세계 잠기고	雨後落花仙局沒
봄 되어 향그러운 풀에 석문이 희미하네.	春來芳草石門迷
돌아갈 것을 깨닫지 못하고 자주 고개 돌리며	臨歸不覺頻回首
해질녘 지팡이 짚고 뒷 시내로 내려간다.	落日移筇下後溪

오재순吳載純(1727~1792)의 〈서벽정棲碧亭〉으로 『순암집醇庵集』에 전한다. 오재순은 자가 문경文卿이고 호는 순암醇庵·우불급재愚不及齋이며 본관은 해주海州이다. 현종의 3녀인 명안공주明安公主와 해창위海昌尉 오태주吳泰周의 손자로 영조 말기와 정조 연간에 걸쳐 여러 차례 요직을 맡았다. 특히 정조 때에는 규장각 제학 등을 지내면서 정조로부터 호號를 하사받기까지 하는 등 노론 청류淸流를 대표하는 인물이다. 또한 1751년 이윤영이 사인암에 은거할 계획을 할 당시 그 자리에 함께 했던 오찬吳瓚의 조카이기

도 하다. 그가 남긴 250여 제의 시 중에는 계부 청수재淸修齋 오찬과 나눈 시가 많고 김상묵金尙默과의 차운시도 다수이다. 위 시는 이윤영 사후 어느 봄날 서벽정을 다녀가며 지은 것이다.

서벽정 가운데 글자 있어	棲碧亭中字
지금도 학이 쫀 나머지 볼 수 있다네.	猶看鶴啄殘
뛰어난 석공의 홀로 애쓰는 마음	良工心獨苦
좁은 땅 심오함이 오히려 편안하구나.	隙地奧猶安
두 개의 돌은 늙어 거칠게 열렸고	二石開荒老
외로운 꽃은 차갑게 벽을 등졌구나.	孤花背壁寒
곁에 한 줄기 비탈길 있어	傍邊一線磴
곧바로 천단에 이를 것 같네.	直可到天壇

유한준兪漢雋(1732~1811)의 〈서벽정棲碧亭〉으로 『자저自著』에 전한다. 유한준은 자가 여성汝成·만천曼倩이고 호는 저암著庵·창애蒼厓이며 본관은 기계杞溪이다. 남유용南有容의 문인으로 이민보李敏輔, 김순택金純澤, 박윤원朴胤源, 오재순吳載純, 이채李采 등과 교유하였다. 1783년 그동안의 시문을 정리, 스스로 편집하여 『자저自著』라 하니 세인들이 이로 인해 저암著菴이라 불렀다. 1788년 청주목사를 지내기도 한 유한준은 고문에 뛰어난 문장가로 평가받았다.

위 시는 이윤영 사후 19년, 그의 나이 47세인 1778년 풍기, 단양, 경주 등지를 유람할 때 지은 것이다. 사인암 서벽정 주변에는 윤한준이 다녀간 그때나 지금이나 수많은 사람의 이름과 글이 새겨져 있다. 가히 뛰어난 석공이 홀로 애쓴 마음을 엿볼 수 있다. 현재 삼성각 옆 바위에 '탁이불군 확호불발卓尔不群 確乎不拔' 여덟 자가 선명하다. 탁월하여 무리 지을 수 없고 확고하여 뽑히지 않는다는 말이다. 사인암의 모습을 사람으로 말하자면,

매우 빼어나 보통 사람과 한 무리로 엮을 수 없고 의지 또한 굳건해 변치 않는 그런 사람이라는 것이다.

한편 현재 삼성각이 있는 서벽정 자리는 좌우에 바위가 있다. 그리하여 경련에서 두 개의 돌이 거칠게 열렸다고 한 것이다. 미련에서, 곁에 한 줄기 비탈길이 있다 하였다. 지금도 삼성각 서쪽으로 좁은 비탈길이 있다. 현재 출입을 금하였으나 그쪽으로 가면 시인이 말한 대로 천단에 이를 것만 같다.

> 위편이 오목한 것이 약간 열려 있는데 면이 바르고 평평하고 삼면이 절벽으로 막혔다. 오직 남쪽 방향만 통하니 『이아(爾雅)』에 "산이 집처럼 깊숙하다"고 했는데, 이곳이 그렇다. 정자 한 칸이 있으니 서벽정이라 편액하였다.
> 上便凹焉開方, 延袤正均, 三面阻壁. 唯通南方, 『爾雅』曰 "山如堂者密", 卽此也. 有亭一間, 額以棲碧亭.

신작申綽(1760~1828)의 〈사군산수소四郡山水疏〉 중 사인암과 서벽정에 대한 것으로 『석천유고石泉遺稿』에 전한다. 신작의 자는 재중在中이고 호는 석천石泉이며 본관은 평산平山이다. 정약용과 교유하였고 정제두鄭齊斗의 외증손이다. 1788년 9월 당시 서벽정의 모습을 확인할 수 있는 자료로, 당시 사인암 서벽정의 모습을 제대로 묘사하였다.

> 장림곡을 지나 남쪽으로 수 리를 갔는데, 바라보니 암벽이 깎인 듯 서 있으니 소위 사인암이다. 높이가 가히 수십 길이고 너비도 마찬가지이다. 그 곧기가 마치 줄자 같고 그 기이함은 실낱 같다. 아래로 반석이 있는데 매우 평정하여 그 위에 앉고자 해도 길이 막혀 그럴 수 없다. 바위 북쪽으로 나뭇가지를 휘어잡고 올라 그 꼭대기에 이르러 아래로 굽어 보니 초정이 깎은 돌 사이에 있는데 무너져 부서지려 하니 곧 서벽정이다. 다시 휘어잡고 올

탁이불군 확호불발

라 제일 높은 곳에 이르러 굽어보니 깊은 골짜기에 기이한 바위가 충충이 첩첩이 나온 것을 볼 수 있었다. 저물어 오래 앉아 있을 수가 없어 서벽정 앞으로 내려와 반석에 이르니 돌 위에 바둑판이 새겨져 있고, 평평하기도 하고 층을 이루기도 하고 들어가기도 하고 튀어나오기도 한 것이 서로 섞여 있다.

過長林曲而南行數里餘, 望巖壁削立, 所謂舍人巖. 高可數十丈, 廣如之. 其直如繩, 其奇如縷. 下有盤石甚平正, 欲坐其上, 路阻不可得. 從巖北攀木而上, 至其頂下臨, 有草亭棲削石之間, 頹圮欲廢, 卽棲碧亭也. 復攀緣至最高處俯觀, 絶壑奇巖, 層見疊出. 暮不能久坐, 下從棲碧亭前至盤石, 石上刻棊局, 平者層者凹者凸者相錯.

남경희南景羲(1748~1812)의 〈유사군기遊四郡記〉 중 일부로 『치암선생문집癡庵先生文集』에 전한다. 남경희는 자가 중은仲殷이고 호는 치암癡庵·지연거사止淵居士이며 본관은 영양英陽이다. 이상정李象靖의 문인으로 이만운李萬運, 손병로孫秉魯, 송전宋銓 등과 교유하였다. 윗글은 그가 1790년 3월 연원도 찰방 재직 시 이지담李之耼, 이기조李基祖와 함께 의림지, 도담, 상선암, 옥순봉, 한벽루 등 사군의 명승을 유람하고 지은 글 중 사인암과 서벽정에 대한 것이다. 이때 거의 무너져 부서지려 하는 서벽정의 모습을 확인할 수 있다. 한편 성해응成海應(1760~1839)이 1804년 9월 15일부터 9월 21일까지 단양을 유람하고 쓴 〈단양산수기丹陽山水記〉에, 이때 서벽정은 이미 황폐하였고 그 터만 바위 굴에 있다고 하였다. 아마도 이것이 서벽정에 대한 마지막 기록일 것이다.

참고문헌

權得己, 『晚悔集』, 한국고전번역원 한국문집총간

權尙夏, 『寒水齋集』, 한국고전번역원 한국문집총간

金得臣, 『柏谷集』, 한국고전번역원 한국문집총간

金相進, 『濯溪集』, 한국고전번역원 한국문집총간

金誠一, 『鶴峯集』, 한국고전번역원 한국문집총간

金壽恒, 『文谷集』, 한국고전번역원 한국문집총간

金元行, 『渼湖集』, 한국고전번역원 한국문집총간

金履萬, 『鶴皐集』, 한국고전번역원 한국문집총간

金正喜, 『阮堂全集』, 한국고전번역원 한국문집총간

金止男, 『龍溪遺稿』, 한국고전번역원 한국문집총간

金昌協, 『農巖集』, 한국고전번역원 한국문집총간

金玄成, 『南窓雜稿』, 한국고전번역원 한국문집총간

南景羲, 『癡庵先生文集』, 한국고전번역원 한국문집총간

南鶴鳴, 『晦隱集』, 한국고전번역원 한국문집총간

盧守愼, 『穌齋集』, 한국고전번역원 한국문집총간

閔遇洙, 『貞菴集』, 한국고전번역원 한국문집총간

朴守儉, 『林湖集』, 한국고전번역원 한국문집총간

朴長遠, 『久堂集』, 한국고전번역원 한국문집총간

成海應, 『研經齋全集』, 한국고전번역원 한국문집총간

宋來熙, 『錦谷集』, 한국고전번역원 한국문집총간

宋文欽, 『閒靜堂集』, 한국고전번역원 한국문집총간

宋秉璿, 『淵齋集』, 한국고전번역원 한국문집총간

宋秉珣, 『心石齋集』, 한국고전번역원 한국문집총간

宋時烈, 『宋子大全』, 한국고전번역원 한국문집총간

宋浚吉,『同春堂集』, 한국고전번역원 한국문집총간

申　綽,『石泉遺稿』, 한국고전번역원 한국문집총간

沈　錥,『樗村遺稿』, 한국고전번역원 한국문집총간

安錫儆,『霅橋集』, 한국고전번역원 한국문집총간

吳益升,『松峯遺稿』, 한국고전번역원 한국문집총간

吳載純,『醇庵集』, 한국고전번역원 한국문집총간

兪漢雋,『自著』, 한국고전번역원 한국문집총간

李敏輔,『豊墅集』, 한국고전번역원 한국문집총간

李　潡,『弘道遺稿』, 한국고전번역원 한국문집총간

李瑞雨,『松坡集』, 한국고전번역원 한국문집총간

李胤永,『丹陵遺稿』, 한국고전번역원 한국문집총간

李宜顯,『陶谷集』, 한국고전번역원 한국문집총간

李麟祥,『凌壺集』, 한국고전번역원 한국문집총간

李　耔,『陰崖集』, 한국고전번역원 한국문집총간

李廷龜,『月沙集』, 한국고전번역원 한국문집총간

李夏坤,『頭陀草』, 한국고전번역원 한국문집총간

李賀朝,『三秀軒稿』, 한국고전번역원 한국문집총간

李好閔,『五峯集』, 한국고전번역원 한국문집총간

李弘有,『遯軒集』, 한국고전번역원 한국문집총간

鄭　澔,『丈巖集』, 한국고전번역원 한국문집총간

李　滉,『退溪集』, 한국고전번역원 한국문집총간

趙　憲,『重峰集』, 한국고전번역원 한국문집총간

崔鳴吉,『遲川集』, 한국고전번역원 한국문집총간

韓元震,『南塘集』, 한국고전번역원 한국문집총간

洪錫箕, 『晩洲遺集』, 한국고전번역원 한국문집총간

洪汝河, 『木齋集』, 한국고전번역원 한국문집총간

黃景源, 『江漢集』, 한국고전번역원 한국문집총간

黃廷彧, 『芝川集』, 한국고전번역원 한국문집총간

琴鳳儀, 『水鏡齋遺稿』, 국립중앙도서관

朴惟棟, 『一石遺稿』, 국립중앙도서관

宋秉虁, 『華陽淵源錄』, 국립중앙도서관

吳再挺, 『寒泉堂遺稿』, 국립중앙도서관

李秀彦, 『聾溪先生遺稿』, 국립중앙도서관

蔡震亨, 『尊堂集』, 국립중앙도서관

朴魯重, 『滄菴集』, 서진인쇄출판사, 1997

朴翼東, 『小近齋集』

尹承任, 『主一齋集』

『息波亭詩文集』

『임호집』, 제천시, 2020

『常山誌』, 상산고적회, 2002

『沃川邑誌』, 옥천문화원, 2005

『국역승정원일기』

『국역신증동국여지승람』

『디지털제천문화대전』

김용남, 「詩·書에서 드러나는 화양동 '非禮不動'의 崖刻과 煥章菴의 건립」, 『개신
    어문연구』 28, 개신어문학회, 2008.

김용남, 「主一齋 尹承任과 옥화서원」, 『우암논총』 제2집, 충북대학교 우암연구
    소, 2009.

김용남, 「朴翼東·朴魯重 父子의 삶과 문학」, 『우암논총』 제3집, 충북대학교 우암
연구소, 2010.

김용남, 「聾溪 李秀彦의 삶과 시세계」, 『한국한시연구』 제23호, 한국한시학회,
2015.

김용남, 「水鏡齋 琴鳳儀의 삶과 시」, 『한국한시연구』 제25호, 한국한시학회,
2017.

김용남, 「松峯 吳益升의 삶과 시세계」, 『개신어문연구』 43, 개신어문학회, 2018.

김용남, 「寒泉堂 吳再挺의 삶과 문학-松泉八景 시를 중심으로」, 『고전문학연구』
제56집, 한국고전문학회, 2019.

박희수, 「丹陵 李胤永 『山史』의 창작시기·제목·서문 재검토」, 『동방한문학』 제79
집, 동방한문학회, 2019.

안장리, 「16세기 팔경시에 나타난 미의식의 양상」, 『열상고전연구』 제25집, 열상
고전연구회, 2007.

이종묵, 『조선의 문화공간』 1책, 휴머니스트, 2006.

최선혜, 「18세기 淸流處士型 文人의 형성과 丹陵 李胤永의 詩文學 연구」, 이화여
자대학교 석사논문, 2014.

한기범, 『우암 송시열의 생거지와 적거지』, 누마루, 2014.

충북의
문화
공간
1

초판 1쇄 인쇄일 2025년 2월 15일
초판 1쇄 발행일 2025년 2월 24일

지은이·사진   김용남

펴낸이   한선희
편집/디자인   정구형 이보은 박재원
마케팅   정찬용 정진이
영업관리   한선희 한상지
책임편집   정구형
인쇄처   으뜸사
펴낸곳   국학자료원 새미(주)
등록일   제 395-3240000251002005000008 호
               경기도 고양시 덕양구 권율대로 656 원흥동 클래시아 더 퍼스트 1519, 1520호
               Tel 02)442-4623 Fax 02)6499-3082
               www.kookhak.co.kr
               kookhak2010@hanmail.net
ISBN   979-11-6797-228-6 *03810
가격   25,000원